KB245641

나비,
살랑거리다

나비, 살랑거리다

2011년 10월 26일 1판 1쇄 찍음
2011년 10월 31일 1판 1쇄 펴냄

지은이   홍양순
펴낸이   손택수
주간   이명원
편집   이상현, 이호석, 박준
디자인   풍영옥
관리 · 영업 김태일, 이용희

펴낸곳   (주)실천문학
등록   10-1221호(1995.10.26.)
주소   우121-839, 서울시 마포구 서교동 478-3 동궁빌딩 501호
전화   322-2161~5
팩스   322-2166
홈페이지   www.silcheon.com

ⓒ 홍양순, 2011

ISBN 978-89-392-0667-0 03810

이 책 내용의 전부 또는 일부를 재사용하려면
반드시 저작권자와 실천문학사 양측의 동의를 받아야 합니다.
이 책은 2010년 한국문화예술위원회의 문학창작기금을 받았습니다.

나비,
살랑거리다

홍양순 소설집

실천문학사

차례

미스터리 시간

오늘 여자의 정수리 위로 맵고 긴 겨울이 지난다. 여자는 얼굴에 끼치는 서릿김을 털어내며 등허리를 꼿꼿하게 세워 외롭다, 라고 중얼거린다. 정작 그 여자를 엄습하는 건 외로움이 아니라 온몸을 긴장시키는 두려움이다.

전철역을 빠져나오자마자 여자는 줄느런한 노점 잡화상들을 피해 휴대폰부터 꺼냈다. 백화점과 연결된 고가 통로는 상인들과 오고가는 행인들로 분주했다. 유리 돔을 통과한 잿빛 하늘이 자꾸만 여자의 발길에 뒤채었다. 여자는 보폭을 크게 놓아 발목에 엉기는 하늘을 털어냈다.

참을 수 없을 만큼 가벼워지고 싶다,

여자가 오늘 간절히 바라는 것이었다.

저만치 계단 아래로 붉은 KFC 간판이 내려다보였다. 여자가 모바일 사이트에 접속하기 위해 폴더를 여는 순간 휴대폰이 푸르르 진저리를 쳤다. 또 집주인이 야단스레 불러대고 있었다. 어제 분명히 확인을 시켜줬음에도 또다시 다짐받고 싶은 모양이었다. 여자는 잠시 망설이다 통화 버튼을 눌렀다.

오늘 확실히 이사할 건가?

예.

몇 시에 가지?

오후 여덟시나 돼야 할 것 같아요. 부탁한 트럭이 그때 시간을 낼 수 있다 해서……

여자의 입에서 준비되지 않은 거짓말이 흘러나왔다. 미스터리 시간은 이제 아무 때고 여자를 지배했다. 분명히 말할 수 있는 것은 그 원인이 결코 여자의 아르바이트에서 비롯되지는 않았다는 점이다. 여자는 다만 몹시 외로웠고, 그 절대 외로움을 달래줄 무엇인가가 절실하게 필요했다. 혼자 밥을 먹고, 혼자 결정하고, 혼자 책임지는 일들은 여자를 견딜 수 없게 했다. 살아오는 동안 한 번도 의심해본 적이 없던 자신의 것들이 하나둘 손아귀에서 빠져나가면서 여자 앞에 놓인 시간은 주인을 잃어버렸다.

그럼 이따 보기로 하지.

여자는 간결하게 예, 라고 대답하고 전화를 끊었다. 여자는 그 대답을 한 주체가 자신이 아니라는 생각이 들었다. 아주 짧은 순간 누군가 여자를 대신한 것만 같았다. 여자는 시각을 확인한다.

2월 21일 토요일 1:06 pm.

액정 화면의 숫자가 여자를 압박했다. 아침에 나올 때 여자네

B01호 현관문 틈에 끼워진 앞집 남자의 쪽지에도 '오늘 정말 이 사할 건가요, 몇 시쯤이요?'라고 묻고 있었다. 여자는 쪽지 여백에 '3시에서 4시 사이'라고 적어 앞집 B04호 문틈에 끼워 넣었다. 남자는 언제나 정오쯤에 출근했다. 여자가 적은 시간은 남자와 부딪칠 염려가 없는 시간이었다. 여자로서는 떠나는 모습을 집주인에게도, 앞집 남자에게도, 그 누구에게도 보이고 싶지 않았다. 구차하고 비루한, 뼈가 도드라진 등짝은 오롯이 혼자만의 것이라 해도 버거웠다. 깡마른 등짝에 다른 시선이 얹히게 된다면 여자는 단 한 걸음도 내딛지 못하고 고꾸라질 것이었다.

집주인은 어떻게든 시험일까지 버텨보려는 여자를 끝내 봐주지 않았다. 그날 앞집 남자는 여자의 감추지 못한 수치심을 보며 안절부절못했다. 방 뺄 거예요. 곰팡내 풀풀 나는 이깟 방, 저 얼마든지 뺄 수 있거든요. 우리 언니도 곧 온다구요. 남자는 여자를 걱정스럽게 바라보았다.

여자는 지갑을 열어 남은 돈을 헤아려보았다. 머릿속에서는 통장의 잔고가 바람개비처럼 팽팽 돌다가 곤두박질쳤다. 동전까지 알뜰하게 다 셈해보았지만 삼만 원이 채 안 되었다. 아르바이트를 두 달째 못 한 탓이었다. 이런 마지막 숨 같은 푼돈으로 대체 무엇을 해야 할지 막막하기만 했다.

'공무원 임용시험 계획' 공고가 있던 날, 여자는 디데이까지 오직 시험 준비에만 전념하리라 각오했다. 그간 아르바이트 때문에 맘 놓고 공부에 매달릴 수가 없었다. 또한 공부 때문에 마음 놓고 아르바이트도 할 수 없었기에 여자의 생활은 늘 이도 저도 아니었다. 그래서 이번만큼은, 하며 별렀다. 재정 상태가 마음에 걸리지 않은 건 아니었지만 여자는 고심 끝에 어렵지 않은 방법을 생각해 냈다. 두 달 치 정도는 여유가 있으니 적당한 시기에 나누어 송금하고 채우지 못하는 부분은 주인에게 양해를 구할 작정이었다. 그렇게 하기로 마음을 정하자 우습게도 임대료 같은 건 별문제가 아닌 것처럼 여겨졌다. 시험만 끝나면 닥치는 대로 일을 해서 정리하면 될 것이었다. 결제되지 않은 아르바이트 수당도 얼마간 남아 있었기에 어찌어찌하면 시험일까지의 석 달 남짓을 못 견딜 것도 없었다.

그 계산이 아버지에 버금간 어머니의 인내로 무위가 되어버릴 줄은 꿈에도 생각하지 못했다. 평생 순하디순했던 여자의 아버지는 죽음 앞에서 누구보다 모질었다. 인내만이 자신의 못난 인생을 탕감받는 길이라도 되듯 아버지는 가족이 원하지 않는 방식으로 자신에게 혹독히 굴었다. 여자의 어머니를 거두고 있는 이모가 '독한 것들'이라고 혀를 내두른 것도 두 사람의 기막힌 인내 때문이었다. 야, 야, 희선아! 니네 엄마헌테도 그리 독한 구석이 있는 줄은 내 진짜 몰랐다. 헌데 철이 들어도 망령 나게 들었구나. 어머니의 어처구니없는 인내는 결국 여자의 호주머니를 빈털터리로 만드는 데 크게 일조했다.

무역회사 중역이라는 잘 달리던 말에서 낙마한 아버지는 퇴직금으로 사는 집을 헐어 다가구주택을 올렸다. 낡은 슬래브 집이 번듯한 모양새로, 그것도 삼 층과 사 층을 연결한 복층에 입주한 날은 여자의 인생에 몇 되지 않은 빛나는 기억이었다. 그때만 해도 아버지는 새로운 사업 구상으로 한껏 고무되어 있었다. 반지하와 일, 이 층 가구들을 분양한 자본금이 아버지의 의지를 북돋웠다. 당시 여자는 주어진 모든 것에 만족했고 그즈음의 어머니 역시 당당하고 우아했다. 하지만 아버지가 개업한 호프집과 패스트푸드점이 차례로 망하고 부동산 업자한테 사기까지 당하면서 여자의 가족이 거주하던 복층은 하루아침에 남의 것이 되고 말았다. 겨우 일곱 평짜리 반지하 방에 몸을 부리게 된 아버지는 음식을 거부했다. 물만 들이켜 나날이 눈이 퀭하게 꺼지는가 싶더니 끝내는 해골 같은 모습으로 어이없게 생을 마감해버렸다.

시험은 봄이 한껏 물오를 3월 25일에 시행된다.

남은 날짜는 33일.

여자는 엄지손가락에 묻은 치욕의 인주가 채 씻기지도 않은 지난 15일, 죽은 아버지를 저승에서 불러내 원망 퍼붓고 싶은 심정을 억누르며 원서를 접수했다. 준비가 충분치 못하다는 걸 잘 알지만 무슨 일이 있어도 이번 시험을 포기할 수 없었다. 누가 쿠데타를 일으켜 국가 체제를 전복시키거나 지구 한복판이 갈라지는 지진으로 시험 자체가 취소된다 하더라도, 득달같이 시행 기관에 쫓아가 비대발괄해 반드시 치러야 할 것만 같았다. 여자는 다급했다. 여자의 나이 서른하나. 결코 적다고 할 수 없는 나이였다. 지인들을 동원해 인천으로 거주지 주소를 옮겨놓은 것도 나름 꾀를 내서 마련한 궁여지책이었다. 행정에 관한 총론과 개론서는 표지가 너덜너덜하도록 들여다보아도 딱딱하고 까다로운 용어들이 혀끝에서 쉽게 친해지지 않았다. 여자는 개념들을 무조건 외우고 되뇌며 마음으로 소망했다. 간절하게 손을 내밀면 그 기원이 결코 등을 돌리지 않을 것이고, 단연코 자신에게 손을 내밀어줄 것이라는 믿음에서였다.

겨울 끝머리의 아귀찬 바람이 백화점 건물 모퉁이를 돌아 여자 앞으로 달려들었다. 여자는 휴대폰을 움켜쥔 채 외투 자락을 꼭꼭 여몄다. 추위를 심하게 타는 여자는 움츠린 고개를 들어 사방을 둘러보았다. 이 시간에도 어디선가 봄은 오고 있을 터인데 어디에도 봄의 기미는 보이지 않았다. 올해는 그 속도가 유난히 더뎠다.

여자는 다시 휴대폰을 열어 컨설팅 사이트에 접속했다. 패스워드를 누르니 지점 이름에 이어 메시지가 떴다. 여자는 천천히 입점 버튼을 눌렀다.

최소 비용이라도 확보해놓아야 했기에 집주인에게 결정적으로 케이오패 당한 날 여자는 당장에 미스터리 쇼퍼 아르바이트를 신청했다. 이벤트에서 얻은 공짜 영화 티켓으로 안면을 익혀놓은 서버 담당자는 그동안에도 여자의 부탁을 잊지 않고 있었다. 오늘의 추천은…… 던킨도너츠, 파리바게트, 맥도널드…… 담당자가 두서없이 쭝얼거리다 에이, KFC로 나가세요, 했다. 당연히 먹을 것과 수당이 제공되는 일이었다. 여자가 미스터리 쇼핑을 아르바이트 직종으로 택한 이유는, 시간에 구애받지 않고 프리랜서로 활동할 수 있다는 점 못지않게 프로젝트만 잘 선별하면 끼니까지 해결되는 일거양득의 조건 때문이었다.

오늘 여자에게 주어진 활동은 오전, 오후, 저녁 세 건.

일정이 이처럼 풀타임으로 잡히는 경우는 거의 횡재나 다름없었다. 기왕 공부를 작파하고 나선 김에 다 수행하고 들어가면 좋겠지만 여자는 이사 날짜를 의식해 두 건만 치르겠다고 담당자에게 보고했다. 여자에게 주인과의 약속을 이행할 뾰족한 대책은 없었다. 그렇다고 더는 벌어진 상황에 맞대응할 다른 방책도 없었다. 여자도 갈 수 있는 데까지 갔고 주인 역시 물러설 수 있는 데까지 물러섰다는 것에 심정적으로 양쪽 다 동의하고 있었다. 이 시점에서 합의를 깨는 일은 여간 위험천만한 게 아니었다. 주인이 검지 하나만 까딱하면 즉시 집달관들에게 맨몸뚱이만 달싹 들려 바깥으로 내던져질지도 몰랐다.

여자는 KFC 매장 앞에서 걸음을 멈췄다. 돌연 자동문 안쪽의 세상이 지독한 악의로 다가왔다. 완전무장을 하고 들어서야 할 것 같은, 누군가에게 총구를 겨누지 않으면 누군가로부터 당장 총알 세례를 받을 것만 같은 절박감이 여자를 훑었다. 여자는 한 번도 경험해본 적 없는 강렬한 적의에 몹시 당황했다. 결코 합당하지 않은 감정이었다. 오늘 저녁 머물 방이 없다는 것과 지금 초 다퉈 공부해야 할 시간이라는 것에 애달고 있긴 했다. 하지만 오로지 그 이유가 암행 쇼핑에 적의를 불러왔다는 건 납득되지 않았다. 만약 꼭 적의를 갖겠다면 느닷없이 일어나 여자를 사로잡는 자신의 미스터리 시간에 혐의를 두는 게 마땅했다. 오전의 매장에서처럼. 혹 거기에 거슬러 집주인의 암행과 연관시킨다면 그런 대로 수긍할 수는 있다.

이봐요, 강희선 씨!
여자는 짐작이 가는 목소리에 얼른 스위치를 내렸다.
여자가 시험공부에 매달린 지 두 주일쯤 된 일요일 아침, 집주인이 죽어라 현관문을 두들겨댔다. 차임벨을 두 번 세 번 누르던 여유가 기다림의 폭이 길어지면서 분개에 차는 듯했다. 어둠 속에서 여자의 휴대폰 역시 주인이 터뜨리는 부아에 푸른빛을 내며 쉴 새 없이 자지러졌다. 여자는 휴대폰을 이불로 들씌우고 숨을 죽였다. 그러잖아도 휴대폰에 집주인 번호가 뜰 때마다 욕실 바닥을 이물스럽게 기어가던 지렁이를 봤을 때처럼 소스라치고 있었다.
지난여름 장마가 한창인 무렵 살진 지렁이 한 마리가 여자의 욕실을 찾아들었다. 지렁이는 징그러운 생김새와 달리 추연하게도 내장이 다 보일 듯 투명했다. 여자는 예기치 못한 투명함에 머리가 어질했다. 까닭을 알 수 없지만 순간 어떤 지고의 순수함과 만난 느낌이었고 그러자 자신이 무구함에 경배를 올리던 시기가 언제였는지 까마득했다. 과거가 되돌아갈 수 없는 시간이듯 앞으로는 이전의 순수함을 되가질 수 없으리란 생각이 들어 와락 쓸쓸해졌다. 여자는 깨금발로 수챗구멍을 열고 수도꼭지를 있는 대로 세게 틀어 지렁이를 향해 물줄기를 쏘아댔다. 지렁이는 고통스럽게 버둥버둥하다 결국 고무호스의 물살을 이기지 못해 하수관 안으로 떠밀렸다. 여자는 지렁이가 사라진 뒤에도 오래오래 물줄기를 쏘았다. 그때 수챗구멍으로 떠밀린 지렁이가 문득 자신인 것만 같아 화들짝, 호스를 놓치는 바람에 물벼락을 맞은 적이 있었다.

주인은 확인 사살을 하는 저격수처럼 끈질기게 문을 두들기며 통화 버튼을 눌러댔다. 여자는 이불 속의 드르륵거리는 진동음을 들으며 사라져간, 어떻게든 밀려드는 물살을 거슬러보려고 버둥질 쳤을 지렁이를 생각했다.

없는 것 같은데? 아냐, 아깐 불이 켜졌던 것도 같아. 보증금 백만 원은 여자가 도중에 지불하지 못한 임대료를 메꾸기에 턱없이 모자랐다. 공부에만 몰두하기로 작정한 날의 계산으로 보증금은 임대료의 열흘 치도 남아 있지 않았다. 그러니까 지금은 보증금도 선불금도 없이 무단 거주하고 있는 셈이니 집주인이 달려온 것도 무리가 아니었다.

여보, 창틈으로 못 들여다볼까? 꽉 닫혀 있는데 거기로 보이겠어? 일단 철수하고 이담엔 저녁에 와보자. 안에 불 켜 있는 거 확인할래믄 그 편이 나을 것 같아. 다녀갔다는 거 알 수 있게 쪽지나 붙여와. 부스럭거리는 소리에 이어 곧 집주인 내외의 발걸음 소리가 멀어져갔다. 여자는 휴대폰이 묻혀 있는 이불 더미를 쳐다보며 흠칫 몸을 떨었다.

'통화가 안 되어 부득불 다녀가요. 필히 연락 안 주면 큰 불이익을 받게 될 거요. 집주인'

메모는 강서에 산다는 주인이 한강을 건너 강북으로 오기까지의 귀찮은 노고와 치미는 분통을 '부득불', '큰 불이익'이란 말로 경고하고 있었다. 여자는 두려운 마음으로 쪽지를 떼어내며 그냥 한 달 치를 보내줄까 하고 잠깐 갈등했다. 시험일까지는 두 달하고도 20일, 지금 지불하기에는 너무 일렀다. 조금 더 버텨야만 한다. 여자는 메모 쪽지를 자잘하게 찢어 쓰레기봉투에 꾹꾹 찔러 넣었다. 여자가 다음으로 한 일은 반지하 방에서 옹색하게나마 날씨를 짐작할 수 있는 창문을 완벽하게 가리는 일이었다. 창문의 삼 분의 이가 옆집에 막혀 있다 해도 나머지 불빛은 어둠을 밝히려 청청하게 내뻗칠 것이었다.

여자의 손놀림이 빨라졌다. 주방 가위에 싹둑싹둑 잘린 이불보가 추리닝 바지의 끈과 스카치테이프에 묶여 못에 걸리자 여자의 일곱 평 원룸은 금세 캄캄한 암흑으로 변했다. 여자는 그제야 더듬더듬 스위치를 찾아 불을 켰다. 한밤중이 되면 바깥을 돌며 혹시 한 줄기 감추지 못한 빛이 새어 나가지 않나 찾아봐야 할 것이었다.

밤 열두시, 여자는 책상 앞에서 일어났다. 주인이 이처럼 늦은 때에 방문할 리 없다고 판단해 결정한 시각이었다. 그동안에도 주인은 여자를 아홉 번이나 호출했다. 그때마다 방구석으로 밀려난 휴대폰이 무섭다고 온몸으로 소리를 질렀다.

새해 벽두의 매서운 밤바람 속에 바깥에서 바라본 방은 어둠 뒤로 깊숙이 물러나 그곳에 존재하지도 않는 것 같았다. 여자는 안도인지 슬픔인지 모를 감정으로 하르르 숨을 떨었다. 곧이어 끓어오르는 자괴감. 실로 견디기 어려운 모멸감이 두터운 어둠과 엉기며 여자를 에웠다. 여자는 허겁지겁 몸을 털어 부끄러움의 비늘을 벗는다. 황량한 여자 앞으로 겨울바람이 사납게 몰아쳤다.

　한기가 들어 부리나케 지하 계단을 뛰어 내려가는데 앞집 남자가 여자의 현관문을 기웃대고 있었다. 그동안 제법 스쳤을 테지만 여자와 정식으로 인사를 나눈 적은 없었다. 아, 여기 계시네요. 잠깐만요. 집주인 아저씨가 바꿔달랍니다. 여자는 벌린 입을 다물지 못했고 남자는 그런 여자를 뜨악하게 쳐다보았다. 남자의 휴대폰에서는 집주인이 쉬지 않고 여보세요, 하고 외쳐댔다. 전화를 받아 든 여자는 지금 일어나는 상황이 실제가 아니라고 주문을 외웠다. 어느 외계에서 들리는 듯 주인 아저씨가 강희선 씨! 하고 불렀다. 섬광처럼 시험 날짜가 여자의 뇌리를 스쳤다. 강희선은 제 언니…… 전 동생 강희명이에요. 언닌 지금 중국에…… 여자는 자신도 모르게 튀어 나간 말에 어찌할 바를 몰랐다. 여자의 무의식에 있는 언니가 이 시점에, 이런 방식으로 튀어 나올 줄은 정말 상상도 하지 못했다. 여자가 정신을 수습할 새도 없이 집주인이 소리쳤다. 그럼, 처음부터 자매가 살았어? 여자는 다음 말을 잃었다. 얘네들 영 안 되겠네, 둘이 살면서 수도 요금도 한 사람 것만 보내고 말야, 동생은 월세 보증금 다 까진 건 알아? 여자는 아무런 말도 할 수가 없었다. 참, 가스 요금도 두 달째 밀렸다고 하던데 독촉장 받아 봤지? 내일 당장 임대료와 공과금 날짜대로 정산하고 방빼! 여자는 그제야 정신이 번쩍 들었다. 집주인의 호통은 머나먼 행성에서 보내는 질타가 아니고 바로 한강 건너, 지금이라도 내달리면 삼사십 분이면 도착할, 가깝다면 아주 가까운 거리에서 전달되고 있었다. 저, 제가 내일 우선 한 달 치 넣으면 안 될까요? 언니 오면 곧 정리할게요. 집주인이 그 말에는 순순해졌다. 꼭 약속 지켜. 언니 오는 대로 아저씨랑 통화하게 하고. 참 동생 휴대폰은 몇 번이지? 그냥 언니 걸로 하시면 제가 받을게요.

휴대폰을 돌려주고 돌아서는 여자를 향해 남자가 입장이 곤란한 전화인 줄 몰랐다며 미안해했다. 여자는 괜찮다고 했으나 말의 자음과 모음 틈에 박힌 얼음 조각들이 목젖에 생채기를 내는 것같아 얼굴을 찡그렸다. 여자는 힘겹게 현관문을 닫으며 언니의 존재를 떠올렸다.

언니.

여자에게 언니란 여자가 태어나기 전에 죽었을 뿐이었다. 하지만 여자는 느닷없이 세상으로 불려 나온 언니가 아주 낯설지 않았다. 외동인 여자는 힘들고 외로울 때마다 백일을 못 넘겨 죽었다는 그 언니를 아쉬워했다. 스스로 터무니없다고 생각하면서도 언니가 죽지 않고 살아 있었다면 하는 엉뚱한 기원은 늘 여자를 안타깝게 했다. 여자는 자신이 세상으로부터 거부당하고 있다고 느낄 때, 아버지가 한 걸음 한 걸음 절망을 밟아갈 때, 혼자 아버지의 그런 절망을 감당하지 못할 것 같아 두려울 때, 이생에 아득한 탯줄로나마 연결된 적이 있는 언니의 부재가 아쉬워 견딜 수가 없었다.

여자는 회사 일이 아웃소싱 체제로 바뀌면서 정리해고 당한 뒤 아무리 눈높이를 낮춰도 이력서를 내는 데마다 번번이 떨어졌다. 바깥세상은 여자가 한 군데 직장에 몸담고 있는 동안 무서우리만큼 치열하게 변해 있었다. 계약직이라는 보장되지 않은 일자리조차 경쟁률이 만만치 않았다. 그들은 여자가 사용가치로 여기는 경력을 오히려 큰 결함이나 되는 것처럼 부담스러워했다. 어쩌지 못해 전전긍긍하는 때를 같이해 여자의 아버지 역시 실패에 실패를 거듭하며 지하 방으로 내려와 먼 길을 준비했다. 밀려든 불행을 속수무책으로 바라보던 여자는 어느 날 어머니를 원망했다. 혼자서 어쩍하라고, 왜 나만 딸랑 낳아놓았느냐고, 앙탈 아닌 앙탈을 부렸다. 어머니가 손을 홰홰 젓기라도 하듯 대답했다. 아니야, 아니야. 니 언니가 있었어. 지금 그 애가 살아 있다면 너나 나나 얼마나 든든하겠니? 엄마도 그게 원망스러워. 아버진 저러시고 우리 앞으로 어떻게 사니? 엄만 뭘 어찌해야 할지 하나도 모르겠어. 난 정말 몰라. 너, 나한테 돈벌이시킬 생각은 절대 하지 마. 엄만 아무것도 못해. 이젠 니가 벌어다 먹여. 엄마 친구 딸들 보면 알아서 잘도 챙겨주더라. 지금부턴 니가 다 알아서 해. 원래도 공주인 양 철없던 어머니이긴 했지만 상황이 상황이니만큼 여자는 어머니의 태도에 너무 기가 막혀 아무 반박을 할 수가 없었다. 어머니 말대로 의지할 언니라도 있다면 하고 뜬금없는 생각을 했을 뿐이다. 이후 부재하는 언니는 여자의 잃어버린 모든 것을 상징했다. 모든 것이 원래대로 회복되었으면 하는 간절한 염망 가운데 자리한 언니.

순식간에 강희명이 된 여자가 잠자코 방을 둘러본다. 이제 언니 것이 되어버린 휴대폰이 방구석에서 잠자코 여자를 올려다보았다. 강희명, 실제의 여자가 아니면서 실제인 여자는 낯선 눈길로 그것을 받아들인다. 그때 조심스레 현관문을 노크하는 소리.

앞집 남자였다. 강희선, 아니 희명 씨…… 여자는 남자의 눈길을 탐색했다. 남자에게 혹시 있을지 모르는 의혹이 걱정되어 여자는 곧, 저 희명이에요, 하고 못을 박았다. 내친걸음이었다. 남자가 알밋알밋하다 입을 열었다. 사과하는 뜻에서 밤참 좀 나눌까 해서…… 여자의 입에 침이 고였다. 원래 늦은 아침과 이른 저녁, 하루 두 끼만 먹는 여자는 주인 내외가 다녀간 뒤로 먹는 걸 잊고 있었다. 여자는 처음으로 남자를 자세히 보았다. 삼십 대 중반은 되어 보였고 유독 눈이 큰 남자였다. 눈빛은 맑았지만 이곳 반지하 사람들이 겉옷처럼 걸치는 궁기까지 피하지는 못했다. 마주 보는 네 가구의 입주자들은 대개 비슷비슷한 분위기를 풍겼다. 가끔 사내를 끌어들이는 B02호의 중년 여자도, 하루가 멀다고 빈 막걸리병을 현관 앞에 쌓아놓는 B03호 아저씨도, 모두 어쩌다 부딪치게 되면 상대에게서 자신의 궁상을 확인하고 허둥지둥 눈길을 피하곤 했다. 입맛이 없길래 저녁을 걸렀다가 나올 때 몇 개 말아봤어요. 횟집에서 일하거든요. 남자의 손에는 초밥 도시락이 들려 있었다. 여자는 희미한 미소로 남자의 호의를 받아들였다. 여자의 위장이 심한 허기를 느껴 거절할 수가 없었다.

앞집 남자는 여자가 공무원 시험을 준비하는 걸 알고 퇴근길에 수시로 여자의 현관문을 두드렸다. 그때마다 그는 앞집이에요, 하고 자신의 신분부터 밝혔다. 여자의 경계심을 의식한 까닭이었다. 그의 손에는 영락없이 김초밥이나 생선초밥, 회덮밥이 들려 있었다. 얼마 전에는 머뭇머뭇하더니 점퍼 주머니에서 소주 한 병을 수줍게 꺼내 보였다. 이건 곤란해요? 실은 오늘 귀빠진 날이라 자축할까 하다…… 여자는 잠시 난감한 얼굴이 되었다가 남자를 들어오게 했다. 하루 저녁쯤 몸과 정신을 위로해주는 것도 나쁘진 않을 것이었다. 사실 그때 여자는 언제 폭발할지 모를 만큼 극도로 예민해 있었다. 저녁나절 여자의 어머니가 눈물 콧물 바람으로 고통을 호소하며 청천벽력 같은 전화를 해왔다. 의사가 맹장이 터져 장까지 구멍 난 거 같대. 당장 수술해야 된대. 엄만 어떻게든 꾹꾹 참아보려 했어…… 믿기지 않을 만큼 어머니로서는 죽을힘을 다한 인내였다. 전화를 끊기가 무섭게 여자의 근황을 알 리 없는 집주인이 쉴 새 없이 여자의 것이자 여자의 언니 것인 휴대폰으로 여자의 언니를 찾아댔다. 벌써 며칠째였다. 지난번 부친 임대료가 한 달 치의 기한을 채우고도 한참 지나 있었다. 이봐, 이젠 언니든 동생이든 상관없으니까 보증금 조로 석 달 치만이라도 한꺼번에 들여놓든가 방을 빼든가 해. 주인은 사라져버린 계약자를 포기했는지 여자의 언니의 책임을 여자에게 물었다. 얼마 동안 언니의 존재로 유예받던 심리적인 보호막이 떨어져 나간 여자는 실제의 언니가 행방불명이라도 된 것처럼 공황상태에서 벗어날 수가 없었다. 누가 뭐라든 여자는 언니의 부재를 인정하기 싫었고 그래서 은연중 그 부재를 부정했다. 그렇게라도 해야만 시시각각 조여드는 긴장을 이겨낼 수 있을 것 같았다. 그러는 중에 더해진 어머니의 소식은 여자에게 말 그대로 재난이었다.

남자는 현관에 들어서자마자 스카치테이프와 잡동사니 끈을 동원해 이불보로 얼기설기 가려놓은 창문을 놀란 눈으로 쳐다보았다. 여자가 우물쭈물 변명했다. 집주인이 언제 올지 몰라서요. 남자가 민망한 얼굴로 고개를 끄덕였다. 집주인이 저한테도 가끔 전화를 해요. 언니에 대해 묻는데, 걱정 마세요. 난 아무것도 모른다고 했으니까. 여자는 순간 가슴속에서 무언가 쿵 떨어지는 소리를 들었다. 오늘은 다 잊고 잠깐 쉬세요. 여자는 그제야 생각난 듯 방으로 들어서는 남자를 제지했다. 집이 추워요. 가스가 끊겨서. 남자가 말을 잇지 못하고 한참 여자를 바라보았다. 그의 눈에 놀라움과 안쓰러움, 한심함이 차례로 스쳤다. 가스 메인 밸브가 건물 외벽 어디에 있을 거예요. 우선 올려서 쓰고 봅시다. 남자가 종이 가방을 여자에게 맡기고 서둘러 바깥으로 나갔다. 여자가 어두운 벽을 비출 만한 것을 찾다가 할 수 없이 빈손으로 나가려는데 벌써 남자는 손바닥을 털며 돌아왔다. 이런 냉골에서 어떻게 지냈어요? 여자가 방석 서너 개만큼의 전기장판이 깔려 있는 책상 밑을 검지로 가리켰다. 미련스러운 건지 지독한 건지 모르겠네요. 시험 때까지만 버티려구요. 여자가 기어드는 목소리로 답했다. 금방 따뜻해질 거예요. 일단 지금은 내 방으로 갑시다.

남자의 방은 남자 혼자 사는 방이라고 하기에는 모든 것이 정갈했다. 남자는 준비해온 것들을 주섬주섬 밥상 위에 꺼내놓았다. 생선회 접시를 열자 작은 원룸이 바다 냄새로 가득했다. 여자는 남자가 이것저것 차리는 모습을 꿈인 듯 바라보았다. 방은 따뜻했고 여자의 기억은 가족과 나누었던 안온한 식탁을 더듬었다. 몇 걸음 밖 여자의 방이 알래스카나 남반구에 위치하기라도 한 듯 아득하게 느껴졌다. 자신과는 상관없는 머나먼. 여자는 남자가 술잔을 건넬 때에야 비로소 정신이 들었고, 문득 수험서들만 들고 이쪽으로 건너올 수 있다면 모든 고민이 해결되고 시험에도 곧 합격할 수 있지 않을까 하는 엉뚱한 생각을 했다.

여자와 남자는 술잔을 핥듯 술을 오래 아꼈다. 여자는 나른해지는 어깨를 주무르며 남자를 바라보았다. 남자는 말이 없는 편이었다. 술잔만 묵묵히 기울였다. 여자처럼 술이 쉽게 줄지 않는 걸 보면 음주를 즐기는 타입도 아닌 것 같았다. 시간이 지날수록 방에는 건조한 침묵이 흘렀다. 두 사람을 둘러싼 공기가 종내 파삭파삭 부서져 가루로 날릴 것 같은 시간을 더 참지 못한 여자가 간질거리는 목젖을 달래듯 말을 쏟아내기 시작했다. 원래 제가 이러진 않았거든요. 언니가 하던 사업이 잘 안되어서 그래요. 저의 언닌 제게 부모님 대신이었는데. 저요? 전문대 졸업하고 백화점 관리

부서에서 오 년을 일했더랬어요. 회사에서 모든 업무를 아웃소싱으로 바꿔버리자 언니가 공부를 권했어요. 차라리 공부를 더 하라고. 언니 말대로 그러려고 준비하는데 불행하게 언니 사업이 부도가 나고 말았어요. 저의 언닌 디자이너이면서 사장이었거든요. 동대문에서 옷을 만들어 납품했어요.

여자가 전문대학을 졸업하고 백화점 관리부서에서 오 년간 일한 건 사실이었다. 여자의 아버지는 의식을 놓기 전 여자에게 당부했다. 넌 지금이라도 공무원 시험을 쳐보는 게 어떻겠니? 한 이삼 년 두 눈 꾹 감고 준비해봐라. 곰곰 생각해보니 공무원만큼 인생이 보장되는 직업도 없는 거 같구나. 여자는 아버지가 곧 죽을 것이라는 것도 잊어버리고 하마터면 소리를 지를 뻔했다. 온 집안을 엉망으로 망가뜨려놓고 고작…… 하지만 여자는 곧 아버지의 말에 발목이 잡히고 말았다. 너무도 그 의미가 사실적으로 다가왔기 때문이었다. 아버지가 전 인생을 통해 터득한 이치가 아니더라도 여자도 그때쯤 재취업에 지칠 대로 지쳐 있었다. 더구나 언제 또 잘릴지 모르는 직업에 대한 불확실성이 여자를 더 의기소침하게 만들고 있었다.

여자가 아버지 장례를 치르고 지하 방까지 정리했을 때 남은 돈은 백만 원이었다. 어머니는 여자가 장도의 길을 걷는 동안 시골 이모한테 얹혀 지내기로 했다. 떠나던 날 어머니가 서울역에서 말했다. 얼른얼른 합격해서 나 데리러 와. 엄마 너무 오래 기다리는 거 싫어. 그때 여자는 새삼스레 또 절감했다. 어머니의 존재가 위로도, 위안도 아닌 무거운 책임일 뿐이라는 것을. 그렇기 때문에 어머니와 마주할 밥상을 위해서라도 기필코 시험을 통과해야 하리라는 것을.

여자는 남자가 묻지도 않은 말에 계속 답했다. 근데 얼마 전 언니의 지인이 중국에서 다시 시작해보자 해서 그쪽으로 건너갔어요. 모든 게 지금 다 잘되고 있대요. 금방 들어와 정리할 테니 공무원 시험 그만두고 중국에서 공부하라네요. 잘되었어요. 그래도 기왕 준비한 거니까 마지막으로 한 번 더 봐보려구요. 부모님요? 제가 어렸을 때 돌아가셨어요. 여자는 그 말에서 더 이상 진도를 나가지 못하고 사례들렸다. 한참을 캑캑거리던 여자는 눈물 가득 고인 눈으로 남자에게 배시시 웃어 보였다. 남자가 심란한 얼굴로 여자를 들여다보았다. 여자는 그런 남자를 외면하고 또 말을 이어갔다. 언니가 언제 갔냐면요? 얼마 전이에요, 얼마 전. 한 석 달 되었나? 곧 들어온다고 했어요. 참 아저씬…… 여자는 곧 입을 다물고 말았다. 이곳에 둥지를 튼 사람들의 사연이라는 게 듣지 않아도 지레 구질구질할 것이라는 생각이 들어서였다. 남자의 나이에서 겪었으리라 짐작되는 일이라고는 사업 실패나 결혼 실패 정도였다. 매일 밤 퀴퀴한 지하계단을 혼자 내려오는 남자의 주머니 사정도 더 특별할 건 없었다.

여자가 매장 출입문 앞에서 가당찮은 적의를 다스리는 사이 자동문이 경계심 없이 스르르 열린다.

어서 오십시오, 케이에프시입니다.

직원은 친절하게 여자를 맞았다. 이름표를 확인할 수 없어 여자는 이름 대신 응대자의 인상착의를 꼼꼼하게 기억했다. 분명 시간제 아르바이트생일 것 같은 동글 탱탱한 어린 청년의 복장은 결코 단정하달 수가 없었다. 유니폼인 빨간 셔츠가 칠칠치 못한 아이의 속옷처럼 빠져나와 있고 군청색 바지는 군데군데 기름얼룩이 묻어 있었다.

매장은 거의 빈자리가 없었다. 단체로 왔는지 교복을 입은 여학생들이 좌석의 반 이상을 차지해 가족 단위는 물론 연인으로 보이는 커플들이 자리를 구하느라 어수선했다. 여자는 매장 안을 민첩하게 훑으며 카운터로 향했다. 몇 발짝 떼지 않아 여자의 포충망 안으로 쓰레기 분리함 위에 나란한 플라스틱 통 세 개가 걸려들었다. 여자는 이곳이 자본주의의 최첨단인 백화점에 입점한 매장임을 인지하고 시대의 심각한 오류라도 발견한 것처럼 눈을 동그랗게 뜨고 걸음을 빨리했다.

가까이 가보니 본사의 감독하에 꾸며진 인테리어 수거함은 오로지 '플라스틱 및 종이 접시', '빈 컵', '물 및 얼음'이라고 쓰인 사각 플라스틱 통과 식판을 놓는 받침대로만 이용되고 있었다. 본사의 생명과도 같은 직영점이 버려진 듯 완전 방치되고 있다는 판단이 들자 아까 오전에 들렀던 매장을 나오면서 느꼈던 자신을 향한 혐오감이 서서히 사라져갔다. 정당한 업무를 정당하게 처리하고 있다는, 임대료를 지불하지 못한 세입자가 아니라 이젠 집주인이라도 된 듯한 당당함이었다.

　오전에 방문한 매장은 거의 나무랄 데 없이 운영되고 있었다. 반갑게 고객을 맞았고 업무는 신속했다. 계산하는 직원은 정확하게 받은 돈과 거스름돈을 안내했고 매장 환경과 직원들이 착용한 복장 또한 깔끔했다. 조사 상품인 '허브갈릭초이스'에 대한 제품 안내도 막힘이 없었다. 다만 실수가 있었다면 여자의 집요한 까탈에 숍마스터가 끝까지 안내하지 못했다는 것이었다. 여자만큼 수심이 깊어 보이는 마스터는 물을 많이 탔나, 콜라가 왜 이리 밍밍하냐며 카운터를 찾은 여자에게 깊숙이 허리를 꺾었다. 치킨 통가슴살을 그대로 넣어 만든 버거와 은은한 허브향의 바삭하고 매콤한 맛의 부드러운 치킨으로 늦은 아침을 든든히 먹은 여자는 용기를 내어 마스터와 눈을 맞췄다. 저흰 규정한 비율을 절대 어기지 않습니다. 제가 직접 새로 뽑아서 올려보죠. 여자는 마스터가 건넨 잔도 퇴짜를 놓았다. 암만해도 진짜 맛이 아니에요. 이젠 수돗물 맛까지 느껴지네요. 여자가 직원이 뽑아다 준 네 번째 잔마저 되내쳤을 때는 그의 인상이 심하게 구겨졌다. 이분 환불해 드려. 이 대목에서 마스터라는 직원이 이렇게 대응해서는 안 되었다. 감정을 꼭꼭 숨기고 고객이 무엇을 어떻게 해주기를 원하는지 끝까지 물었어야 했다. 카운터 주위로 직원과 고객들이 빙 둘러섰다. 지금 고객을 모욕하고 있다는 거 아세요? 여자 역시 이런 식으로 맞대응할 필요가 전혀 없었다. 네, 맞습니다. 저 또한 모욕당하고 있으니 고객님 같은 분께는 제품을 판매하지 않겠습니다. 여긴 고객 관리가 이 정도밖에 안 되는가 보죠? 비디오로 촬영하듯 일어난 상황의 반응만을 관찰하고 체크하라는 회사의 요구를 여자는 무엇엔가 홀린 듯 묵살했다. 그리고 낯선 사람의 느낌이 되어 또박또박 매장을 걸어나갔다. 직원 하나가 급히 쫓아오며 물었다. 호, 혹시 미스터리 쇼퍼 아니세요? 여자는 그 질문에 저도 모르게 흐흥, 자신이 듣기에도 묘하고 기이한 임호 같은 내답을 하다가 화들짝 놀랐다. 회사의 방침은 그게 아니었다. 여자는 얼른 정신을 차리고, 그게 뭐죠? 천연스럽게 반문했다. 직원이 여자를 훑어보다가 아, 아니에요? 또 오십시오, 하고 허리를 깍듯하게 굽혔다. 여자는 출입문을 나서다 자신이 조금 전 무엇을 원하고 있었는지 깨닫고 등골이 오싹했다. 검은 돈의 유혹? 결단코 그래선 안 되는 일이었다. 아무리 당장 이사 나가는 일이 끔찍이 어려운 문제라 할지라도 말이다. 하필 그때 앞집 남자에게 얼토당토않은 거짓말을 쏟아냈던 날의 기억이 혐오의 옷을 입고 거칠게 일어섰다. 여자는 이 모든 일들이 어머니의 지나친 인내가 불러온 결과 때문이라고 애써 자신을 변명했다. 차라리 이 황망한 현실을 앞집 남자에게 솔직하게 털어놓고 잠시 신세를 지면 어떨까 하는 생각이 스쳤으나 곧 고개를 저었다. 남자가 그 비슷한 내용의 언질이라도 준 적이 있다면 모를까, 어떻게 먼저 말을 꺼내겠으며 자신을 발가벗김으로써 느끼게 될 수치심을 또 어떻게 감당해야 할지 생각만으로도 가슴이 뻐근했다.

여자는 삐쭉삐쭉 일어서는 생각들을 가차 없이 내리눌렀다. 지금으로서는 암행 쇼핑에만 전념해야 할 것이었다. 더욱이 눈앞의 대상은 무방비로 허술한 상태였다. 정당하고, 당당하게! 여자의 입이 꾹 다물렸다. 현관정을 부수는 일은 단 한 번이면 족했다.

'연락이 계속 안 되길래 혹시 무슨 사고가 있지 않나 싶어 경찰관 입회하에 강제로 문을 열었어요.(동네 지구대에 확인) 별일이 없어 다행이고 부득이하게 현관 자물쇠를 바꿨으니 연락 주시오. 주인백.'

어머니를 퇴원시키고 일주일 만에 집에 돌아온 여자는 하마터면 현관 앞에서 주저앉을 뻔했다. 적나라한 굴욕감이 여자를 단번에 엎어뜨리는 것 같았다. 메모 옆에는 내용증명 사본도 나란히 붙어 있었다. 임대 계약 이행을 제대로 하지 않았으므로 모든 법적인 조치를 취할 것이라는 내용이었다. 그때 앞집 현관문이 열리며 남자가 나왔다. 여자는 남자가 자신의 귀가에 귀 기울이고 있었다는 데에 생각이 미치자 얼굴이 화끈 달아올랐다. 그와 눈이 마주치는 순간 뭐가 그렇게 궁금하냐고 쏘아붙이고 싶을 만큼 화가 났지만 지금껏 베풀어준 호의를 봐서 차마 그럴 수는 없었다. 이제 어떻게 할 거예요? 남자가 물어왔다. 여자가 할 수 있는 일이라고는 주인이 원하는 대로 하루빨리 방을 비워주는 것뿐이었다. 주인한테 연락할래요? 여자에게는 당장 준비된 해답이 없었다. 여자는 풀이 죽어 아니라고 대답했다. 그렇담, 도어락을 통째로 바꿉시다. 여자는 정신이 확 들었다. 더 나은 방법도 없겠다는 생각에 지갑을 열어 보았다. 지갑에는 채 일만 원도 남아 있지 않았다. 남자는 여자를 지켜보다 말없이 현관정 위에 붙어 있는 열쇠 가게 전화번호를 자신의 휴대폰으로 꾹꾹 눌렀다. 시험이 언제라고 했어요? 3월 25일요. 이제 두 달도 안 남았네. 주인이 명도소송 밟는 동안은 충분히 버틸 수 있겠어요. 한겨울엔 내쫓을 수 없도록 법으로도 보호하고 있으니 가능한 시험 때까지 뻗대보도록 합시다. 여자는 남자의 행동이 단순히 약자 편에서 돕는 거라 생각하기엔 지나친 감이 없지 않았지만 따져볼 경황이 없었다. 고맙습니다. 언니가 오면…… 그래요. 언니 기다리믄서 열심히 공부하소. 우선은 열쇠 수리공부터 기다리고. 그의 말에서 기이하게 두 겹의 의미가 전해졌다. 묘하게 겉말과 속말이 층을 달리하며 교차했다. 여자는 얼굴을 굳히고 남자 몰래 깊은숨을 들이마셨다.

단체 여학생들이 하나둘 쓰레기 분리함으로 몰려들었다. 금세 플라스틱 통은 빈 컵과 쓰레기들로 넘쳐났다. 여자는 때를 놓치지 않고 휴대폰의 카메라를 눌렀다. 기어이 통 하나에서 얼음 알갱이와 물이 벌창하면서 붙박이 수거함을 타고 바닥으로 흘렀다. 여자는 계속해서 카메라를 눌러댔다. 여학생들이 재재거리며 한꺼번에 모여들고, 누가 일부러 클라이맥스라도 제공하는 듯 적절한 시기에 그 통이 넘어져 바닥에 큰 소리로 떨어졌다. 학생들이 고함을 지르며 물러섰다. 여자의 휴대폰은 흥분으로 달구어졌다. 뒤늦게 달려온 마스터가 직원들을 시켜 이것저것 지시하다 여자를 발견했다.

지금 뭐하시는 거죠?

아, 아이들이 재밌네요.

죄송하지만 사진은 곤란합니다. 우리 매장의 이미지 때문에 양해 부탁드릴게요. 지금 찍은 사진, 제 앞에서 삭제해주시면 고맙겠습니다.

어머, 그런 요구는 고객의 프라이버시를 침해하는 거 아닌가요?

손님, 아니, 언니!

단발머리 작은 키의 마스터가 울상을 지었다. 여자는 두근거리는 마음으로 그녀의 이름표를 천천히 확인했다. 마스터가 여자의 시선이 자신의 명찰에 머무는 것을 보고 낭패스레 물었다.

미스터리 쇼퍼 맞으시죠?

여자가 흐흥, 웃음인지 대답인지 모를 소리를 흘리며 그게 뭔데요? 하고 물었다. 여자의 손에 땀이 흘렀다. 여자는 카운터로 걸어가 담담한 얼굴로 '허브갈릭초이스'를 포장 주문했다. 여자를 허겁지겁 쫓아온 마스터가 직접 여자의 주문을 처리했다. 여자는 카드 명세표와 포장한 상품을 받아 들고 황급히 돌아섰다. 동글통통한 직원이 여자에게 또 오십시오, 케이에프시입니다, 하고 큰소리로 인사했다. 등을 꼿꼿이 세우고 매장을 가로지르는 여자의 걸음이 남모르게 후들거렸다.

여자는 길거리로 나서자마자 얼른 포장 봉투부터 열어보았다. 내부의 어떤 힘이 여자를 몰아붙이는 듯했다. 그 안에는 만 원권

다섯 장이 들어 있었다. 여자는 범죄 현장에서 도망치듯 허겁지겁 봉투를 닫고 결코 자신이 의도한 바가 아니라고 극구 부인했다. 무슨 일이 있더라도 휴대폰에 저장된 사진은 반드시 증거자료로 제출될 것이다. 보고서 역시 더하거나 빼지 않고 있는 그대로 정직하게 작성될 것이고. 여자의 머리 위로 빠르게 한기가 스쳤다.

여자의 연락을 기다리던 주인이 지쳐 달려왔을 때 여자는 동면 같은 칩거에 들어 있었다. 현관정이 다시 교체된 걸 안 주인 내외는 현관문을 발로 차며 분통을 터뜨렸다. 뭐 이딴 게 다 있어! 여자는 방에서 숨을 죽이고 집주인의 격노를 오물을 뒤집어쓰는 기분으로 고스란히 받아냈다. 그 시간은 느리게 흘렀고 두려움으로 고통스러웠다. 창문을 열려고 했을 때는 혹시 문이 잠겨 있지 않았을까 봐 숨이 멎는 것 같았다. 이봐, 강희선 씨, 안에 있는 거 다 알고 있어. 너, 아주 질이 나쁜 애구나. 어떻게든 최대한 버텨보려는 모양인데 아저씨가 그리 호락호락하지 않아. 어디 두고 보자고!

언제부턴가 여자의 집에 프락치가 있는 것 같다고 했다. 그 사실을 알려준 건 앞집 남자였다. 남자는 암만해도 누가 현관문에 표시를 해놓는 것 같다며 자신은 조심할 테니 걱정하지 말라고 했다. 여자는 자정을 넘긴 시간 간혹 앞집 남자가 먹을 것을 전해줄 때를 제외하곤 방에서 꼼짝하지 않았다. 열두 가구가 입주해 있는 주택에 주인의 프락치를 맡고 나설 세입자는 얼마든지 있을 터였다. 누군가 문틈에 종이쪽지를 끼워 사람이 들고나는 흔적을 감시했다. 별 소득이 없자 다음엔 포장용 초록색 테이프가 붙여졌고 나중엔 아예 종이로 문을 봉하기까지 했다. 디데이를 세며 악착같이 공부에 매달렸으나 여자의 신경은 온통 현관문으로만 달려갔다. 마지막으로 전 과목을 빨리 한 번 더 다지고 문제풀이에만 집중하리라던 계획은 총론에서 계속 머무적거리며 나아가지 못했다. 가스가 또 끊겨 행정법만큼이나 여자의 어깨와 등허리를 짓눌렀고 커피포트에 끓여 먹는 봉지 라면은 시린 속을 달래주기는커녕 오히려 더 쓰리게 했다. 살아오는 동안 멋모르고 허비한 시간들이 일제히 들고 일어나 여자를 고문하는 듯했다. 시간이 째깍째깍 바로 돈으로 환산되는 느낌을 그토록 절박하게 느껴본 적이 없었다.

일주일 전, 새벽 한시가 가까운 시각, 앞집 남자에게서 도시락을 받아 드는 여자의 이름을 부르며 검은 그림자가 불쑥 계단을 내려왔다. 여자는 현관문을 기댄 채 그 자리에 얼어붙고 말았다. 앞집 남자 역시 그대로 동작을 멈췄다. 집주인이었다. 주인은 남자를 한 차례 쏘아보고는 여자를 밀고 들어섰다. 너 아주 맹랑한 애네. 사람을 왜 이리 성질나게 만들어? 뒤따라온 주인 여자가 창문을 보며 혀를 찼다. 아유, 이렇게 움막 만들어 사니깐 좋으니? 친친 잘도 감아놓았네. 대체 어찌할 셈으로 이런 거야? 여자는 할 말을 잃었다. 언니가 곧 와서 해결한다 했는데 아직 안 와서요. 전 지금 공무원 시험 준비하느라 알바를 못 해서…… 언니라구? 아냐, 넌 강희선이야. 아무리 생각해도 넌 강희선이 맞아. 아니에요. 전 동생 강희명이에요. 그럼 민증 내놔봐. 여자는 가슴이 덜컥했다. 지금 언니 것밖에 없는데…… 그거라도 줘봐. 여자는 가방을 오래오래 뒤져 주민등록증을 꺼냈다. 이거 너 맞잖아. 그때 주인 여자가 나섰다. 이제 와서 그게 무슨 상관이에요? 포기 각서나 쓰라 그래요. 주인 남자가 준비해온 서류를 여자 앞에 던졌다. 이건 니가 약속한 날짜까지 방을 비우지 않으면 여기 있는 모든 물건을 밀린 임대료와 공과금 조로 주인이 임의대로 처리해도 좋다는 포기 각서야. 잘 읽어보고 도장 찍어. 기한은 얼마면 되겠어? 여자는 더 이상 버틸 수 없다는 걸 깨달았다. 일주일? 주인의 말에 여자는 고개를 끄덕였다. 좋아. 내용 잘 확인해보고 여기 날짜 쓰고 도장 찍어. 여자가 고개를 흔들었다. '포기 각서'라고 명시된 문서를 보자 주인의 요구대로 모든 것이 깨끗이 포기되었다. 그 내용을 확인할 필요까지는 없었다. 도장을 찾는데 주인 여자가 말렸다. 아니, 너 지장 찍어. 주민번호랑 이름도 그 옆에 쓰고. 여자는 가만가만 숨을 고르고 주인 여자가 시키는 대로 자신의 신상을 적었다. 거봐, 본인이 잖아. 이거 앙큼한 기집애라니깐. 주인 여자가 달려들어 머리카락이라도 뜯을 것처럼 흥분했다. 주인 남자가 서명한 종이를 낚아채 여자 눈앞에다 바싹 대고 마구 흔들었다. 이거 법적인 효력 갖는 거 알지? 여자는 얼굴을 피하며 아무 대답도 하지 않았다. 일순 머릿속과 눈앞의 사물들이 모두 정지되는 것 같았다.

주인 내외를 배웅하려고 나서는데 앞집 남자가 문을 열고 나왔다. 집주인이 남자를 흘기며 여자에게 다시 경고했다. 이번에도 빠져나갈 생각했다간 큰코다쳐. 여자는 겨우 예, 하고 대답했다.

주인이 떠나고 그때까지 서 있는 남자를 보자 여자는 누구에게랄 것 없이 화가 솟구쳤다. 방 뺄 거예요. 곰팡내 풀풀 나는 이깟 방, 저 얼마든지 뺄 수 있거든요. 남자가 더듬더듬 물었다. 어, 언제, 어떻게요? 일주일 뒤에요. 우리 언니도 곧 온다구요. 홱 돌아서는 여자의 뒷모습을 남자가 걱정스럽게 바라보았다.

고가 통로는 아까보다 훨씬 번잡했다. 여자는 행인들 틈을 비집고 유리 돔을 통과한 잿빛 하늘을 헤치며 앞으로 나아갔다. 잿빛 뭉텅이들이 자꾸만 무겁게 여자의 발목을 감아들었다. 여자는 의식적으로 보폭을 크게 놓았다.

여자는 가방들이 쌓인 노점 앞을 지나치다 우뚝 걸음을 멈췄다. 바퀴 달린 삼 단짜리 커다란 가방이 여자를 불러 세운 듯 한눈에 들어왔다. 어쨌거나 이삿짐을 챙겨야 했다. 아무리 단출하게 짐을 꾸린다 해도 수험서와 당장에 갈아입을 옷들까지 놓고 나갈 수는 없는 일이었다.

가방 두 개를 들고 낑낑 지하 계단을 내려서던 여자는 깜짝 놀랐다. 앞집 남자가 여자의 현관문 앞에서 서성이고 있었다. 지금 남자는 일터에 있어야 할 시간이다. 여자는 확 짜증이 일었다. 지나친 호의가 때로는 모욕이 될 수도 있다는 걸 그때 처음 알았다. 치욕의 순간을 견디느니 차라리 자신을 외면하고 싶다는 욕망이 여자를 강하게 유혹했다. 미스터리 시간의 유혹. 어차피 밑바닥이라면 더 이상 참혹해질 수 없다는 반발이었다. 이제 구차하고 비루하게 존재하지 않으리라, 적어도 이 공간에서만큼은. 여자는 결기를 세우고 표정을 다잡았다.

저, 누구시죠?

남자가 어이없는 표정으로 여자를 쳐다보았다.

아, 우리 희명이가 도움 많이 받았다는 앞집 아저씨인가 보구나.

칼바람이 여자의 가슴을 벨 듯 지나갔다. 남자의 얼굴은 흙빛으로 변해갔다. 여자는 억지웃음을 지었다.

그잖아도 뵈면 고맙다고 인사드리고 싶었어요. 지금 희명인 이사할 데로 먼저 갔거든요.

남자가 여자를 뚫어지게 쳐다보다 냉랭히 말했다.

진짜 언니가 왔다면 잘됐네요. 난 정 갈 데가 없으면 우선 내 방에 머무르라고 그럴까, 아님 짐이라도 내 방으로 들여놓으라고 할까 하고 부러 왔는데, 잘됐어요.

남자가 한 손을 들어 보이며 횡허케 돌아섰다. 여자도 고개를 까딱하고 돌아섰지만 손이 덜덜 떨려 열쇠를 찾을 수가 없었다. 한참 가방을 뒤적거리며 허둥거리는데 남자가 계단을 올라가다가 한마디 던졌다. 남자의 목소리는 한결 누그러져 있었다.

어쨌거나 용기는 잃지 마세요.

여자는 무엇인가에 얻어맞은 듯 머리가 멍했다. 어렵게 현관문을 따고 들어갔지만 무엇부터 해야 할지 앞이 캄캄했다. 책상 위에는 아침에 들여다보느라 펼쳐놓은 행정총론과 풀어야 할 문제집이 들쭉날쭉 쌓여 있었다. 여자는 온몸의 피가 일순에 빠져나가는 것 같아 그 자리에 주저앉듯 쪼그렸다. 방바닥에 아무렇게나 던져놓은 시커먼 가방 묶음이 이물스럽게 여자를 올려다보았다. 같이 팽개쳐 있던 KFC 봉투도 조롱하듯 살포시 입을 벌렸다. 그때 여자의 가슴 저 안쪽에서 누군가 다급하게 소리쳤다. 야, 희선! 지금 뭐하는 거야? 빨리 남잘 쫓아가! 여자의 등뼈가 튕기듯 곧추선다.

밤을 달리는 자전거

남동생이 새벽에 남해안으로 여행을 떠났다. 민소매 빨간 셔츠와 스키니진 차림의 근육질 몸매가 아주 멋있었다. 동생의 여자 친구, 아니 이제는 약혼녀가 된 신디와 함께였다. 그들의 빠른 진도로 나 역시 한시바삐 진로를 정해야 한다는 압박감을 느꼈다. 어머니 또한 내게 빠른 결단을 요구했다.

　매일 아침 집을 나갈 때마다 그녀는 내게 물었다. 오늘 학원 등록해, 말아? 나는 긍정도 부정도 아닌 침묵으로 일관했다. 어머니는 나의 그런 반응만으로도 일단 안심하는 것 같았다. 정작 딸이 당신의 음모에서 내쳐지지 않은 것에 안도하고 있는 줄은 모르고 있었다.

　어머니가 권하는 학원에서는 네일아트와 피부 미용 따위를 가르쳤다. 어머니는 그곳에서 헤어디자인을 배우는 중이었다. 창업을 위한 준비였고 거기에 딸이 동참하기를 바랐다. 더욱이 머나먼

이국에서의 창업은 용기가 필요했다. 그래서 가족, 특히 동지로서 의지할 딸을 원했다. 새로 그려질 가족의 그림에 아버지는 없었다. 아버지는 그 사실을 전혀 알지 못했다. 명예퇴직한 뒤 나름으로 충일한 삶을 사느라 바쁘기도 했고 어머니가 그 계획을 철저히 비밀에 붙인 까닭도 있었다. 아메리칸 드림은 발 빠른 동생에게만 해당하는 줄로 알고 있었으니, 아버지의 맹문이 나의 결단을 자꾸만 유보시켰다. 아니다. 아버지에게 약간의 핑계를 댈 수는 있지만 그것은 전적으로 내 문제였다.

아버지는 창으로 내다보이는 옥상 텃밭에 물을 주느라 분주하다. 나는 책상 위에 던져놓은 아버지의 도장과 통장을 물끄러미 바라보다 이웃집으로 시선을 돌린다. 이웃집 남자가 출근을 서두르고 있을 터였다. 남자는 출근길에 아들을 어린이집에 맡겼다. 아이는 다섯 살이라고 했다. 지금쯤 남자는 아이를 자전거 유아 안장에 앉히며 아빠 허리 꼭 잡아, 하고 있을지 모르겠다. 아니면 눈이 감기는 아이를 억지로 깨워 밥을 먹이고 얼굴을 씻기고 있을지도. 아이는 제 엄마의 보드라운 손을 기억해 남자의 서툴고 투박한 손길에 또 투정 부리겠지. 남자는 잠시 동작을 멈추고 우는 아이를 달래고 있을지 모를 일이다. 나는 남자가 퇴근길에 아이를 자전거에 태우고 오는 모습까지 생생하게 그릴 수 있다. 내 방에서 사선으로 내려다보이는 곳에 그들의 원룸이 있었고, 고작해야 일곱 평쯤 되는 공간에서 벌어지는 일들은 내가 마음먹고 커튼을

젖히기만 하면 고스란히 한눈에 들어왔다. 남자의 나팔꽃도, 아이의 강낭콩도, 아이와 샤워하고 나오는 남자의 팬티 차림이나 벽에 기대어 물구나무를 서는 모습들이 창틀 난간을 지나 방범용 스테인리스 막대 사이로 드러났다. 심지어 아이가 화장실 문을 확 열어젖히는 바람에 변기에 앉은 남자의 희멀건 아랫도리를 훤히 들여다본 적도 있었다. 남자는 뭐라고 중얼거리며 아이에게 쥐어박는 시늉을 했다. 그때의 남자는 무성영화 속의 찰리 채플린처럼 우습고 귀엽고 조금은 슬퍼 보였다. 남자와 아이가 나팔꽃과 강낭콩에 물을 주는 모습 역시 애잔한 가족 드라마의 한 장면을 보는 것 같았다. 매일 저녁 남자는 아이를 허리께로 안아 올려 화분이 놓인 창틀 난간에 키를 맞춰주곤 했다.

단물을 받아 마신 아버지의 텃밭, 스티로폼 박스에서 흙냄새가 피어오른다. 나는 창문으로 솔솔 넘어오는 나른한 이 냄새가 싫지 않다. 아버지는 이 집으로 이사 오자마자 가장 먼저 옥상에 텃밭을 만들었고 음식을 만들기 시작했다. 나는 요즘 아버지를 보면서 동물들이 지진이나 해일을 예견하듯, 어떤 부류의 인간은 본능적으로 자신에게 일어날 일을 미리 감지하는 능력이 있는 게 아닐까, 하는 생각이 들곤 했다. 아버지는 일주일 내내 혼자서 잘도 즐겁게 지냈다. 이삼일 걸러 한 번씩 동네 골목을 샅샅이 쓸고, 관내 주민센터에 다니는 이웃집 남자의 소개로 독거노인들을 순번 정해 돌보고, 자전거를 타고 한강으로 낚시하러 다녔으며 무엇보다 요리를 즐겨 했다. 그리고 가끔씩 세탁기도 돌렸다. 아버지가 명예퇴직을 결심한 날, 이미 그러한 일들도 같이 결심되었는지 몰랐다. 여태 내가 식구들 벌어 먹였으니 난 인제 그만 쉴라네. 벌어놓은 것 가지고 자네가 다 알아서 함세. 퇴직금은 내 가용으로 쓸 테니 자네가 모아놓은 현금은 알아서 쓰게. 어머니는 그날로 그토록 원하던 승용차를 어이없는 방법으로 아버지에게서 맥없이 물려받았고, 며칠 동안 안방에서 두문불출했다. 그런 뒤에 어머니가 내놓은 방안은 마침 아들도 미국에 가서 살겠다 하니 이번 기회에 우리 가족 모두 미국이나 캐나다 등지로 투자 이민 가는 건 어떻겠느냐는 것이었다. 동생의 미국행을 두고 갈등이 있었던 만큼 아버지는 어머니의 말에 코웃음을 쳤다. 이놈의 나라엔 희망이 없어요, 그렇지 않니? 어머니가 나를 돌아보며 응원을 청했다. 나는 어머니 말에 동의할 수도, 엄마마저? 하고 몰아세울 수도 없어 그냥 자리를 피하고 말았다. 당시의 내 심정은 낯선 외국에까지 가서 새로이 구하고 싶은 희망이 없었다. 나는 그즈음 그런대로 내 생활에 만족하고 있었다. 대학 때부터 사귀어 온 S와의 관계에도 불만이 없었고, 계약직이긴 했지만 다니는 직장도 마음에 들었다. 어머니는 또 한 번의 고심 끝에 다락같이 오른 아파트를 처분해 임대 수입이 나올 만한 다세대주택으로 옮겨 앉겠다는 대안을 내놓았다. 그리고 아버지만큼의 메가톤급 선언을 했다. 재산분할청구. 어머니는 아버지에게 재산분할을 요구했다. 아버지는 두말없이 어머니의 청을 들어주었다. 목동아파트의 시세는 십 억을 훨씬 웃돌았고 어머니는 그것을 처분해 반을 챙기고도 아버지의 명의로 목동과 가까운 구로구에 옥탑방을 포함해 오 층이나 되는 주택을 구입했다. 어머니는 그렇게 현명한 방법으로 자신의 권리와 가족의 안전을 지켰다. 어머니 몫의 돈은 또 다른 수입원으로 투자된다고 했다. 아버지는 어머니가 하는 일에 반대하지 않았다. 오히려 일이 돌아가는 모양새에 만족해하는 눈치였다. 아버지는 일견 안정되고 여유로운 노년을 향해 한 발짝 다가간 것 같았다.

애, 오늘 어쩜 부동산에서 계약하자고 전화 올지 몰라. 이따 엄마가 핸폰 하면 아빠 몰래 받아, 알았지? 어머니가 오늘은 나가면서 학원 등록해, 말아? 대신 다른 주문을 했다. 나는 역시 대답을 하지 않는 것으로 어머니의 음모에 가담했다. 어머니는 아버지 몰래 도장과 통장 하나를 슬그머니 내 방에 놓고 나갔다. 어머니는 헤어디자인뿐 아니라 영어 학원, 원어민이 직접 지도하는 회화 개인교습까지 받느라 정신 못 차리게 바쁘다고 했다.

온종일 집에서 빈둥거리는 나는 느지막이 아침 설거지를 끝내고 컴퓨터 앞에 앉는다. 야트막한 뒷산을 넘어온 태양이 옥상에 오도카니 앉아 있는 내 방으로 기어들어오는 걸 보면 시곗바늘은 지금 열시 근처를 지나고 있을 터다. 이 방에서는 시계를 볼 필요가 없다. 햇살이 비치는 각도만으로도 현재 시각을 충분히 알 수가 있다. 내가 이 방에서 가장 먼저 익힌 것은 시간과 바깥의 기온이었다. 코끝으로 감지되는 공기의 파동으로 대충 기온을 짐작한 뒤 아버지가 창문 밖에 걸어놓은 온도계를 확인하면 별로 오차가 나지 않았다. 해가 구름에 가리더라도 어렴풋이 남기는 그림자가 있어 시각을 읽는 일에도 별 무리가 없었다. 오늘은 말복답게 무더위가 종일 이 방을 차지하고 있을 게 분명했다. 벌써 25도 이상의 기온이 느껴졌다. 설거지하면서 들은 예보대로 낮에 소나기나 왕창 쏟아졌으면 좋겠다. 서울 일부 지역에 천둥과 번개를 동반한 국지성 소나기가 내린다고 했다. 이상스레 오늘은 미치도록 천둥번개가 기다려진다. 하늘이 쩡쩡 갈라지고 전봇대마다 변압기가 뺑뺑 터지고 자동차들이 폭우 속에 갇혀 허둥거리는 옆을, 자전거를 타고 안양천으로 거침없이 내달리고 싶다.

내가 옥탑으로 올라오고 나서 또 한 가지 익힌 것이 있다면 자전거 타기였다. 나는 밤마다 안양천에서 자전거를 배웠다. 식구들은 아무도 내가 자전거를 타는 줄 몰랐지만, 그래서 가끔은 아버지가 나에게 자전거를 타보라고 권하기도 했지만 사실 나는 홀로 자전거를 익혔고 지금은 씽씽 잘 달릴 수 있을 만큼의 실력이 되었다. 어떻게 보면 그 일에 이웃집 남자가 일조했다고 볼 수 있다. 처음 자전거를 끌고 나간 날부터 남자의 시선을 느꼈다. 나는 곧바로 이웃 사람이라는 걸 알아보았고 끌고 가는 자전거조차 균형을 잡지 못해 얼굴이 벌게져 집으로 돌아오고 말았다. 그러나 하루 이틀 그의 세세한 일상을 엿보면서 나도 모르게 대담해졌다. 그런 뒤로 나는 보란 듯이 남자 앞에서도 엎어졌고, 그러다가 다시 일어섰고, 또 엎어지고 일어서던 끝에 마침내 달렸다. 남자 역시 내가 자기를 알아보는 걸 아는지 모르는지 저만치 앞서 달려갔다가 되돌아오기를 반복하는 것으로 나를 염려했다. 그렇게 우리는 조금은 우스운 풍경으로 날마다 밤을 달렸다. 글쎄, 여편네가 겁도 없이 말이다. 카드 빚도 모자라 은행에서 돌려 막기 못 허게 헌다고 사채를 썼대지 뭐냐. 그거 막느라 아파트도 차도 다 날리고 면목 없으니까 도망갔대는구나. 지금 사는 집도 월세래고, 젊디젊은 놈이 대책 없는 여편네 하나 땜에 아까운 인생 쫄딱 망해 먹었지 뭐냐. 저녁 식탁에서 아버지는 어디서 들었는지 남자의 얘기를 전했다. 매일 밤 나는 인터넷 서핑을 하다 지치면 무작정 자전거를 끌고 나갔다. 그 길에는 늘 남자가 있었다. 돌아오는 길에 가끔 패밀리마트에 들르면 남자가 먼저이거나 내가 먼저이거나 우리는 소주나 맥주를 들고 나란히 계산대 앞에 서 있곤 했다. 물론 우리는 서로 시선을 비끼며 모른 척했다.

지금 LA 시각으로는 오후 다섯시, 재미 교포 웨딩 컨설팅 회사에서 소개받은 지미가 컴퓨터에 느긋하게 매달리기에는 아직 이른 시간이다. 이민 2세로 한국 대기업 계열회사에 근무한다는 그는 장모될 사람이 헤어디자이너이고 한인 타운에서 창업하기를 희망한다는 말을 듣고 나서는 당장에라도 한국으로 달려올 기세였다. 고요하게 가라앉은 내 방에서 팔딱팔딱 살아 움직이는 게 있다면 그것은 오로지 그의 달뜬 활자들일 것이다. 속도가 빠른 그의 타법은 마치 다급하게 내뱉는 말처럼 모니터 위에 글자들을 와르르 쏟아놓곤 했다. 나도 어머니랑 같이 창업에 참여할 거라는 멘트에 그의 타자 속도는 요즘 더 빨라졌다. 외모는 그럭저럭 남들에 비해 빠지지 않는 나지만 직장도 없고 과년한 탓인지 처음엔 시큰둥하게 굴던 그였다. 그래서 근래 그의 반응은 조금 우습기까지 했다. 나야말로 머리숱이 적고 얼굴이 동글납작한 지미의 사진을 처음 보았을 땐 정말이지 다 그만두고 싶었다. 눈썹이 짙고 훤칠한 S의 사진을 그에게 보내주고 싶은 충동까지 일 정도였다. S에게 나의 미국행을 말한다면 S는 어떤 반응을 보일까. 웨딩 컨설팅 일은 아무도 모르는 비밀이었다.

칠 개월 전 S와 결별하기로 작정한 날, 나는 아무도 모르게 컨설팅 회사에 거금 팔십칠만 원을 지불하고 회원 가입했다. 한국 거주 한국 국적을 가진 신청자가 내야 하는 가입비였다. 여자 회원 조건 항목에 깨끗하고 순수하게 살아왔음을 다짐할 수 있느냐는 내용이 지금까지 처녀성을 지켰는가를 묻는 것 같았지만 눈을 꾸욱, 감는 걸로 눈앞의 환난을 돌파하리라 마음먹었다.

근무하던 은행이 합병되면서 나는 속수무책으로 직장에서 밀려났고, 순전히 그 까닭으로 박사논문만 끝내면 결혼하자던 S가 나를 만나는 일에 부담을 느끼는 것 같았다. 아니, 어떻게든 핑계를 만들어 요리조리 몸을 뺐다. 나, 지금 너를 피하고 있거든, 하는 게 확연히 느껴지는 태도였다. 그 이유는 뻔히 짐작되었다. 대학 전임을 확보할 때까지 S는 시간강사로 전전해야 할 것이고, 그렇다 해서 S네 집에서 결혼한 자식의 생활비까지 대줄 형편은 못 되었고, 우리 아버지 역시 명퇴했으니 말하나 마나고, 가끔 영화라도 보고 밖에서 밥이라도 사먹으려면 내게 안정된 직장이 절대 필요할 것이었다. 평소 그가 나의 직업에 만족도가 높았던 것도 그런 조건과 무관치 않았다.

자존심 다 접고 S를 다그쳐 불러낸 날, 나는 엉뚱하게 내가 S한테 계약직으로 입사했다는 말을 한 적이 있던가를 되작였다. 아무리 기억을 더듬어도 S에게 그 말을 했는지가 도무지 생각나지 않았다. 야, 내가 너한테 계약직이란 말 했냐? S가 놀란 표정으로 황급히 물었다. 너, 그럼 계약직이었어? 나는 가뿐하게, 아니, 라고 대답했다. 내가 부정하는데도 그의 표정은 쉽게 놀라움을 거두지 못했다. 가슴이 조금 아릿했다. 너 전임 따려면 암만해도 한참 걸리겠지? 그 말에 S가 눈을 동그랗게 떴다. 우리 약속 재고해보면 어떨까? 뭐, 파기래도 좋고. 나는 더 마주할 용기가 없어 슬며시 그를 외면했다. S가 조심스레 물었다. 헤어지자는 거야? 꼭 그건 아니고. 좋은 방법을 찾자는 거지. 그가 성마르게 바싹 앞으로 다가앉았다. 내가 뭐랄 입장이 못 되는 건 네가 잘 알잖아. 그럼 천천히 생각해보게 우리 한 달에 한 번만 만나는 걸로 할래? 당장은 힘들지도 모르니까. 나는 그러지 뭐, 하고 간단하게 대답했다. 대신에 새로 만나는 사람 생기면 곧바로 통보해주기다, 라고 덧붙였다. 그가 경쾌하게 알았어, 오우케이, 했다. 그의 날아갈 듯 가벼운 경쾌함에 하마터면 그렇게 좋아 죽겠냐고 빽 소리를 지를 뻔했다.

다행히 컨설팅 회사에서는 남자 회원 조건을 아주 구체적으로 걸어놓고 있었다. 대졸 이상의 학력으로 직업이 확실하고 최소 월

수입이 삼천오백 달러는 될 것. 나는 개별 조건으로 상대가 반드시 미국 시민권자라야 한다고 명시했다. 동생도 신디의 시민권으로 쉽게 아메리카호에 탑승하고 있었다. 어머니도 그 배에 궁둥짝 하나를 들이밀고 있는 셈이다. 내가 동생처럼 혼자 힘으로 제 앞가림을 하고 있다는 걸 안다면 어머니는 어떤 표정을 지을까. 어이구, 기특한 내 딸! 동생의 피눈물 나는 노력에 비하면 난 그들의 등에 업혀 쉽게 편승하게 될지도 몰랐다.

동생은 신디의 마음을 끌어내기 위해 많은 애를 썼다. 동생 역시 고난과 좌절 끝에 내린 결론이었다. 유망한 직업이 될 것 같아 환경과학을 전공한 동생은 공익 근무 기간 동안 나름으로 관련 자격증을 두 개나 따두었지만 취업에 실패했고 결국 이 년여의 백수 생활을 보낸 뒤에 전공을 바꿔 다른 학과에 편입했다. 새로운 학교의 동아리에서 신디를 처음 본 날, 동생의 말대로라면 필이 꽂혔다고 했다. 동시에 비전이 없는 한국보다 미국행이 더 낫겠다고 판단했다. 당시 동생의 체중은 나날이 늘어 백 킬로그램을 넘고 있었다. 신디 마음을 얻기까지 동생은 무려 삼십 킬로그램을 감량했고 전공인 마케팅보다 영어 공부에 더 주력했다. 결국 백팔십오 센티의 키에 근육질로 탄탄해진 동생은 혀를 매끄럽게 굴리는 영어까지 구사하면서 신디에게 결혼 약속을 받아냈다. 급기야 지난 달에는 어머니와 함께 미국으로 건너가 약혼식까지 올리고 왔다. 그리고 마침내 신디는 짐을 싸들고 우리 집으로 들어왔다. 그들은 이제 한 학기만 마치면 미련 없이 한국을 뜰 것이었다. 수속을 위해 이미 결혼신고도 해놓은 터였다.

하필 신디가 짐을 싸들고 집으로 들어온 날, 나는 S와 만났다. 지금껏 서로 애인을 만들지 못했으므로 S도 나도 의례적인 만남을 지속하고 있었다. 돌아오는 길은 다른 날에 비해 기분이 영 엉망이었다. 신디가 온 걸 알면서 그냥 내 방으로 올라갈 수가 없어 나는 사 층 현관문을 열었다. 단란하게, 아주 단란하게 네 식구가 텔레비전을 보며 과일을 먹고 있었다. 이제 아버지는 미국 사람이 되겠다는 아들도, 신디도, 마음으로 다 받아들인 것 같았다. 나는 현관에 선 채 고개를 까딱하는 걸로 나의 귀가를 알렸고, 신디에게는 미소를 지어 보이는 걸로 환영의 뜻을 표시했다. 올라갈게요, 하고 돌아서는데 동생이 뒤따라 나왔다. 축하한다, 하려던 말이 엉뚱하게, 니네 애는 언제 갖냐, 가 튀어나왔다. 느닷없는 내 질문에 동생이, 내 인생 감당하는 일만도 죽겠는데 생뚱맞게 웬 애, 했다. 웬 애지? 나는 속으로 되물었다. 일순 몸이 휘청하는 것 같았다. 동생이 나를 걱정스럽게 쳐다보았다.

아이를 갖고 싶은 건 나였는지도 몰랐다. S는 결혼 십 주년에 꼭 지중해로 크루즈 여행을 떠나자고 했다. 바르셀로나쯤에서 출발해 베니스로 들어가는 거야. 우린 그럴 수 있겠지? 내가 웃으며 말했다. 당근이지, 정 안 되면 거룻배라도 타지, 뭐. S가 발끈했다. 이게 김새는 소리해! 내 말 농담 아냐. 그의 말에 내가 고개를 끄덕였다. 알았어. 그 자리에 나처럼 예쁜 딸도 하나 있음 좋겠다. 아이한테 파란 드레스를 입히면 어떨까? 그리고 S의 맨살 털북숭이 가슴팍에 검지로 크루즈, 지중해, 파란 드레스, 라고 썼다. S가 아이까지, 하면서 간지럽다고 낄낄대고 웃었다. 정작 S는 아이를 원하지 않았다. 아이를 짐이라고 생각하는 축이었다. 그런데 아이라니! 나는 동생에게 너네 미국엔 언제 들어갈 거냐고 둘러댔다. 동생이 졸업은 해야지, 하며 고개를 갸웃했다. 그때 계단에 난 창문으로 이웃집 남자의 자전거 소리가 들렸다. 나는 단숨에 계단을 뛰어올랐다. 내려다보니 아이는 여느 날처럼 남자의 침대에 곤히 잠들어 있고 남자가 마당으로 자전거를 내놓는 중이었다. 나도 서둘러 반바지와 가벼운 셔츠로 갈아입었다.

남자가 자전거를 타고 저만치 앞에서 달리고 있었다. 늦은 밤의 골목은 조용했다. 나는 있는 힘껏 페달을 밟아 남자를 앞질렀고 골목을 빠져나가 빨간불로 바뀌기 직전에 횡단보도를 건넜다. 도로 저편에서 남자가 무연하게 이쪽을 바라보았다. 나는 또 힘껏 페달을 밟아 고척교를 지났고 안양천으로 연결된 내리막길을 내달렸다. 달맞이꽃과 개망초가 달빛 아래의 메밀밭처럼 펼쳐지고 내 머리보다 훨씬 높은 갈대숲에서는 풀냄새가 향긋했다.

자전거 불빛에 돌연 검은 덩어리가 보였다. 네 다리를 벌린 채 나자빠진 고양이 사체였다. 단번에 훑어낸 것 같은 텅 빈 배 속이 공허감과 동시에 공포를 던졌다. 언제 나타났는지 내 옆으로 오토바이 한 대가 질주했다. 엄청난 굉음에 나도 모르게 배를 더듬었다. 땀의 온기에 안심이 되었다. 나도 곧 그 뒤를 따라 쏜살같이 달렸다.

한강이 가까워지자 목동아파트 열병합발전소의 굴뚝 다섯 개가 항공 경고등을 깜빡거렸다. 저 어디쯤 우리 가족이 꿈꾸며 살았던 공간이 허공에 걸려 있을 것이었다. 하천 건너, 일렬로 늘어선 나트륨 가로등의 노란 불빛이, GS 칼텍스의 파란 불빛이, SK 주유소의 빨간 불빛이 휘황했다.

행주대교 쪽으로 핸들을 틀었다. 한 번도 가본 적이 없는 방향이었다. 강바람이 시원했다. 나는 뭔가에 항의라도 하듯 숨이 턱에 차도록 페달을 밟았다. 바퀴살 구르는 소리가 쉭쉭 내 뒤를 따라왔다. 이마에서, 등에서 땀이 줄줄 흘러내렸다. 자전거는 제동의 기억을 잃은 것 같았다. 엉덩이를 약간 들어 올리고 어깨를 한껏 구부려 최대한 공기의 저항을 막았다. 자전거 도로는 끝이 나지 않을 것처럼 이어졌다. 가양대교를, 방화대교를, 꿈결인 듯 지나쳤다. 막 조류 전망대라고 표시된 데크 앞을 지나는데 누군가 등 뒤에서 그만 가지요, 하고 외쳤다. 그 소리에 속도는 탄력을 놓쳤고, 돌아보니 이웃집 남자였다. 더 가면 비포장이에요. 밤엔 행주대교 밑에 보초서는 군인들만 있어요. 남자의 말대로 몇십 미터 가지 않아 비포장도로가 시작되었다. 나는 하는 수 없이 자전거를 돌렸다. 남자가 내 옆에서 나란히 달렸다. 우리는 둘 다 말이 없었다. 할 말이 없었는지도 몰랐다. 남자는 도망가버린 아내에 대해 말할 수 없었을 터이고 나는 직장을 잃은 탓에 차인 애인에 대해 말할 수 없었다. 더욱이 아버지만 남기고서라도 도망치듯 미국으로 떠날 생각이라는 말은 결코 할 수 없었다. 그저 우리는 아무 말없이 왔던 길을 되돌아 천천히 집으로 달렸다. 시간은 새벽을 향해 있었고 등허리의 땀도 차츰 식어갔다. 우리는 집 앞에서 말없이 헤어졌다. 헤어질 때 목례 정도는 나눴을 것이다.

어제 지미에게서 배달된 꽃다발이 쉴 새 없이 모니터 앞으로 달려온다. S에게 새로운 애인이 생기지 않았다면 오늘쯤 전화를 해올 텐데, 벌써 정오가 가까워지고 있었다. 혹시 휴대폰이 꺼져 있지 않나 전원을 확인한다. 나는 지미의 온라인 등장보다 S의 전화를 더 기다렸다. 그때 아래층에서 아버지가 나를 불렀다. 방문을 열고 나가니 이웃집 남자가 그의 집 옥상에 빨래를 널고 있다. 여름휴가인가? 건조대에 가지런히 널린 속옷이 제 빛을 잃어 누리끼리했다. 도망갔다는 아내가 만들어놓은 습관인지 남자의 취향인지 속옷들의 소재가 하나같이 하얀 면이었다. 러닝셔츠가 어색하게 남자의 손에 털리며 다듬질되었다. 그 쑥스러운 손놀림에 가슴이 아렸다. 몸을 돌리자 등 뒤로 낭랑한 아이의 목소리가 들렸다. 아빠, 우리도 수영장 가자, 씨, 테레비에 수영장 나와. 나는 걸음을 멈추고 하늘을 올려다보았다. 아무래도 소나기가 쏟아질 기미는 없다. 저만치 검은 새 한 마리가 날아가고 잿빛 도시가 몽롱하게 땡볕 아래 서 있다. 멀리 고척교 위로 납작한 갑충처럼 자동차들이 느릿느릿 기어갔다. SK 텔레콤이, 롯데마트가, 제일제당이 한순간에 사라져버릴 듯 비현실적으로 보였다. 순전히 스모그 탓이야. 나는 침을 뱉듯 내뱉고 아래층으로 향했다.

이 부추 좀 다듬어라.

아버지가 부엌에서 오징어 배를 가르며 갓 베어놓아 수액이 흐르는 부추를 턱짓했다. 그 옆으로 조갯살과 생굴도 한 봉지씩 놓여 있었다.

해물전 하시게요?

응, 노인네 하나 바람 좀 쐬어주려고.

햇살이 뜨거울 텐데요. 차라리 스쿠터라도 한 대 장만하든가요.

아빠가 왜 회사 그만뒀는 줄 아니? 그놈의 동넨 뭐든지 빨라. 당최 그 속도를 따라잡을 수가 있어야지. 그런 아빨 좋아할 턱이 있나. 난 내 힘만큼만 구르는 자전거가 참 좋다. 그게 아무리 느려빼도 씽씽 달리면 시원한 바람이 제법 얼굴에 달라붙어. 너도 자전걸 배워보면 참 좋은데 말이다.

나는 못 들은 척하고 딴청을 했다. 아버지는 한 사람이 앉을 만한, 탈착할 수 있는 탈것을 특수 제작해 자전거에 매달고 가끔 거동이 불편한 노인들을 태웠다. 오늘도 나들이를 할 참인가 보았다. 향기 진동했던 뒷산의 아카시아 꽃으로 담근 술을 작은 페트병에 담고 나면 아버지의 소풍 준비는 끝이었다. 오늘은 겉절이와 밥도 준비한다고 했다.

그이가 요즘 통 밥을 못 먹는대는구나.

나는 부추에 손을 대기 전 겉절이부터 한입 집어 먹었다. 그 옆에는 쌈장과 풋고추도 얌전하게 플라스틱 통에 들어 있었다. 풋고추를 하나 집어 쌈장에 푹 박았다. 희한하게도 마음으로는 아버지가 만든 음식을 받아들이기가 싫은데 입은 나를 배반하며 아버지의 음식을 달게 찾았다. 아버지가 눈을 흘겼다.

그건 손대지 말아. 냉장고에 네 꺼도 준비해놨어. 상추도 한켠에 씻어놓았으니 쌈 싸먹고.

그때 휴대폰이 울렸다. 액정화면에 '울엄마'라고 표시되었다. 어머니의 호출이었다.

'미래부동산'의 아줌마 과장은 모든 걸 다 꿰고 있다는 듯 은밀한 미소를 지으며 냉장고에서 박카스를 한 병 꺼내 내게 주었다.

아버님 인장 갖고 오셨죠?

계약하러 온 사내는 웬 젊은 아가씨가 나타나자 의혹의 눈초리를 보냈다. 나는 사내에게 안녕하세요, 하고는 살짝 웃어주었다. 과장이 얼른 그를 다독였다.

아버님이 바빠서 그래요, 계약 즉시 동사무소에 가서 확정일자 받아놓으면 문제 생길 거 전혀 없어요. 오늘 날짜의 등기부도 확인했잖아요? 이처럼 대출 하나 없이 깨끗한 집 요새 정말 드물어요.

나는 미리 작성된 계약서에 아버지의 도장을 꾹 눌러 찍은 뒤 얼른 부동산을 나왔다. 과장이 박카스를 마시고 가라며 불렀지만 바쁜 일이 있다고 둘러댔다. 나는 분명 허둥거리고 있었다. 내가 직접 계약을 해보기는 처음이었다. 마무리를 잘해야 했다. 어머니가 시킨 대로 같은 건물에 있는 은행에 들어가 계약금을 입금했다. 내 이름으로 개설된 통장에는 이미 일억 넘게 예금되어 있었다. 이건 니 몫이야. 아버지한테 상속받는다거나 결혼 자금이라고 생각하면 되잖겠니? 어머니는 차근차근 반지하와 일 층의 원룸 월세를 전세로 돌리고 있었다. 반은 성사시켰으니 앞으로 반만 더 돌리면 어머니의 계획은 일 단계 마무리되는 셈이었다. 앞으로의 반은 동생 몫으로 구분지어질 것이었다. 내가 직장에서 잘리고 그 때문에 S와도 헤어진 것을 알게 된 어머니는 곧바로 미국행을 계획했다. 동생도 암암리에 어머니의 뜻을 받아들인 것 같았다. 니네 아빠 혼자선 삼 층 수입만으로도 실컷 사서. 또 갖고 있는 현찰도 있잖니? 그것도 적지 않을걸. 어머니는 명쾌했다.

어느 날 내가 물었다. 엄마는 아빠랑 별문제 없이 살았으면서 왜 이렇게 해야 하지? 어머니가 말했다. 둘이서 살 만큼 살았잖니. 아빠가 가족을 위해 돈을 벌 만큼 벌었다고, 이젠 당신 인생을 살겠다는 것과 똑같은 거야. 엄마 역시 죽자꾸나 하고 있는 돈, 없는 돈 아끼며 니들 과외시켜 대학 보내봤자 다 꽝 되었잖니? 아빠는 그래도 우리나라 좋은 나라, 길이길이 충성하시겠다니 할 수 없고, 그렇지 않니? 새롭게 살아보는 것도 좋지 않겠어? 새롭잖아. 또 희망도 있구. 난 요즘 힘이 펄펄 솟는다. 갑자기 세상이 환해진 것 같아, 애! 나는 어머니의 새로운 모습을 물끄러미 바라보았다. 온몸에 힘이 좍 빠지는 것 같았다. 해직 통고를 받았을 때와 S가 이별을 너무나 간단하게 받아들였을 때도 그와 비슷한 기분이었지 싶다. 어찌해볼 수 없는 무력감이 나를 짓눌렀다. 아무래도 당장은 아버지의 얼굴을 마주할 수 없을 것 같았다.

나는 잠깐 거리에 그대로 서 있었다. 길 건너편에 '사막의 선인장'이라는 간판이 뜨거운 햇살 아래 피곤한 듯 대롱거렸다.

팔월 한낮의 지하 카페는 완전히 다른 세상 같았다. 곰팡내와 검푸른 조명, 땀구멍을 뚫고 들어오는 냉랭한 습기, 한쪽 구석에 에어컨이 털털 돌고 있었다. 카페 안에는 주인 여자뿐이었다. 사막에 서 있는 선인장처럼 황량해 보이는 여자가 내 앞에 물컵을 내려놓았다.

데킬라 스트레이트로 주세요.

나는 이삿짐 센터 광고가 새겨진 부동산 봉투를 탁자 위에 던지고 안락의자에 몸을 묻었다. 여자가 곧 데킬라를 들고 왔다. 컵 표면에 이슬도 맺히기 전 독한 술을 쿨럭쿨럭 해치우고 레몬 조각을 깨물었다. 가슴이 저리도록 입 안이 시었다. 또다시 한 잔을 청했다. 적당히 향기롭고 적당히 시원한 두 번째 잔을 천천히 음미하다 보니 곰팡내도 습한 냉기도 견딜 만했다. 그리고 모든 걸 다 이해할 것도 같았다. 물론 나 자신까지 포함해서였다. 그런데 무엇인가를 막 부숴버리고 싶은 충동에 목이 바짝바짝 마르고 등뼈에 힘이 들어갔다. 나는 주먹을 꼭 쥐고 정면의 플라스틱 야자나무를 맥이 풀릴 때까지 노려보았다.

바깥에 나갔던 주인 여자가 비에 흠뻑 젖어 계단을 뛰어내려왔다. 여자는 그 길로 누군가에게 전화를 걸어 연방 돌아가고 싶다고 애원했다. 간절함이 더해질수록 목소리는 차츰 기운을 잃어갔다. 여자의 검은 인조 실켓 원피스에 듬성듬성 박힌 크고 붉은 꽃이 단비를 맞아 선명했다. 나는 급히 술잔을 비우고 계산대로 나섰다. 여자가 힘없이 송수화기를 내려놓았다.

비 그치면 가요. 벼락 치는 게 여간 무섭지 않아요.

여자의 부스스한 머리에 김이 오르는 걸 보며 나는 말없이 돌아섰다. 계단 입구로부터 비 묻은 바람이 거세게 몰아쳤다.

지상으로 올라와 보니 장대비가 성난 듯 쏟아지고 있었다. 가까운 하늘에서 번개가 내리꽂혔다. 나는 빗속으로 성큼 들어섰다. 냉방으로 차가워진 몸이 빗줄기를 따뜻하게 품어 안았다. 알근한 취기가 부드러운 위안처럼 빗물에 섞였다. 길가의 플라타너스가 진저리를 치는 것 같았다. 나는 낯선 눈으로 그것을 올려다보았다. 빗줄기가 사정없이 얼굴을 때려 눈을 제대로 뜰 수가 없었다. 통장을 옷 안쪽 겨드랑이에 끼었다. 아버지에게서 허락 없이 훔친 지참금이 비에 젖는 걸 용서할 수 없었다. 집이 아득하고 멀게 느껴졌다.

큰길에서 꺾어 돌자 빗줄기 사이로 골목 끝에 자전거를 탄 아버지가 보였다. 뒤에 달린 탈것에 노인 하나가 옹송그리고 앉아 있었다. 아버지를 부르려고 했으나 목소리가 나오지 않았다. 발걸음도 마음처럼 나아가지 않았다. 하수구 맨홀로 빠져나가지 못한 빗물이 금세 발목까지 찼다.

내가 집 앞에 다다랐을 때는 아버지가 노인을 부축해 사 층으로 올라간 뒤였다. 나는 자전거 짐칸에 실린 도시락 바구니를 풀었다. 비 맞은 도시락은 혼자 사는 노인의 몰골처럼 처량했다.

썻길 참인지 아버지가 푹 젖은 노인을 욕조 안에 앉히고 있었다.

뭐 도와드려요?

나는 바구니를 거실에 내려놓으며 아버지에게 물었다.

그거 잘 들고 왔다. 거의 반이나 갔는데 하늘이 갑자기 시커멓게 변하잖니. 뒤돌았을 땐 이미 늦었어. 노인이래도 남잔데 넌 그냥 올라가려무나. 근데 넌 웬 비를 그리 맞았니? 너도 얼른 썻어야겠다.

내 방에는 미처 끄지 못하고 나간 컴퓨터 모니터에 지미가 메신저를 열어놓고 기다리고 있었다. 나는 그것을 외면하고 계약서와 통장을 책상 서랍에 던져 넣은 뒤 휴대폰을 열었다. 단축키 영 번을 누르자 S의 전화번호가 뜨며 신호가 갔다. 내게 아직까지도 영 순위는 역시 S였다.

학교 정문 앞에서 S를 만났을 때는 비가 완전히 그쳐 있었다. 나는 S를 보자 다짜고짜 맛있는 것을 먹으러 가자고 했다. 마침 S도 점심 전이라고, 오늘 말복이라며? 핸폰으로 닭이 배달되어 알았네, 하며 보양식을 먹자고 했다. 그래서 우리는 땀을 뻘뻘 흘리며 늦은 점심으로 삼계탕을 먹었다. 한 달 만에 본 S는 얼굴이 좋아 보였다. 도서관에만 틀어박혀서인지 피부가 말간 게 웬일로 광채가 나는 것 같기도 했다. 나는 왠지 주눅이 들어 내 행색을 훑었다. 하얀 민소매 원피스가 그런 대로 잘 어울려 안심이 되었다. 샌

들을 신은 엄지발톱에 청록색 패티큐어를 발랐으면 더 좋았을걸, 하고 생각했다. 여린 맨발이 어딘가 허전해 보였다. S는 논문이 잘 풀린다고, 지도교수에게서도 긍정적인 평가를 받고 있다고 자랑을 늘어놓았다. 나는 곧 축하한다고 해줬으나 알 수 없는 조바심으로 내가 발라놓은 닭 뼈를 S의 그릇에 모았다. S가 나 혼자 다 먹은 것 같잖아, 하며 웃었다. S의 말아 올린 입가로 만족감이 살짝 스쳤다. 예기치 않은 섭섭함이 내 안에 날콩 냄새처럼 비릿하게 고였다. 분명 이건 아니라는 생각이 들었지만 마음이 흘러가는 대로 그냥 두었다.

후식으로 식당에서 서비스로 제공하는 커피를 뽑아 오려는데 S가 가까운 데 가서 생맥주나 한잔 마시자고 했다. 나 역시 커피보다는 시원한 맥주가 낫겠다는 생각이 들었다. 점심값을 치르려고 하자 S가 나를 말렸다. 내가 취업을 한 뒤로는 한 번도 없던 일이었다. 물론 해고를 당한 뒤에도 당연히 모든 비용은 내가 치렀다. 으레 들르곤 하던 여관에서도 S는 내가 계산을 마칠 때까지 당연한 듯 옆에서 기다렸다. 그러나 오늘은 아니었다.

맨날 너만 했잖아.

S가 쓸쓸한 눈으로 나를 돌아보았다. 나는 그런 눈의 S를 말릴 수가 없었다. 카운터 쪽으로 돌아서는 S의 등에서 서먹한 기운이 느껴졌다. 나는 순간 S를 확 밀쳤다.

아냐, 내가 할게.

S가 돈을 꺼내다 무춤 돌아섰다. 나는 누구에겐가 쫓기듯 얼른

계산을 마쳤다. S가 그런 나를 껴안고 거리로 나섰다. 몹시 더운 날이었다. 소나기 뒤의 햇살은 아스팔트를 후끈 달구며 양양했다. 나는 햇볕을 피해 S의 품을 파고들었다. 등과 이마에서 땀이 죽죽 흘러내렸다. 허벅지에 묻은 땀 때문에 짧은 원피스 자락이 자꾸만 위로 기어올라 신경이 쓰였다.

우리는 냉방이 잘된 호프집에서 단숨에 생맥주 오백 시시를 들이켰다. 실내에는 엘가의 〈사랑의 인사〉가 잔잔히 흘렀다. S의 눈을 들여다보며 내가 웃자 S가 잔을 내려놓으며 정색했다.

이제 우리 그만 만나자.

입가에 맥주 거품이 피에로 분장처럼 하얗게 묻은 채였다. 나는 그것을 닦아주고 싶어 미칠 지경이었으나 참았다.

뭐하는 사람이야?

어, 중학교에서 영어 가르쳐.

나 엄마랑 헤어샵 오픈하려고 하는데.

S가 생뚱하게 쳐다보다가 진짜 걱정스러운 표정을 지으며 말했다.

요즘 뭐 차리면 거의 다 망해.

그럼 우리 크루즈 여행은 못 가게 되는 건가?

각자 가자.

S 앞에 더 앉아 있으면 안 될 것 같았다. 나는 머리를 매만지고 먼 길을 나서는 사람처럼 괜히 두어 번 발을 구르고 주섬주섬 숄더백을 챙겼다.

왜, 그만 가려고?

가야지.

조금만 더 있다 가.

나는 그럴까, 하며 머뭇머뭇 자리에 앉았다. 그냥 보내지 않고 붙잡아준 S가 더없이 고마웠고, 그 또한 나를 온전히 잊기 위해서는 얼마간의 시간이 필요한 게 아닐까 하는 생각이 들자 약간은 위로가 되었다.

인천행 마지막 전동차에서 내렸다. 여관에서 나오자마자 S와 헤어져 어딘가를 막 쏘다녔는데 잘 기억이 나지 않았다. 길거리에서 노파가 내미는 붉은 장미를 한 다발 샀고 그 꽃잎을 뜯어 하나씩 허공으로 날린 일은 또렷이 생각났다. 그것은 지금 대궁만 내 손에 들려 있다. 나는 꽃술만 수염처럼 남은 다발에서 이파리들을 뜯어내기 시작했다. 개봉 전철역에서부터 날리기 시작한 이파리는 미래부동산 앞에 오자 끝이 났다. 나는 가시만 남은 묶음을 미래부동산 앞에다 미련 없이 던져버렸다. 허정허정 몇 건물을 지나니 패밀리마트 앞이었다. 나는 그 안으로 들어가 냉장고에서 손에 집히는 대로 캔 맥주를 꺼내 계산한 뒤 인도 변 간이 테이블에 앉았다. 눈앞의 육차선 도로에는 제 속도에 취한 듯 자동차들이 쌩쌩 내달렸다. 그 빠른 속도에 기가 질렸다. 달려드는 이질감을 애써 물리치며 나는 꺼내올 때의 기세와 달리 천천히 맥주를 마셨다.

빈 캔이 늘어가면서 내 발이 자꾸만 심연으로 빠져드는 것 같았다. 나는 두 발을 허공으로 들어 올렸다. 몸이 뒤로 젖혀져 기우뚱하는 찰나 아버지가 나타나 내 몸을 받아 자전거 뒤의 탈것에 앉혔다. 탈것은 내 몸에 맞춘 것처럼 꼭 알맞았다. 자전거에 오른 아버지가 안양천 변을 씽씽 달렸다. 한참을 달렸다고 생각되는데 이번엔 내가 아버지를 뒤에 태우고 힘차게 페달을 밟고 있었다. 아버지가 내게 물었다. 넌 자전거 타는 걸 언제 배웠니? 아마도 태어나기 전부터이지 싶어요. 아버지는 나더러 아주 잘 달린다고 칭찬했다. 달맞이꽃과 개망초가 쓱쓱 지나가고 풀숲의 개구리는 개골개골이 아니라 객, 객, 객, 객, 울었다.

　얼마를 달려 한강에 다다르자 선착장에 거룻배 한 척이 기다리고 있었다. 거룻배 안에서 이웃집 남자가 나팔꽃 화분을 손보고 있었다. 그 광경을 우두커니 바라보고 있자니 남자가 몸을 움직여 우리에게 자리를 내주었다. 아버지와 나는 자전거를 남자의 것 옆에 나란히 세워놓고 조심스레 배에 올랐다. 남자가 노를 내게 건넸다. 나는 싫다고 고개를 저었다. 저 멀리 일렬로 늘어선 나트륨 가로등의 노란 불빛이, GS 칼텍스의 파란 불빛이, SK 주유소의 빨간 불빛이 어지러웠다. 아버지가 어디서 났는지 꽹과리를 나지막하게 쳤다. 남자가 그것에 맞춰 노를 젓기 시작했다. 아버지의 꽹과리가 차츰 소리를 높여가고 거룻배는 물살을 따라 하구로 쓱쓱 나아갔다. 어디선가 바다 냄새가 콧속으로 감겨들었다. 내가 다급하게 남자에게 외쳤다. 노를 빨리 저어요. 크루즈가 곧 떠날 거예요. 남자의 팔놀림이 빨라지고 아버지의 꽹과리 소리가 더 높아졌다. 강물도 하늘도 청동색으로 빛났고 우리는 그 거무스레한 구릿빛 속을 낑낑대며 헤쳐 나아갔다. 기진해 있는 나에게 지미가 장미꽃다발을 던졌다. 나는 그것을 냉큼 받아 젤리처럼 엉긴 청동 강물에 헹궜다. 장미 다발은 금세 가시만 앙상하게 남았다. 그것을 보고 지미가 울상을 지었다. 노를 젓던 남자가 나를 돌아보며 땀에 젖어 번들거리는 얼굴로 해죽 웃었다. 나는 아버지에게서 넘겨받은 꽹과리를 빠르게 두들겼다. 장단에 맞춰 아버지가 춤을 추기 시작했다. 남자의 나팔꽃도 줄기를 꼿꼿이 세워 보랏빛 통꽃을 흔들었다. 청동 하늘과 청동 강물이 무겁게 출렁이고 남자는 행진곡풍의 휘파람을 불었다. 바다가 우리 눈앞에 바싹 다가왔다. 나는 또다시 남자에게 소리쳤다. 더 빨리 저어요. 저기 크루즈가 떠나잖아요. 꽹과리 소리가 숨가쁘게 이어졌다. 까강까강 울리는 소리 사이로 문득 크루즈가 영원히 멈추지 않을 것이라는 생각이 후려치듯 달려들었다. 정신이 번쩍 든 나는 황급히 주위를 둘러보았다. 도로에는 여전히 자동차들이 쌩쌩 달리고 있었고 올려다본 하늘은 별빛 한 자락 보이지 않았다. 나는 취기를 털어내며 그 깊고 암담한 하늘을 오래 응시했다.

미망(迷妄)의 집

마루 창문으로 내다보이는 하늘이 누렇게 떠 있다. 메마른 바람이 아침 햇살을 흩뜨려놓았다. 또 이삼 일 입안이 껄끄럽겠구나 생각했지만 차라리 잘된 듯싶었다. 봄날, 나는 그 누런 모래바람이 주는 묘미를 잘 알고 있다. 기억을 한 꺼풀 벗겨 과거의 저쪽으로 몰아가는, 스산하고도 야릇한, 거부할 수 없는 체험을 말이다. 그 서늘한 스산함은 나를 내 안에 꼭꼭 가두며 스스로 더욱 견고해질 것이다.

집 안을 둘러보았다. 종이 상자에 담긴 짐들로 안정감이 없어 보였다. 부피가 큰 가구류는 벌써 처분되어 놓였던 자리만이 때묻지 않은 허연 그림자로 얼룩졌다. 동네 여자들의 가슴을 부풀리던 낡은 소파와 침대, 재래식 부엌 한쪽에 아무렇게나 굴려 다리에는 곰팡이가 슬고 상판 여기저기 흠집이 난 식탁, 딸들을 위해 피아노만 남기고 웬만한 것들은 모두 버린 터였다. 물건뿐 아니라 온갖 군더더기의 감정들까지 실어서. 이젠 살림들이 없어진 만큼 마음도 간단했다.

서너 시간 후면 이 집을 떠날 것이다. 아이들은 고속버스를 타기 위해 일찍 읍내로 출발했고 남편은 아이들을 보낸 뒤 이삿짐 트럭과 같이 오기로 되어 있다. 가구와 식구들이 빠져나간 집은 너무도 적요했다. 이 적막과 고요는 우리 가족이 이 집에 가졌던 기대를 기막히게 배신하는 일이었다. 작년 여기 사택으로 올 때는 아무도 이런 앞날을 예견하지 못했다. 지금도 그날의 열기를 잊을 수가 없다.

아빠, 사택이란 덴 완전 시골이야? 거기서 또 선생님 하는 거야?

공장 안에 우리 학교도 있는 거예요?

남편에게 아이들이 호들갑을 떨며 달려들었다. 그가 직장이 결정되었노라고 연락해온 뒤부터 아이들은 아빠를 기다리며 들떠 있었다.

아냐, 너희들 학곤 조금 멀어. 통근 버스 타고 읍내로 나가야 된다더라. 좀 불편하겠지만 좋은 점도 많아. 사택 앞으로 맑은 시냇물이 흐르고 마당엔 농사지을 텃밭도 있어.

정말?

아이들과 남편이 낯선 고장에 마음을 잇는 동안 구석구석 무겁게 가라앉아 있던 냉기가 데워져 들썩거렸다. 나뭇잎을 흔들며 들어온 오후의 햇살도 카펫 위에 실루엣을 만들며 한결 분위기를 돋우었다. 나는 한 걸음 비켜나 가족이 피워올리는 분망한 기운을 즐기는 마음으로 바라보았다. 남편은 분명 돈키호테 같은 기개로 새로운 직장을 구했을 터이고 앞으로 우리는 그 기개에 편승하여 또 시작하면 될 것이었다.

미지로 열린 세계는 신비롭고 또 그것은 두려움을 절친한 친구처럼 동반하겠지만 나와 아이들은 그때 크게 두려움을 느끼지 않았다. 어떻게 보면 우리에게는 시골로 내려가는 일이 유배나 다름없었다. 그러나 우리는 소풍 가는 아이들처럼 굴었고 남편 역시 그동안의 의기소침했던 마음을 일으켜 약간 흥분해 있었다. 꼭 실직 상태에서 직장을 구하게 되었다는 것만을 뜻하지 않는 그 위에 얽힌 기대와 설렘이었다. 아마도 그의 천성적인 자유로움이 한몫했으리라. 언젠가 그는, 아마도 결혼하고 얼마 되지 않아서, 내게 말했다. 난 말야. 세상의 범속한 것들을 물리치며 살고 싶어. 일이라든가 사람과의 관계에서 나를 자유롭게 할 거야. 그 말을 들으며 난 까닭 모를 편안함에 안도했다.

그런 나였지만 뜻밖에 남편이 근무하던 학교에 사표를 내던지고 나섰을 땐 왜 그렇게 불안했는지 모르겠다. 뭔가 밑동이 잘려나가는 것 같은 위기감이 나를 짓눌렀다. 가끔 그로부터 교육 당국이나 학교 행정에 터뜨리는 불만을 듣긴 했다. 그러나 과감히 사직서까지 낼 줄은 몰랐다. 학교가 주는 폐쇄성이나 경직성에 그리고 그것을 조장하는 외적인 힘이나 구속력에 더는 타협할 수가 없었나 보다고 짐작할 뿐. 어쨌든 의논 한마디 없이 던져진 그 일은 서운하거나 화가 나기는커녕 오히려 나를 위축시켰다. 미리 의논해왔던들 내가 할 수 있는 일이 아무것도 없었으리라는 걸 너무나 잘 알기 때문이었다. 나는 여느 주부들처럼 남편을 만류하는 일조차 하지 못했을 게 뻔했다. 그냥 속수무책으로 가슴에 휘도는 불안만 지그시 누르며 그를 지켜봤을 것이다. 그럼 여태 나는 무엇이었는가. 내게 있어서 현실은 나와 무관한 것인가.

사직을 혼자서 결정한 일은 당연히 그다운 행동이었다. 남편은 성격이 그다지 활달하지 않았지만 작고 큰일을 혼자 알아서 처리했다. 그것은 나에 대한 구체적인 배려에 다름 아니었다. 나의 성장기를 꿰듯 알고 있고 내가 아직도 세상에 대한 경계를 풀지 못하고 세상과 섞이지 못하는 걸 가슴 아파하는 그였다. 그는 광대 같은 몸짓으로 종종 나를 허물려고 했다. 가끔은 악동처럼 엉뚱한 일을 벌였고 그것 또한 일부러 작정한 일이곤 했다.

그랬다. 한번은 아무도 없는 집에 마침 일찍 퇴근한 남편이 또 일을 꾸몄고 나는 잠시나마 거기에 휘둘렸다. 시장을 가면서 분명히 문단속을 했는데 남편은 대문이랑 방문들을 열어놓고 다니면 어쩌냐, 누가 집 안을 샅샅이 뒤졌다, 얼굴이 벌겋게 상기되어 휘젓고 있었다. 정말로 방 안은 붙박이장 속에서 꺼내진 가방과 옷가지들로 수라장이었고 그가 아끼는 노트북과 카메라도 보이지 않았다. 놀란 나는 손길이 닿는 대로 여기저기 들춰보았다. 이상한 일은 문갑 서랍에 넣어 둔 결혼반지와 현금이 고스란히 있다는 사실이었다. 의아해하는 나를 그가 껄껄 웃으며 마당에 있는 창고로 끌고 갔다. 바로 거기에 없어진 물건들이 얌전히 들앉아 있는 게 아닌가. 남편은 내가 늘 얼이 나간 사람 같아 놀려준 거라 했다. 이날까지 한 이불 덮고 살아도 당신이란 사람을 도통 모르겠단 말야. 생각이 많은 건가 원래 기질이 그리 생겨먹은 건가, 맨날 몸뚱이만 데리고 사는 것 같아 정신 돌아오라고 장난 좀 쳤소. 암만해도 내가 장가를 잘못 갔지 싶어. 그가 통쾌한 듯 웃었다. 가끔 남편은 그렇게 덩치 큰 장난꾸러기처럼 굴었다. 함부로 속내를 드러내진 않았지만 안으로는 자기를 구속시키지 않는 사람이었다. 열망이나 끼가 많다고나 할까, 순수하다고나 할까. 지금까지도 야학을 돕는다거나, 흥이 나면 앉은자리에서 노래를 십여 곡쯤 너끈히 불러낸다거나 곱사등이춤을 그럴 듯하게 춰낸다거나 하는 것만 봐도 알 수 있었다.

남편은 퇴직금과 집을 담보한 융자금으로 전자대리점 창업에 나섰다. 그리고 새 생명을 얻은 양 한껏 부풀었다. 저이가 저렇게 다변이었나 하고 고개가 갸웃거려질 정도였다. 그의 말끝에는 언제나 보장된 확신이 흘러넘쳤다. 그가 어떤 계기로 그 일을 결심하게 되었는지는 알 수 없었다. 나는 끝내 그것을 묻지 못했다.

오늘 본사 영업부장 만났소. 그이 말로는 목도 중요하지만 일단 영업 능력이 우선해야 한다는 거요. 고객을 기다리는 건 구시대 방식이라고 합디다.

기다리지 않으면요?

걱정하지 말아요, 내가 다 알아서 할 테니. 나 앞으로 돈 많이 벌

거요. 그래서 하고 싶은 일, 해야 할 일 맘껏 할 거고. 지켜보구려.

나는 남편에게 하고 싶은 일이 무엇이냐고 물으려다 그만두었다. 대답은 뻔했다. 간혹 그가 눈에 열기를 띠며 하는 말. 기회가 닿으면 본격적으로 야학 일에 뛰어들고 싶소. 재정적인 것에 구애 안 받고 말이오. 그의 열망은 부박하지 않은 삶을 꿈꾸는 것일 터였다.

웬만큼 좋은 위치들은 이미 자리가 잡혀 있다며 남편은 변두리 쪽으로 나간다고 했다. 가까운 집안 형제들은 물론 먼 친척들과 얼마 전까지만 해도 동료였던 교사들, 연고가 있는 사람 모두 고객 명단에 올려졌다.

개업하기 전이지만 매장을 둘러볼 요량으로 남편의 말을 더듬어 가게를 찾았다. 내 딴에는 남편을 응원하는 마음이었다. 버스 종점에서 골목으로 일백여 미터 걸어 들어갔더니 조그만 상가들이 늘어선 조붓한 길이 나왔다. 대로변이 아닌 게 흠이었지만 그런 대로 주택가에 있었다. 전자대리점임을 알리는 대형 간판이 아직 제자리를 잡지 못하고 옆으로 누워 있어 가게는 얼른 눈에 띄었다. 남편은 실내장식을 참견하고 팸플릿을 정리하는 등 바쁘게 움직이고 있었다.

어, 당신, 연락도 없이? 바로 찾았소? 어때 이만하면 근사하지 않소?

간식까지 준비해 찾아간 내가 너무 뜻밖이었는지 그는 싱글벙글 입을 다물지 못하고 짐을 내려놓기도 전에 매장 곳곳을 설명하느라 부산했다. 본사와의 계약 조건이라든가 앞으로의 전망 등을 신명 나게 늘어놓는 그가 문득 다른 사람처럼 낯설었다.

남편의 그런 흥분은 좀체 흔들리지 않는 집안 분위기까지 술렁이게 했다. 중학교 이 학년인 큰딸은 아빠가 적성에 맞는 일을 이제야 찾았다며 제법 어른스러운 진단을 내렸고 집에 활기가 있어 좋다고도 했다. 그리고 보니깐 엄마, 그동안 우리 집엔 어두운 공기가 떠다녔던 것 같아, 라는 딸애의 표현은 나를 가슴 아프게 했다. 딸은 알게 모르게 나의 침묵이 버거웠는지 몰랐다. 친한 친구 하나 없고 하다못해 드나드는 이웃 하나 없는 나였다. 마흔이 넘도록 내가 아닌 기분으로 마치 남의 인생을 사는 것처럼, 뿌리 내리지 못하는 식물처럼, 마음이 바람에 실려 떠다녔다. 나는 또 다른 안착을 꿈꿨을까. 아니면 그와 반대로 안착하지 못하리라는 불안에 시달린 걸까. 왜 안으로만 파고들었을까. 그렇지만 우리는 별 자각 없이 그래서 불편하다고 느껴본 적 없이 남편의 생동감이 깨어나기 전까지는 항상 고즈넉이 가라앉아 있었다. 나처럼 말이 없는 민욱은 누나의 말에 동의하지 않았다. 오히려 전에가 난 더 좋아, 생각을 많이 할 수 있잖아. 큰딸과 연년생인 민욱은 항상 자기 울타리를 만드는 아이였다. 하지만 남편도 예전부터, 대문을 들어서면 웬일인지 할 말이 없어져, 라는 말을 종종 했었다. 혹시 내 몸속에 주위를 식히는 냉한 피가 흐르는 것은 아닐까. 그 사느란 피가 사람들을 밀어내는 것은 아닌지, 이러한 생각은 언제나 두려움으로 나를 소멸시킬 것 같았다.

결국 어떤 식으로든 나는 서서히 소멸되고 있었다. 원인이 무엇이든 이 고장, 이 사택에서의 거부당함 역시 하나의 소멸일 것이었다.

며칠 전에도 이웃 여자들은 집 앞에 내놓은 가구들을 가리키며 우리가 떠나는 사실을 모르는 것처럼 빈정거렸다.

어머! 이 많은 가구들을 바꾸시려나 보죠?

집도 좁은데…….

내 시선을 비낀 그네들은 말꼬리를 감추며 황급히 옆집으로 몰려갔다. 아직도 내게서 무엇을 더 건져내고 싶은가. 망연히 서 있던 나는 여자들이 남기고 간 차디찬 미소를 바라보았다. 아득히 먼 곳에서 누런 회오리가 아우성치며 달려와 사위를 에워쌌다. 그러잖아도 봄날의 누런 모래바람은 나를 이기지 못하게 하는 마력이 있는데 그네들의 끝 모를 질시에 호흡이 거칠었다.

식구들은 가구를 처리하는 일에 아무런 내색을 하지 않았다. 말을 잊은 사람들처럼 묵묵히 저 할 일들만 했다. 나는 식구들의 관심을 뒤로 한 채 혼자서 이삿짐을 꾸렸다. 그러나 민욱에 대한 걱정마저 덮어둘 수는 없었다. 원래도 아이답지 않게 과묵한 편이긴 했지만 그 어이없는 일을 치르고 나서는 더욱더 자기 몫으로 정해진 다락방에 들어앉아 꼼짝하지 않았다. 한곳을 오래 응시하거나 종잇장에 뭔가를 끼적거리는 걸로 자신을 이겨내는 것 같았다. 간혹 볼펜으로 책상을 찍는 억제된 분노를 보일 때도 있어 몰래 훔쳐보노라면 가슴이 찢기듯 아팠다. 나는 대부분 깊은숨을 삼키고 못 본 척했지만 어쩌다가는 도리 없이 그 애를 부를 때가 있었다. 내려다보는 민욱의 눈에는 물기가 어려 있었다. 그러면 나는 다락으로 통하는 사다리를 한 칸 올라섰고 민욱은 손을 내밀어 나를 끌어 올렸다. 그때 그 애의 손이 갓 맺힌 목화송이처럼 너무나 촉촉하고 부드러워 이곳을 떠나리라는 결단을 얼마나 다행스러워했는지 모른다.

마루 끝에 놓인 사다리가 눈에 들어왔다. 짐이 다 내려져 텅 비었을 다락, 이젠 민욱의 꿈과 아픔만 냉담하게 그 안에 남아 있을 것이었다. 시선을 돌리는데 창밖의 누런 하늘이 나를 사로잡았다. 맥이 탁 풀렸다. 나는 아스타일이 깔린 마룻바닥에 가만히 꿇어 엎드렸다. 가능하다면 묵은 먼지 덩이와 어수선한 짐들 사이로 티끌처럼 숨어들고 싶었다. 시멘트의 냉한 기운이 뺨을 통해 온몸으로 퍼져 나갔다. 바닥의 섬뜩함이, 창으로 내려앉는 누런 하늘이 아린 기억을 끌어 올렸다.

잔디의 불길처럼 서서히 대리점 사업에 악운이 번져 남편의 말수가 줄었다. 집안 분위기가 또 가라앉기 시작했다. 씽씽 바람 소리가 나도록 뛰어다니던 남편은 어깨가 축 늘어져 귀가하는 날이 잦아졌다. 가끔 벌어지던 엉뚱한 놀음도 자취를 감추고 예전보다 더 무거운 침묵이 집 안을 휘휘하게 했다.

남편은 시숙의 전화를 받고 더욱 기운이 없어 보였다.

처음 시작할 땐 괜찮더라구요. 주위에서들 많이 도와주셨어요. 근데 그게 인사치레로 팔아주는 물건이었어요. 계속 떠맡길 수도 없고, 암만해도 목이 중요했나 봐요.

저쪽에서 격려하는지 남편은 네, 네, 맥 빠진 대답만 연이었다. 한참 그러던 그가 듣기에도 안쓰러울 정도로 말을 맺었다.

무엇보다 본사의 행패가 더 힘들어요. 수요가 많은 물건은 제때에 공급해주지 않으면서 그러한 제품엔 영락없이 재고들을 덧끼워 맡기거든요. 또 수금 독촉은 어떻구요. 형님이 급한 거 막아주지 않았으면…… 네, 조금만 더 참아보겠습니다.

아이들은 잠깐이나마 즐겼던 활달함을 감추고 여느 때처럼 자기 방에 틀어박혀 잘 나오지 않았다. 큰딸은 집안에 밴 냉기를 감지하면서도 의연하게 표현하지 않았고 막내가 어린아이다운 솔직함으로 아빠 가게가 잘되지 않느냐고 물어왔다. 저들은 얼마나 불안할까. 무엇을 어떻게 해야 할지 모르는 자신이 아이들에게 부끄럽고 민망했다. 나는 죄인처럼 자꾸만 마음이 졸아들었다. 막내는 걱정하지 않아도 된다는 내 말에도 제 언니한테 착 달라붙어 소곤대는 걸 그치지 않았다. 아이들은 영민했다. 보이지 않게 스며드는 음충스러운 기운에 몸을 사릴 줄 알았고 엄마에게서 위로 받지 못하리라는 것도 미리 알았다. 민욱 역시 무심해 보였지만 그 애는 무엇이든 속으로 삼키는 아이였다. 내가 그들을 위해 무엇을 할 수 있으랴.

내 안에는 늘 황량한 사막이 펼쳐 있다. 끊임없이 모래바람이 불어대는 누런 공간. 나는 자갈투성이인 그곳을 힘겹게 걷는다. 신발은 해어지고 발가락에는 피가 밴다. 풀 포기 하나 발붙이지 못하는 거친 땅에 내가 머물 곳은 없다. 입 안에서 모래알만 자금거린다.

나는 남편에게 도움이 못 되어 미안해요, 라는 말을 삼킬 것이다. 소용되지 않을 말을 거둬들이는 것은 자신에 대한 책망인가 방어인가.

남편이 어떻게든 버텨내려고 바장이는 동안 늦장마가 지나고 아침저녁으로 소슬바람이 불었다. 여름의 술렁거림이 차츰 기운을 잃던 날 나는 창가에서 망연히 바깥을 내다보고 있었다. 마당에 쏟아지는 가을 햇살이 하얗게 바래어 한낮인데도 괴괴한 느낌을 주었다. 문득 알지 못하는 그리움이, 손에 잡힐 듯한 영상이, 나를 마당으로 불러내었다. 그것은 뿌듯한 포만감같이 나른하고 감미로운 것이었다. 갑자기 물고추를 말려봐야겠다는 생각이 들었다.

급히 시장으로 달려가 때늦은 물고추를 배달시켰다. 윤기 흐르는 실한 고추들이 돗자리 위에 가득 쌓였다. 나는 그것을 덜어내어 광주리에, 채반에, 장독대 가장자리에 열병시키듯 가지런히 늘어놓았다. 등골에 땀이 흘렀다. 머리 위로 햇살이 미끄러져 눈이 부셨다. 아득한 기억 저 멀리 아스라하게 한 여인의 모습이 잡혀왔다. 황량한 마음이 가닿는 곳, 바로 어머니였다. 나보다 젊은, 기억 속에서 전혀 늙을 줄 모르는 어머니도 가을 햇살 아래서 물고추를 말렸는가.

물고추가 끌어낸 기억에서 정신을 차렸을 때는 건너편 언덕에 자리 잡은 학교가 파해 시끄러웠다. 학교 건물에서 아이들이 벅적

대며 쏟아져 나왔다. 학교는 거리로 따지면 우리 집에서 꽤 멀리 떨어져 있지만, 언덕을 마주 보는 지리적 위치 때문에 아이들의 재잘거림과 두 건물을 잇는 옥외 복도에서 누군가 뛰어가며 같이 가자, 하는 외침이 메아리가 되어 아주 가깝게 들렸다.

민욱은 곧 돌아올 것이다. 지금쯤 친구 하나 없이 터벅터벅 학교 앞 골목을 빠져나와 집으로 향하는 언덕을 오르겠지. 그렇지 않다면 또 놀이터 철봉에 거꾸로 매달려 있을지도. 언제부턴가 민욱의 그런 모습이 종종 눈에 띄었다. 왜 그러고 있었니? 세상이 거꾸로 서 있는 게 재밌어요. 하늘이 내 발밑을 흘러가는 것이 신나구요. 여간해서 속을 내보이지 않는 아이가 그 물음에는 순순히 마음을 터놓았다.

어렸을 적 초등학교에 들어갈 시기나 되었을까. 보모들은 말이 없는 나를 음흉스럽다며 답답해했다. 쟤는 속을 알 수 없어. 정말 이상한 애야. 아마 속에 구렁이 네댓 마리는 품고 있을걸. 그럴수록 내 입은 굳게 다물렸다. 모든 것이 두려웠고 무엇에든 마음을 줄 수 없었다. 분명히 또 내 곁을 떠날 것들이었다. 보육 시설을 이리저리 옮겨 다니는 동안 나는 안으로 꼭꼭 숨어들었다. 늘 명치끝에는 두려움과 아리한 아픔이 매달려 있었다.

그 아픔과 두려움은 예나 지금이나 고질병처럼 나를 괴롭혔고 그것으로 인해 항시 현실을 부대끼며 살아야 했다. 특히 두려움은 사람들과의 사이에 높은 벽을 만들었다. 사실 나는 부대낄 이유가 없었다. 주변에서 그런 나를 불편해하고 용납해주지 않았을 뿐이다. 그들에게 폐를 끼칠 마음이 전혀 없었는데 말이다. 이제 불투명한 앞날에 내던져지는 이유도 바로 거기에 있을 것이다. 이주의 책임이 남편에게만 있는 게 아니라는 걸 나는 잘 알고 있다.

그나마 찾아든 둥지를 떠날 시간이 얼마 남지 않았다. 나는 그 시간이 주는 긴박감에 소스라쳤다. 엉겁결에 고개를 들자 내 뺨은 아스타일의 냉기로 얼얼했다. 한 손으로 얼굴을 비비며 겨우 몸을 일으켰다. 꿈에 젖어 이곳에 왔던 만큼 지저분하게 떠나고 싶지는 않았다. 그 꿈이라는 게 얼마나 허망한 것이었는지, 그렇지만 그때 우리는 분명 꿈을 꾸었다.

길고 매서운 겨울이 끝날 무렵 돈을 많이 벌어서 하고 싶은 일을 맘껏 하겠다던 남편은 대리점을 정리했다. 단호하고 신속하게 아무 미련 없이. 우리는 집까지 처분해 그 유예 기간을 견뎠다. 나는 변변찮은 자신을 혹독하게 질책했지만 다 부질없는 일이었다. 달랑 천 원이 든 지갑을 들고 시장으로 나갈 때면 입 안이 바짝바짝 말랐다.

이곳을 찾기까지 남편은 복직을 위해 사방을 뛰어다녔다. 서울에서 사십여 킬로미터 떨어진 읍 소재지에 위치한 공장, 우리 식구들이 가졌던 이 특별한 공간에 대한 설렘을 나는 언제고 기억할 것이다.

그러니까 작년, 강남 고속버스 터미널에서 지난겨울의 악몽을 벗어버리고 우리는 새 보금자리로 향했다. 남편은 이삿짐과 함께 먼저 출발하였고 아이들과 나는 버스를 타고 사택을 찾아가기로 했다. 본사와 모체 공장은 서울에 있고 지방에 분산된 공장 중의 하나였다. 남편은 그 방직공장의 실업학교에서 영어 주임을 맡기로 했다.

버스가 읍내로 진입하기 위해 고속도로에서 갈라진 길을 꺾어 돌았다. 읍은 산으로 둘러싸인 분지에 갇혀 있었다. 나는 곤히 잠들어 있는 막내를 흔들어 깨웠다. 남편이 적어준 대로라면 버스에서 내린 후 택시를 타야 했다. 아무리 아이들이 있다 하더라도 낯선 고장, 그것도 한적한 시골길을 택시로 달릴 일이 왠지 꺼림하고 무서웠다. 지나친 도시림일까.

혹시 이곳을 가려면 택시 말고는 어떻게 가야 하지요?

내가 건네준 쪽지를 받아 본 여자가 빠른 눈길로 우리 일행을 훑고는 내릴 채비를 서둘렀다.

나랑 같이 가십시다. 사택 찾는다고 했죠?

여자는 어서 따라 내리라고 눈짓하며 휘적휘적 내렸다. 차림새가 촌부 같지는 않았다. 우리는 우연찮게 얻은 동행을 어수선한 몸짓으로 쫓았다. 우리가 내리자 여자가 발걸음을 떼며 은근히 물었다.

사택 누구네 찾으세요? 내가 거기 살거든요.

아, 저희들 오늘 이사하는 거예요.

그럼 십이 호 선생 댁인데, 어유, 반가와요. 내가 제일루 먼저 인사 트게 됐네. 난 이십팔 호 맨 끝 집에 사는데 사택은 한 식구나 진배없어요. 누구네 집에 숟가락 몇 개 있는 거까지 훤하니까요.

호들갑스럽던 그녀가 걸음을 멈추었다.

참, 내 정신 좀 봐. 약 짓는대구선 깜빡할 뻔했네. 회사에 병원이 있긴 한데 원장이 원체 늙어서 약이 듣질 않아요. 기다리기 뭐하면 먼저 가시든가. 저기 보이는 다리를 건너 왼쪽으로 공터가 있어요. 거기가 바로 회사 버스 종점이거든요. 간이 휴게실이 있으니 거기서 기다리세요.

아이들과 나는 여자와 헤어져 먼지가 푸석거리는 길을 걸었다. 봄날이었다. 지독히 추웠던 겨울을 지내고 이곳 소읍까지 남편을 따라온 우리는 두리번대며 여자가 가르쳐준 쪽으로 걸음을 옮겼다. 모래바람이 간간이 불어 입 안이 깔깔해오고 누런 하늘 사이로 내비치는 정오의 햇살은 우리를 무기력하게 했다. 지난밤의 어지러운 꿈과 기대와 피로가 한꺼번에 몰려와 우리는 거리를 허든거렸다. 민욱이 공터를 먼저 발견하고 소리쳤다.

저긴가 봐요.

나는 반가움보다 서먹함이 앞서 선뜻 그 안에 발을 들여놓을 수가 없었다. 남편이 곁에 있었으면, 어린애처럼 조바심이 일었다. 가슴에 서늘한 바람 한 줄기가 흩어졌다. 새로운 장소에서 맞닥뜨리게 되는 익숙한 두려움이었다. 특히 누런 바람을 동반한 이 느낌은 나를 늘 어떤 기억으로 몰아갔다.

서너 살 아니면 네댓 살, 거리를 헤매고 있었다. 어렴풋한 기억에 어머니를 따라 누군가의 집을 방문했던 것 같다. 그날 어머니는 내게 꽃고무신을 새로 사서 신겼나 보았다. 그것을 신고 싶어 몰래 그 집을 빠져나온 건 아니었는지. 모래바람이 심하게 불어와 눈을 제대로 뜰 수 없었다. 한참을 걷다 보니 낯선 거리에 홀로 내던져 있었다. 내 눈에는 그 집이 그 집 같아 보였고 어찌할 바를 몰라 대문마다 문을 두들겼다고 생각된다. 하늘과 땅이 맞닿은 듯한 아득한 공포는 지금도 선연했다. 이렇게 조각난 기억들과 함께 또렷이 생각나는 건 황사 바람 속에 온통 노랑 빨강의 작은 꽃들로 뒤덮인, 나비 한 마리가 신발 코에 동그마니 앉아 있는, 예쁜 꽃고무신이었다.

이내 버스가 공터 안으로 미끄러지듯 들어와 싣고 온 사람들을 부렸다. 우리는 모르는 사람의 집을 처음 방문하듯 주춤거리며 버스에 올랐다. 금세 누군가 나서서 못 보던 사람들인데 어떻게 이 차에 타느냐 꼬치꼬치 물어올 것 같았다. 입 속에선 준비된 말들이 혀끝을 굴러다녔다. 아까 그 여자가 헐레벌떡 뛰어와 출발하려는 차에 매달렸다. 버스는 얄추 보이는 산들이 둘러쳐진 길을 따라 거침없이 달렸다.

이십여 분 만에 도착한 곳은 각진 지붕들이 즐비하게 이어진 공장 앞이었다. 사람들이 내리자 우리를 안내한 이십팔 호 여자가 아는 체하며 다가왔다.

여기서 조금만 걸으면 돼요. 사택은 저쪽으로 꺾어져야 있거든요.

아이들이 뛰어내리고 마지막으로 여자와 내가 내렸다.

선생님 댁이 들어온단 얘길 듣고 깜짝 놀랐어요. 사택엔 대부분

현장 근무자와 총무부 가족이 입주하거든요. 선생님은 거의 미혼이라 기숙사에서 지내고. 기혼 선생님은 살림집을 서울에 두는 게 보통인데…….

어떻게 셋이나 되는 아이들을 끌고 이런 시골까지 올 생각을 했느냐고 묻고 싶은 눈치였다. 나란히 걷던 민욱이 성큼 앞서더니 길가에 핀 오랑캐꽃을 뜯어 제 누나를 불렀다.

누나, 이 꽃 좀 봐. 보라색이 참 신비롭지? 이건 정말 살아 있는 색깔이라구!

웬일인지 민욱의 말에 신경질이 묻어 있었다. 큰딸 대신 막내가 민욱의 팔에 매달렸다. 민욱은 막내를 밀어내며 그 여자를 힐끗 쳐다보았다.

사택은 멀지 않은 곳에 있었다. 우리는 재게 걸음을 옮겼다.

이삿짐 주위에 부인네들이 둘러서서 쑥설거리고 있었다. 갑자기 이십팔 호 여자가 앞질러 나가 여자들을 향해 소리쳤다.

아유, 벌써 짐이 도착했네. 이봐요! 여기 선생님 댁 아주머니가 오셨어요. 서울 다녀오는 길에 만났지 뭐유. 아니, 웬 짐이 이리 엄청나?

여자들이 일제히 우리를 쳐다보았다. 우리는 약속이나 한 듯 고개를 꾸벅했다. 남편이 땀에 젖은 얼굴로 대문에 나타났다. 이십팔 호 여자가 같이 돕자며 나섰다.

그나저나 이 짐들을 다 어디에 놓는데? 집은 게딱지만 한데.

없어서 그렇지. 있기만 하면 좋지, 뭐.

한 여자가 게염스레 말했다.

집은 상상한 것보다 훨씬 비좁았다. 오십 평의 대지에 지어진 단독주택이라 해서 적어도 방이 셋은 되겠거니 생각했다. 그러나 그 집은 정확히 표현한다면 반 토막짜리였다. 백 평의 대지 한가운데에 한 채의 집을 지어 그 반쪽을 경계로 담을 쌓아 출입구를 따로 하고 두 채로 사용하게 만들었다. 이러한 집의 구조 때문에 방음이 안 된 벽을 사이로 옆집이 벌거벗기어 있었다. 너희들 조용하지 못해! 옆집에 이사 왔잖아! 바로 곁인 듯 거리감이 없었다. 그나마 다행인 것은 다락이라도 있다는 사실이었다. 민욱이 얼른 거기에 관심을 보였다. 하늘이 가깝겠어요. 그죠? 민욱은 자기가 그곳을 접수한다고 누이들에게 선언했다.

짐을 얼추 정리한 우리는 텃밭으로 나갔다. 건평이 좁아 그런지 텃밭은 넓었다.

앞으로 야채는 무공해로 먹읍시다. 토마토도 심고, 참, 딸기는 어떻겠소?

남편이 그다운 호기로 청사진을 펼쳤다. 우리를 위로하는 게 역력했다. 떠났던 교직에 또 몸담게 되었으니, 아무리 자기 삶을 구속하지 않으리라는 그였지만 마음이 편할 리 없었다. 그의 소박한 열망이 부서지는 소리가 들리는 것 같아 나는 애써 큰소리로 너스레를 떨었다.

하지만 농사는 우리가 지을 거예요. 당신, 혼자 욕심내면 안 돼요.

아이들이 내 의도에 뒷받침하듯, 이거 민들레 싹이다, 아니야! 그건 시금치야, 에이, 넌 식물도감도 안 봐? 민들레가 틀림없어, 시금치라니깐, 서로 옥신각신하는가 싶더니 금방 깔깔 웃어댔다.

우리는 몇 번이나 그 텃밭을 갈아엎을 수 있었는가.

그러고 보니 삽이랑 호미를 챙긴 기억이 없다. 아직 새것이었다. 대문 밖에 내놓으면 우리가 떠난 뒤 필요한 사람이 갖고 갈 텐데, 나는 마당과 창고를 둘러봐야겠다는 생각에 바깥으로 나갔다.

삽을 창고에서 꺼내어 내놓고 더 이상 치울 게 없나 두리번거렸다. 마당은 종이쪽 하나 없이 깨끗했다. 텃밭으로 시선을 돌리는데, 이 봄에 거름으로 쓸 수 있을까 싶어 가을걷이를 끝내고 텃밭 구석에 쌓아 두었던 호박 덩굴과 고춧대가 눈에 띄었다. 그것을 풀어 헤치고 종이 상자를 가져다 불쏘시개 삼아 불을 피웠다. 축축한 탓에 불길은 쉽사리 오르지 않았다. 무릎을 꿇고 머리를 처박아 어지럽도록 입바람을 보냈다. 그렇게 한참 매캐한 검은 연기와 눈물을 흘리며 싸우는데 어디선가 숨죽인 키득거리는 소리가 들려왔다. 고개를 들자 담장 뒤로 민욱 또래의 사내애 대여섯이 머리통을 감췄다. 저 아이들을 탓할 수 있으랴. 질시의 경계는 바로 저 담장이 아니었는가.

담장을 통해서 여자들은 내게 벽을 허물라고 요구해왔다. 사택 생활에 얼마만큼 이력이 붙고 텃밭은 가을걷이를 기다릴 무렵이었다. 아이들이 대문 쪽으로 기왕의 것도 모자라 흙마당을 갈아엎어 만든 꽃밭에서 백일홍이라든가 일년초의 여문 꽃씨를 받고 있을 때였다.

　매일 집 안에만 틀어박혀 뭐하세요?

　담장 너머로 이웃집 여자가 고개를 내밀었다.

　놀러 오고 그러세요. 댁에 놀러 가고 싶어도 항상 대문이 닫혀 있어 선뜻 내키지 않더라구요. 쌀쌀한데 차 마시러 오세요. 마침 몇 사람 모였는데.

　가슴으로 와락 한기가 끼쳤다. 누군가의 지나친 관심은 늘 공포감을 불러일으켰다. 두려움보다는 조금 강도가 센. 그때마다 나는 몸을 움츠려 경계의 빛을 감추지 못했다. 이웃집 여자는 내 반응에 머쓱해하더니 바쁜가 보네, 말끝을 흐리고는 모습을 감추었다. 불치병처럼 나를 따라 다니는 도사림이었다. 순간 이곳이 왠지 나를 배척할 것 같은 막연한 느낌이 들었다. 그 불길한 예감은 오래지 않아 제 모습을 드러냈다.

　물과 섞이지 못하는 기름처럼 언제까지 나는 부유할 것인가.

　눈발이 흩날리는 날 우리 집에서는 강요에 가까운 반상회가 열렸다. 나는 모처럼의 손님으로 긴장되어 일이 손에 잡히지 않았고 남편은 그즈음 매일 학교에서 늦었다. 또 무슨 일엔가 몰두하고 있는 게 분명했다. 아이들도 제각기 자기 일에 열중해 혼자 손님을 치르느라 서툴게 허둥대었다.

　아들 이름이 민욱이라 했던가? 욱이 엄마, 그만 들어와요!

　찻물이 끓기를 기다리는 내게 반장 여자가 소리쳤다.

　그래, 들어와요. 우리가 뭐 먹으러 왔나? 얘기 좀 합시다.

누군가도 반장의 말을 거들었다. 물은 비등점에 가까워 뽀글뽀글 기포가 생기고 있었다. 조금만 있으면 물이 끓을 텐데 저들이 나 때문에 회의 진행을 못 하는구나 생각하니 마냥 기다릴 수도 없었다. 나는 도리 없이 가스레인지의 손잡이를 비틀었다.

방으로 들어서는 순간 안에서 서늘한 기운이 몰려왔다. 나를 바라보는 시선들이 자못 심각했다. 나는 엉거주춤 그들 틈에 끼어 앉았다.

회사에 건의 사항 있으면 말들하고, 또…… 요즘 우리 사택 분위기에 대해 의논해야겠어요. 자꾸 우리들 생활이 어긋나는 거 같지 않아요?

맞아요. 친목을 위한 관광이나 회사 체육대회같이 행사 때마다 뒤로 빠져 비협조적인 사람이 있는가 하면, 여태 하나같이 움직여 온 우리들 아녜요?

비단 그뿐인가요? 접때 시위 반대 농성은 얼마나 중요했어요? 그것도 빠지는데.

난 다른 거 한마디 할게요. 원래 우리 사택에 누가 새 물건 하나 들여놓으면 너 나 할 거 없이 사들이는 심리는 있었어요. 헌데 침대, 소파는 너무한 거 아녜요? 게딱지만 한 집에, 솔직히 지금 소파 없는 집 몇 안 될걸요. 흉내 낼 게 따로 있지, 원!

물론 따라하는 데도 문젠 있지만 와봐서 형편에 맞지 않음 처분해버리든가 할 게지 꼭 끼고 앉아 나 이렇게 살았었다 자랑하는 것도 아니고 말야.

이사 오는 날 우리 짐을 보고 샐쭉거리며 못마땅해 하던 여자들이었다. 얼굴이 화끈 달아올랐다. 결국 모두 나를 향한 질타였다. 물론 여자들의 말이 틀리지는 않았다. 그렇다고 그 사실이 왜 저네들을 그토록 불편하게 만드는 일인지 잘 납득되지 않았다. 그때부터 어리어리해지면서 나는 그들이 무슨 말을 하는지 하나도 알아들을 수가 없었다.

넋을 잃은 채 여자들이 돌아간 자리를 바라보았다. 상 위에, 마시다 만 찻잔에 조소의 파편들이 어지럽게 널브러져 있었다. 우두망찰하게 서 있던 나는 그들이 남기고 간 웃음들을 쓸어 담기 시작했다. 꼼꼼하게 상에 있는 묵은 티를 찾아내고 불빛에 비추어 더 이상 닦을 게 없을 때까지 그 일에 매달렸다. 찻잔을 씻고 또 씻으면서 남편의 너털웃음만 기다렸다. 그러나 그는 밤이 늦도록 들어오지 않았다.

분지인 탓에 이곳의 겨울은 예보해주는 기온보다 항상 이삼 도가 더 낮았다. 공장 담을 따라 늘어선 은백양 가지들이 삭풍에 떨려 공장의 웅웅 돌아가는 기계 소리와 묘한 하모니를 이루었다. 그것은 겨울의 괴괴함을 더하면서 가슴 밑바닥을 한바탕 훑어내곤 했다. 나는 얼어붙은 겨울 내내 적막하고 불안하게 남편의 늦은 귀가를 기다리며 혹시 밀어닥칠지 모르는 음습한 조짐에 몸을 도사렸다. 몰고 다니는 신바람은 없었지만 그에게는 왠지 절제된 긴장이 엿보였다. 그 은밀한 팽팽함은 오래가지 않았다.

노곤하게 밀려오는 일요일의 느슨함이 힘차게 눌러대는 초인종 소리에 바짝 움츠렸다. 대문을 열자 서슴없이 아가씨 서넛이 들어섰다.

음, 너희들이구나! 올 줄 알았지. 여보, 우리 마실 것 좀 부탁해요.

마루로 올라온 그녀들은 굳이 마룻바닥을 고집해 앉았다. 비장하게 각오를 하고 온 듯 내가 부엌으로 발길을 돌리기도 전에 듣기 거북한 말들을 쏟아냈다.

무슨 일이 있어도 선생님은 중립을 지키셔야 합니다. 교사는 절대 어느 한쪽을 지원해선 안 돼요. 이건 여지껏 지켜온 우리 학교의 불문율입니다. 만약 계속 감행하시면 저희 구사대 측도 가만히 있을 수 없어요. 불상사가 일어나지 않도록 부탁드립니다. 회사에서도 선생님이 무모한 행동을 고집하실 경우 그냥 있지 않을 기세예요. 저희들은 선생님이 어떻게 여기까지 오시게 되었는지 다 알고 있습니다. 또 새롭게 출발한다는 게 쉽지 않다는 건 선생님이 더 잘 아실 거예요.

남편의 얼굴이 노기로 붉어졌다.

아니, 이 녀석들! 그런 거까지 너희가 걱정 않아도 돼!

남편이 호통을 치는데도 그녀들은 거리낄 게 없다는 태도로 맞섰다. 민욱이 주먹을 불끈 쥐고 나서며 하얗게 질린 얼굴로 부르르 떨었다. 그러고 보니 여태 뒤에서 듣고 있었다. 그이는 담배만 피워대며 연신 어허, 참! 어허, 참! 말을 잇지 못했다.

구사대라는 아가씨들이 다녀간 뒤로도 남편은 여전히 귀가 시간이 늦었고 아예 노조 학생들을 집으로 데리고 와서 숙덕일 때도 있었다.

임금 인상 폭을 놓고 노조와 회사 측이 씨름했다는 건 누구나 알고 있었다. 읍내를 오가는 회사 버스 안이 온통 그 얘기들로 어수선했다. 문제는 협상이 결렬되면서 벌인 파업이었다. 그걸로 인해 원단 수출에 차질이 생겼고 회사는 막대한 손해를 입었나 보았다. 결국 파업을 주동한 노조 임원들이 파면되었다. 노조 측에서도 가만히 있을 리 없었다. 그들을 복직시키라는 시위가 부분적으로 끊이지 않았다. 정문 앞에서 시작한 마스크를 쓴 침묵시위는 나날이 격렬해져 급기야 읍내의 경찰이 동원되고 통근버스 운행이 중단되기도 했다. 이면지로 내놓은 파지의 내용들로 보아 아마도 남편은 투쟁결의문이라든가 노동부에 탄원서 같은 걸 작성해주며 노조원들을 돕는가 보았다. 집 안에 위태로운 불안이 스며들었다. 내가 걱정하면 남편은 괘념치 않아도 된다며 일축했다.

안쓰러워서 말이오. 제법 생각이 깊은 애들이 많더라구. 여간 기특한 게 아니오. 마음 정도 보태주는 거니까 접때 왔던 애들 말 괘념치 마요.

회사 분위기가 예사롭지 않던데…….

걱정할 일은 안 한다니까 그러네. 마음 놓아요.

얼마 동안 우리는 살얼음판을 디디듯 조심스럽게 사태의 추이를 지켜보았다. 하루는 남편이 몸을 가누지 못할 만큼 술에 취해 귀가했다. 남편이 취중에 횡설수설 내뱉는 말로 보아 회사로부터 자제를 호소받았거나 아니면 사퇴 종용을 받은 것 같았다. 짜아식들, 내가 여기 아니면 밥 먹을 데 없는 줄 알아? 야, 웃기지들 말라고 해! 으– 으– 난 끝까지 할 거라구, 끝까지…… 그는 혀 꼬부라진 소리로 몇 마디 더 시근덕거리고는 이내 코를 골았다. 방문턱에서 지켜보던 민욱이 휙 등을 돌렸다. 그 애의 등 뒤로 짧은 분노가 스쳤다.

자제는커녕 다음 날부터 남편은 학생들을 뒷바라지하는 일에 더 열심이었다. 동조해주는 동료들은 없는 듯했다. 회사 창립기념일을 기점으로 노조원들이 대대적인 농성을 벌였다. 담장 너머로 들려오는 구호 소리와 꽹과리 소리, 와– 지르는 함성, 갑자기 회사 안이 붕 떠올랐다. 남편이 뒤에서 돕고 있다는 것이 암암리에 알려졌는지 동네 여자들의 눈치가 달랐다. 기색뿐 아니라 내가 지나가면 말을 끊고 등을 보이는 걸로 대놓고 나를 거부했다. 그러잖아도 반상회 이후 인사를 하면서 눈길은 어데 둘지 몰라 쩔쩔매던 나였다. 이젠 차마 인사도 건네지 못하고 고개를 숙여야만 했다. 그보다도 무슨 일이 꼭 크게 일어날 것 같았다. 남편에게 넌지시 그 말을 꺼내자 그가 버럭 역정을 냈다.

당신은 언제까지 그런 식으로 살 거요? 자꾸 그리 죽어 사니까 남들이 우습게 보는 거잖소. 엄마가 그러면 아이들도 기 못 펴요. 나쁜 일도 아니고 명분 있는 일을 하는 건데.

당신한테 정말 화 안 미쳐요?

잘리는 일밖에 더 있겠소.

아니나 다를까 남편한테 일주일의 근신 처분이 떨어졌다. 공교롭게 그 일이 있고부터 민욱이 매일 읍에 나갈 핑계를 만들었다. 당장 무슨 책이 필요했고 꼭 지켜야 할 친구와의 약속이 있고 과제 준비물을 사야 했다. 적어도 나에게는 핑곗거리로밖에 보이지 않는 이유들이 그 애를 저녁마다 읍내로 불러냈다. 사춘기적 방황일까. 하필이면 꼭 이럴 때에. 야속한 마음마저 들었다. 그러나 그 애의 방황도 곧 막을 내렸다. 전화선을 타고 다급한 목소리가 전해졌다.

아드님이 몰매 맞아 지금 읍내 병원에 있답니다. 빨리 나가 보세요.

콜택시를 기다릴 시간이 없다며 경비실 오토바이를 빌리자는 남편의 제안에 얼른 따라나섰다. 그는 무서운 속력으로 내달렸다. 제발 심하게 다치지 않았기를 바라며 나는 남편의 허리를 꽉 붙잡았다.

저만치, 읍에서 가장 높은 건물의 네온 녹십자가 눈에 들어왔다.

우리는 민욱을 보고 나서야 안도할 수 있었다. 눈이 퉁퉁 부어올라 아들은 우리가 보이지도 않을 것 같았다. 벗겨진 웃통이, 제법 남자 티가 흐르는 벌어진 어깨가 타박상을 입어 한없이 슬프게 보였다. 경위를 묻는 남편의 다그침에 민욱은 고개를 돌렸다. 그 자리에서 우리는 아들의 어떤 해명도 들을 수 없었다. 퇴원은 바로 할 수 있었다.

병원에서 돌아오고 나서도 민욱은 한참 입을 열지 않았다. 남편이 끈질기게 설득하고 끝내 다그쳐서야 마지못해 입을 떼었다.

우리 사택에 사는 애들이에요. 실은 일주일 정도 회사 누나들을 뒤쫓았거든요. 회사 버스에서 내리길래, 왜 저번에 우리 집에 왔던…… 죄송해요…… 어떻게 할려고 한 건 아니고 그냥 아버지께 대든 게 얄미워서요. 그리고 아버지가 이렇게 되신 게 꼭 그 누나들이 앞장서서 만든 일 같아서요. 내가 쫓는 걸 눈치챘나 봐요. 누나들이 자꾸 뒤돌아보는 게 이상했어요. 그래서 오늘은 멀리 떨어져 따라갔는데, 근데 어떻게 걔네들이 알았는지 모르겠어요. 골목에 들어서자마자 갑자기 덮쳤어요. 주먹과 발길로 막 차면서 선생 아들이면 다냐? 뭐가 그렇게 도도해? 말도 안 되는 소리로 패더라구요. 내가 지네한테 뭘 어쨌다구. 나도 어떤 애 장딴지를 한번 물어주긴 했는데, 난 엎어져 있어서 그렇게밖에 할 수 없었거든요. 아버지, 걔네들이 비겁한 거니까 너무 속상해하지 마세요. 전 혼자고 걔넨 여럿이었어요. 괜히 시비나 걸구. 정말 제가 잘못한 일 없어요. 그 누나들 뒤쫓은 게 큰 잘못인가요? 우리 집에 왔던 누나들이 계속 몰려다니니까 아버지께 그랬던 것도 분하고…….

죽어도 말을 하지 않을 것처럼 버티던 민욱이었다. 처음엔 머뭇거리다 금방 수완 좋은 아이처럼 말의 완급을 조절하고 아버지 얼굴까지 살피면서 조심스레 사건의 앞뒤를 풀어놓았다. 마치 전혀 별일이 아니라는 투로 가볍게. 남편은 더 이상 캐묻지 않았다. 그는 모든 걸 다 알겠다는 눈치였다. 내가 그 아가씨들이랑 걔네들이 무슨 상관이 있느냐고 묻자 남편이 내 말을 막았다. 민욱이 그만 제 방으로 가겠다며 일어섰다. 남편은 붙잡지 않았다. 그래라, 하는 그의 말에 한숨이 길게 묻어 나왔다.

나는 당시 그 깊은 숨의 의미를 몰랐다. 민욱이 병원에 다녀오겠다며 나간 뒤 심란한 마음을 이기지 못해 그 애의 방을 들여다보기 전까지는 말이다. 평소 사다리에 올라서는 일에 겁먹어 혼자서는 그 방을 찾은 적이 없었다. 그러니 민욱이 없는 방은 처음이었다.

다락방은 일어서서 허리를 펼 수가 없었다. 손바닥만 한 창으로 들어오는 빛은, 그것도 반쯤은 책상에 가려 창문 주위밖에 밝히지 못했다. 나는 책상 위에 있는 스탠드를 켰다. 볼펜으로 마구 휘갈기다 만 종잇장들이 어지러이 널려 있었다. 뭔가 파괴의 현장을 보는 듯했다. 나는 손에 잡히는 대로 악에 받친 글자들을 쫓아 문맥을 맞춰나갔다. 우리 아빠가 회사 일에 반대? 불순분자? 그래. 우린 불순분자다. 그래서 니들은 회사 누나들과 내통하고 나 같은 거 잡아 족쳤냐? 뭐, 사택에 이상한 것들 굴러 왔다구? 우리 엄마더러 고고한 학이면 학들 사는 동네에 가서 살지 여기 왜 왔냐구? 우리 순진한 엄마한테 쇼 부리지 말라구? 우릴 받아들인 건 회사에서 실수한 거라구! 뭐, 거지 같은 것들을 받아주니깐 그 은혜도 모른다고? 그렇듯 군데군데 짐작으로 이어진 내용을 제외하고 대개는 상스러운 욕설들이었다. 온몸에 오싹 소름이 돋았다. 내 아이가 이렇게 망가지고 있는 걸 몰랐구나. 집단으로 던진 폭행이 아이의 자존심에 회복하지 못할 상처를 주었구나. 그렇지만 부모를 생각해서 가슴 아플 말은 뺐었구나. 남편은 그 마음을 미리 읽었구나. 보호받지 못한 아이의 좌절이, 보호하지 못한 어미의 절망이 나를 짓눌렀다.

어머니!

구태여 따라나서지 못하게 하며 혼자 병원에 갔던 민욱이 벨을 누르지 않고 나를 불렀다. 나는 허겁지겁 불을 끄고 다락방을 내려왔다. 민욱이 대문 앞에서 부기가 빠지지 않아 일그러진 얼굴로 씨익, 웃었다. 그 애는 항시 나보다 의연했다. 말없이 그 애를 안았다. 민욱의 키가 갑자기 커진 듯, 가슴이 넓어진 듯, 아이의 몸이 내 팔에 벅찼다.

뿌듯하게 안겼던 민욱을 떠올리며 나는 키득키득 웃던 아이들이 사라진 이웃 담장에서 시선을 거두었다. 이제 그 담장은 경계도 질시도 아무것도 아니었다. 오늘 떠나면 그만이었다.

트럭이 도착했다.

남편은 운전기사와 함께 당장 필요한 물건들만 남겨놓은 단출한 짐을 짐칸에 실었다. 짐을 갈무리하던 나는 길가 담장 한쪽에 세워놓은 삽이 없어진 걸 보았다. 그사이를 못 참고, 나는 서운함을 누르며 빈자리를 지그시 바라보았다. 북녘에서 몰려오는 누런 모래바람이 머리 위에, 피폐해진 가슴에 파고들었다. 운전기사를 도와 짐을 다 동여맨 남편이 이제 가야지, 하며 내 어깨에 손을 얹었다. 또 떠나야 했다. 가슴 밑바닥에서 뭔가 스멀스멀 알지 못하는 기운이 기어올라왔다. 남편의 초췌한 얼굴 위로 아이들 얼굴이 차례로 스쳤다. 무엇이 우리를 내몰고 있는가. 내 것이 외부에 의해 키워진 방어에서 비롯되었다면 남편의 것은 안에서 스스로 싹을 틔우고 키워낸 의지이리라. 그가 손아귀에 힘을 주며 뭐든지 할 수 있소, 걱정 말아요, 했다. 나를 바라보는 그의 눈이 난 범속한 것들을 물리치며 살고 싶어, 라고 말하고 있었다.

마지막으로 짐을 점검하고 우리는 운전석 옆으로 나란히 올랐다.

트럭이 출발했다.

큰길에 다다라 사택을 돌아보니 양쪽에 늘어선 이십팔 동의 대문들이 한꺼번에 열리며 누군가 나오는 듯했다. 낯선 어른들이, 너 누구니? 집이 어딘지 몰라? 길을 잃었구나, 대문들이 쾅 소리를 내며 닫혔다. 어린 여자아이의 손에 들린 한 짝의 꽃고무신이 징징 울고 있었다.

트럭이 달리는 동안 내 귀에는 여자아이의 울음소리와 대문 닫히는 소리가 끈질기게 달라붙었다. 나는 알고 있다. 한 번 닫힌 문은 또다시 열리는 법이 없다는 것을. 남편은 그 사실을 모를 것이다. 그래서 그는 또 어딘가에서 문 두드리는 일을 멈추지 않을 것이다. 고개를 돌려 남편을 바라보았다. 남편은 앞 차창으로 달려드는 길에 시선을 고정시킨 채 납빛 조각처럼 앉아 있고 길은 무심하게 뻗어 있다.

마라도

곧 폭풍주의보가 내릴 겁니다. 주민 말곤 들어갈 수 없어요.

지갑을 꺼내던 여자는 매표 직원의 말에 가슴이 철렁했다. 여자는 얼른 출입문 바깥을 돌아보았다. 거친 바람을 몰고온 잿빛 하늘이 기우뚱대는 배의 마스트 끝에 위태롭게 걸려 있었다. 오는 길에 분명히 한 번쯤은 보았을 그 장면이 처음 대하는 풍경처럼 낯설었다.

뭔가를 골똘히 생각하며 걸은 것 같기는 했다. 여관 문을 나서면서야 뒤늦게 깨달은 욕실에 두고 온 칫솔이라든가, 객실 냉장고에 넣어둔 토마토 하나, 그런 사소한 것들이 꽤 여자를 성가시게 했다. 무작정 오른 여행길에 그림자처럼 따라 붙는 불안이 그런 성가심으로 나타났는지는 모를 일이었다. 또, 무엇을 생각했던가. 부둣가를 따라오는 동안 만난 일자형 집의 문주란, 그 어린 포기를 분양해 가지런히 늘어놓은 플라스틱 통들, 여자가 주인집 장독대에 내놓고 잊은 시클라멘, 짤막짤막 엮어진 그 어디에서도 저 폭풍의 전조는 느낄 수 없었다.

무거운 오월 하늘을 무연히 바라보던 여자는 이따금 출입문을 덜컹거리며 휘몰아치는 바람에 흠칫했다. 간신히 밧줄에 매달려 팽팽하게 펄럭이는 빛바랜 깃발들이 당장에 갈가리 찢겨 하늘로 날아오를 듯했다. 여자는 고개를 돌리며 기운 없이 말했다.

배가 오전 열시에 뜬다길래 일부러 여기에 묵었는데…….

오후엔 출항을 안 해서 그럽니다. 들어가시면 며칠 발이 묶일 수 있거든요.

직원이 마치 자기 잘못이기나 한 것처럼 여자에게 미안해했다.

무턱대고 달려온 길이었다. 어제 퇴근해서 집에 들어서자마자 그가 보물처럼 간직해온 목각 인형과 함께 가방을 꾸려 기어코 떠나버렸다는 걸 안 순간, 여자는 자루 같은 숄더백에 이것저것 손에 잡히는 대로 쑤셔 넣고 공항으로 내달렸다. 마치 이때가 되면 이렇게 하리라 작정해둔 사람처럼 떠올린 섬이었다. 왜 하필 여기였을까. 그가 또 이곳을 찾으리라는 보장은 없었다. 그는 여기에서도 무엇 하나 기억해낼 수 없었다고 했다. 혹시 여자가 희망을 갖는다면 작은 섬이 무척 평화로워 보였다는 그의 말 정도였다.

여자는 알고 있었다. 그가 두려움에 지쳐간다는 사실을. 그나마 세상에 내딛었던 발을 거둬들이고 싶어한다는 사실을. 그걸 알았기에 여자 역시 그의 두려움에서 벗어나지 못하고 있었다.

여자는 다시 바깥으로 시선을 돌렸다. 한눈에 들어온 포구가 조

그만 어선들을 껴안고 힘겹게 뒤치락거리고 있었다. 처음부터 실망을 안겨준 포구였다. 제주공항에 내리자마자 섬을 가로질러 물어물어 온 곳이 겨우 수로처럼 갇힌 공간이라니, 바다라고 이를 수 없이 초라하고 너무나 삭막한 곳이었다. 거센 바람 탓에 지명이 못살포라 불리다가 모슬포로 변했다는 말이 진위에 관계없이 그럴싸하다는 생각이 들었다. 그래서 저렇듯 바다를 좁다랗게 막아 방파제를 쌓고 포구를 만들었는가. 어선들 틈에서 '삼영호'가 마지막 행보를 위해 전의를 가다듬는 게 보였다.

여자는 맥이 풀렸다. 짧은 순간 충동적으로 내린 결정이었지만 여기를 찾아오는 동안 전혀 예상하지 못한 일이었다. 돌아갈 것인가, 날이 걷힐 때까지 그대로 포구에 묵을 것인가, 조금 후면 섬으로 떠날 배를 보며 초조해졌다. 마치 섬이 자신을 거부하는 것만 같아 여자는 황망히 포구를 바라보았다.

혹시 지금쯤 그가 돌아와 있지는 않을까. 밤새도록 신열에 시달리며 자신을 기다린 건 아닌지, 여자는 그에 대한 곤혹스러움이 되살아나 머리를 절레절레 흔들었다. 쉽게 돌아올 사람이 아니었다. 언제부턴가 말 언저리에 항상 떠날 것을 염두에 두는 그였다. 며칠 전에도 여자가 월말 결산으로 늦은 퇴근을 하고 부리나케 뛰어와 방문을 열었을 때, 저녁 준비를 위해 방문 밖에서 내미는 핸드백을 받을 생각도 않고 뜨악한 얼굴로 말했다. 어, 왔네. 그 스치는 놀라움이라니. 무슨 말이 그래? 빨리 이거나 받아. 여자는 겉옷과 백을 방 안으로 던지며 서둘렀다. 일찍 들어왔음 쌀이나 좀 안쳐놓든가.

여자의 핀잔에 응, 그게, 그잖아도 그러려고 쌀을 퍼내다 네가 안 올 거 같아서, 하며 머뭇거렸다. 그렇게 그는 고질과 같은 체념으로 또는 두려움으로 미리 여자를 포기하곤 했다.

직원의 신문 넘기는 소리에 여자는 퍼뜩 정신이 들었다. 대합실 안은 진로를 정하지 못한 여행객들로 여기저기 술렁거렸다. 벽면에 붙여놓은 철제 의자에 주민인 듯한 점퍼 차림의 두 남자가 앉아 있다가 겸연쩍게 웃었다. 풀 죽은 여자에게 위로로 던지는 민망한 웃음. 장을 보고 가는지 종이 상자와 비닐 보퉁이들이 발치에 놓여 있었다. 여자는 그들 옆에 몸을 앉혔다.

선표 안 끊어주지요?

바다가 정말 한차례 뒤집히려나. 이런 날은 조심하는 게 좋아.

왜? 자네야 손님들 발 묶이면 밥 많이 팔아 좋지.

이 사람이!

여자는 그들 말에 쓸쓸하게 웃었다.

유람선도 안 뜨나?

웬만하면 거긴 한 번쯤 뜰 텐데 꼭 들어가고 싶으면 거기로 가보세요. 그 배는 손님들 관광만 시키고 바로 나오니까. 열한시 출발예요.

그때 앙바틈한 체구의 사내가 중년의 관광객 무리에서 나서며 큰 소리로 떠들었다. 사내는 술이 오른 듯 가무잡잡한 얼굴이 익어가는 오디처럼 검붉었다. 일행이 계속 만류하며 붙잡는데도 그는 어깨를 세우고 매표구로 갔다.

106

나 가파도 사람이요. 현지 주민이나 마찬가지잖소. 나오는 건 알아 할 테니 걱정 마시오. 주의보는 내리지 않을 거고 오후 배는 틀림없이 뜰 거요. 여차하면 내 배를 부르겠소.

사내는 핸드폰을 쳐들어 보이며 열을 올리다가 두고보라는 듯 일행에게 눈을 찡긋했다.

아저씨 혼자 목숨이 아니잖아요. 송악산 선착장으로 가보시라니까요.

않느니 죽지. 여태 기다린 시간 버리고, 죽자꾸나 뛰어 표시해놓은 돌 하나 보고 와서 밥이 어느 구멍으로 들어가는지 허둥지둥, 거기다 스무 명이면 경비가 십만 원이 더 차이 나는데 당신이 보태줄 거요?

직원은 더 이상 말대꾸가 하기 싫은지 아예 신문을 높이 쳐들어 얼굴을 가리고 말았다.

금세 의견들을 모았는지 사내 일행이 우르르 대합실을 빠져나갔다. 여자도 그들을 쫓듯 자리에서 일어났다.

잘 생각하셨어. 택시 타면 유람선 선착장까지 십 분밖에 안 걸려요.

점퍼 차림이 얼른 가라고 손짓했다.

여자는 밖으로 나왔다. 물기를 잔뜩 머금은 바람이 여자의 얼굴로 달려들었다. 긴 머리칼이 바람에 날려 여자의 얼굴을 덮었다. 여자는 머리칼을 걷어내며 백을 다른 쪽 어깨로 옮겼다. 간밤에 마시려다 몸 안의 작은 생명을 차마 무시할 수 없어 넣어둔 맥주

캔이 등허리에 닿아 선득했다. 버리지 못하는 질긴 삶처럼 백이 어깨에 축 늘어졌다. 그 위를 드센 바람이 거칠게 핥았다. 여자는 가냘픈 몸을 한껏 옹그리고 타박타박 길을 걸었다.

해양 파출소 건물을 꺾어 돌자 바람결에 누가 부르는 것 같았다. 여자는 멈춰 서서 주변을 둘러보았다. 관광버스가 서 있는 도로 옆 공터에서 조금 전 일행을 몰고 나간 사내가 여자를 불렀다. 부인네들은 모두 탑승했는지 보이지 않고 남자 서넛이 버스에 기대어 담배를 피우고 있었다. 여자는 저요? 했으나 바람을 의식하고는 검지로 자신의 가슴께를 가리켰다. 그래요, 아가씨! 사내가 손나발을 만들어 소리쳤다. 여자는 상대를 조심스레 훑었다. 외지에서는 누구나 조금씩 움츠러들게 마련이었다. 더구나 여자 혼자서 하는 여행은 더욱 그런 것이었다. 여자는 경계를 거두지 않은 채 그들에게 다가갔다.

유람선 탈 거요?

영문을 몰라 머뭇거리는 여자에게 사내가 재촉했다.

혼잔가 본데 자리 많으니깐 갈려면 빨리 타시오.

사내 곁의 남자가 괜찮다며 사람 좋은 웃음을 보냈다.

가는 길이라면 묻어가세요. 어차피 그쪽도 초행길인 듯하고. 더구나 안내해주시는 분이 아가씨를 보고 이만저만 좋은 게 아닌가 보네요.

사내가 자기 이마를 탁 치며 뒤로 넘어지는 시늉을 했다. 여자는 사내의 밝고 선량한 몸짓에 슬그머니 긴장이 풀려왔다. 거기에는 옷 속을 파고드는 한기와 십 분이라는 부담되지 않은 시간도 한몫 거들었다. 여자는 삶의 긴 여정에서 단 십 분이 만들어낼 수 있는 운명적인 인연을 깜박 잊고 있었다. 그 십 분은 지금 여자를 떠나버린 남자와 시작한 시간이었다.

조금만 더 마르면 되겠는데 십 분만 기다리실래요?

여자가 회사 일로 스튜디오를 드나드는 동안 그가 혼자 자리를 지키는 것은 처음 있는 일이었다. 언제나 그곳의 사장인 친구와 함께이거나 동료끼리였다. 그는 사장과 허물없이 말을 놓고 지냈다. 사장이라고 해봐야 서른 중반이 안 되어 보이는 젊은이였다. 여자가 그에게 관심을 가지기 시작한 건 스튜디오 사장이 하, 오늘은 더 예쁘시네요, 하며 들쩍지근하게 구는 것과 달리 일 미터 팔십이 훨씬 넘을 키인데도 언제나 자리에 없는 듯 조용한 그에게 마음이 끌리면서부터였다. 그는 장비를 챙기거나 스튜디오의 구지레한 뒷일들을 도맡아 하는 눈치였다. 뺀들뺀들 나이 어린 기사가 사장 대신 나서서 수작을 걸 때도 그는 등을 돌리고 배달시켜 먹은 음식 그릇을 신문지로 꼭꼭 싸서 치우거나 필름 작업을 하곤 했다. 여자는 바보 같은 그에게 은근히 화가 나기도 했지만 뭔가를 기다리는 듯 애절한 눈빛의 그를 훔쳐보며 왜 그토록 가슴이 시려오는지, 저도 모르게 그에게 빠져들어갔다.

여자는 정물처럼 앉아 그의 움직임 하나하나에 눈을 박고 그를 읽어내렸다. 섬세한 놀림의 긴 손가락. 영원히 흔들릴 것 같지 않은 내부를 향해 고정시켜놓은 깊은 눈. 꾸부정한 어깨와 빛바랜

셔츠에서 전해지는 그가 지냈을 세월의 곤고함. 한 번도 세상의 중심부에 서보지 못한 주변인만이 갖는 어줍음. 결코 건장한 청년이랄 수 없어 누군가의 손길이 꼭 필요할 것 같은 안쓰러움이 그의 주변에 깔려 있었다.

여자의 끈질긴 시선에 못 이겨 그가 여자를 쳐다보았다.

혹시, 제가, 뭐, 이상한가요?

느릿느릿 그의 입에서 처음으로 일과 관계없는 말이 흘러나왔다. 수줍은 미소까지 띠고서. 그날 기다리라는 십 분은 회사 일을 잊은 채 두어 시간을 넘겼다. 여자는 그의 열린 틈새를 비집고 들어가 배불뚝이 과장의 은근한 추파와 일찍 결혼해 벌써 학부모가 된 친구의 수다와 서른을 눈앞에 둔 여자가 꾸는 꿈 따위의 보잘 것 없는 이야기들을 늘어놓았다. 그는 묵묵히 여자의 얘기를 들었다. 그날 은밀한 기대와 흥분으로 얼마나 얼굴이 달아올랐었는지 그 기억을 떠올리자 여자는 가슴이 무지근했다. 연민으로 출발한 사랑도 위험할 수 있다는 사실을 미처 깨닫지 못한 때였다. 그즈음의 여자는 좋은 집안과 잘나가는 직장을 배경으로 대책 없이 꺼들거리는 남자 친구와의 이별을 겨우 극복하고 있었다.

사내가 희극적으로 몸을 굽히면서 버스 승강구를 안내했다. 여자는 가볍게 목례하고 버스에 올랐다. 차 안에 있던 사람들이 예고 없이 합류한 여자를 의아해했다. 여자는 뒷좌석으로 들어갈 엄두가 나지 않아 운전석 바로 뒤에 자리를 잡았다. 저이 누구야? 몰라. 안내해주는 이가 태우나 보던데요. 실연당했나, 이런 날 청승

맞게 혼자 다니게. 한껏 낮추어 속삭이는 부인네들의 호기심에 여자는 애써 차창 밖으로 눈을 돌렸다. 마치 어려운 파티에 초대받아 눈길을 어데 둘지 몰라 허둥거리는 기분이었다. 까르르 숨죽인 웃음소리가 지나가고 이어 부인네들은 날씨 얘기로 화제를 돌렸다. 모두 섬 관광이 내키지 않은 듯 걱정이 앞섰다. 난 우리가 잘 가는 건지 모르겠어요. 그러게 말이에요. 접때 위도였나, 카페리호 뒤집힌 적 있잖아요. 어휴, 끔찍하게스리, 우리 아이들만 남겨놓고 무슨 일 있음 어떻게 해. 순간 그 말이 텅 빈 여자의 가슴을 후볐다. 우리 아이. 여자는 조심스레 되뇌어보았다. 그 두 어절로 여자와 그들 사이에 또렷한 금이 그어졌다. 여자는 옹벽 밑 축축한 그늘에 웅크려 저 너머 밝은 쪽을 그려보는 심정으로 그들을 돌아보았다.

아이가 아니었다면 그는 떠나지 않았을까. 아이 갖는 일을 사는 일만큼이나 두려워한 남자. 그래서 같이 사는 여자의 배란일을 기가 막히게 계산해내는 남자. 매일매일을 사는 것이 아니라 죽지 못해 살아내는 남자. 이따금 그는 이제 그만 살았으면 좋겠다, 사는 게 정말 힘들어, 습관처럼 말하곤 했다. 여자가 듣다못해 그럼 차라리 죽으라고 소리친 적이 있었다. 그는 예기치 않은 폭언에 멀뚱히 눈만 굴렸다. 그 눈, 영락없이 상처 입은 짐승의 구원 어린 눈. 바로 그 간절한 눈빛에 사로잡히지는 않았는지. 미리 알았어야 했다, 상처 입은 자는 그 상처만큼 누구에겐가 아픔을 줄 수 있다는 사실을. 그는 세상을 정면으로 대응하지 못하고 악착같이 모로 서서 앞뒤로 모든 걸 흘려보냈다. 여자는 한숨을 폭 쉬었다.

사내를 마지막으로 태우면서 버스는 출발했다. 사내는 바다에 가서 던져버리지 않을 테니 걱정 마세요, 라고 해석이 딸린 바당물에 강 대껴 불지 않으쿠메 걱정 맙서, 라는 사투리로 너스레를 떨며 부인네들의 염려를 달랬다. 분위기를 돋우던 사내가 느닷없이 자리를 같이해준 아가씨에게 한 말씀, 하더니 마이크를 여자에게 내밀었다.

어찌하여 이토록 아름다운 섬에 홀로 왕림하셨는지?

어쩔 줄 몰라 쩔쩔매는 여자에게서 사내는 심술궂게 마이크를 거둬가지 않았다. 왜? 여자는 그 대답을 알지 못했다. 사내가 끈질기게 물었다.

그냥 한 번 꼭 와보고 싶었어요.

어이쿠, 이럴 땐 내가 뭐라 해야 되는 거요?

사내가 버스 안을 둘러보며 응원을 청했다.

노래나 한 곡조 뽑으라고 하쇼.

여기저기서 박수가 터져 나왔다.

짓궂기들은, 거 아가씨한테 자릿값 받아먹으려는 심뽀 아니면 자꾸 그러지 맙시다.

어, 그러시다면 죄송하겠습니다, 예의 없는 소신은 이만.

사람 좋은 웃음을 보냈던 남자의 말에 여자에게 들러붙어 있던 사내가 안내인 자리로 돌아갔다. 사내는 오가는 말로 보아 사업상 알음으로 그들을 안내하고 있는 듯했다. 한두 척의 어선을 부리는, 그러니까 사내는 뱃사람이었다. 사내가 날씨에 대해 장담을 한 것은 그만이 체득한 감인가, 매운탕에 대한 일가견도 그것과 관련하여 생각할 수 있으리라. 매운탕의 종류와 그 맛과 요리법까지 막힘없이 설명하던 사내가 정색하며 말했다.

이해에서 오해는 세 개 차이인데 난 항상 가까운 이해를 찾는 사람이에요. 그런데 정말 이해 안 되는 게 하나 있어요. 육지 사람들은 뜨거운 국물을 먹으며 시원허다, 어, 시원허다 하는데 난 도무지 그게 이해가 안 된단 말이에요. 아무리 떠먹어봐도 절대 시원허진 않고, 난 아하, 다만 아하일 뿐인데 그래서 이해와 오해가 생긴 건가.

사내는 어린아이 같은 표정으로 고개를 갸웃했다.

사업허는 사람도 남 애석하게 하면 그만큼 자신에게 화가 돌아오지만 부모헌테 못헌 자식도 꼭 그만큼은 돌아옵디다.

사내는 유일한 혈육이었던 쌍둥이 아이를 바다에서 잃었다고 했다. 그래서 바다를 못 떠난다고도 했다. 젊었을 적 부모 속을 끔찍이 끓인 대가일 것이라고 했다. 이 년 동안 사내는 밤마다 아이가 묻힌 공동묘지를 찾아가 통곡했다. 소주 두 병을 주머니에 찌르고. 묘지의 밤은 반딧불로 장관을 이룬다고 했다. 묘지를 나와 돌아보면 감쪽같이 사라져버리는 것이 섬뜩했다고도 했다. 아픈 기억을 아프지 않게 말하려는 사내. 여자는 그 사내의 뒤로 아픈 기억을 아프게만 껴안고 사는 목각 인형만을 갖고 떠나버린 그를 보았다.

집안의 반대에 부딪히자 여자가 아예 짐을 싸들고 그의 자취방으로 들어온 뒤 처음 맞는 일요일이었다. 여자는 엇나간 딸이 가지는 편편찮은 심정을 명치 끝에 감추고 그런대로 달콤한 첫 휴일을 보내고 있었다. 오후 내내 그는 말이 없었다. 마음 한끝이 무겁기는 다르지 않을 거라 짐작되었다. 지는 해를 받아 서향 방은 나른하게 가라앉았다. 그는 무료하기 그지없는 따분한 오후처럼 턱을 괸 채 앉은뱅이책상에 놓인 목각 인형을 오래 들여다보았다. 여자는 같이 지낸 요 며칠 동안 그런 모습을 심심찮게 보았다. 아무리 봐도 흉측스럽고 궁상맞은 게 유물이라거나 예술품 같지는 않은데 그것에 몰두하고 있는 모습이 우습기까지 했다.

또야? 그거 치우면 안 돼? 꼭 원시인들이 모시는 토템 같아.

네 발 달린 짐승 형상이긴 한데 딱히 무엇이라 연상되지 않는 것이었다. 나무를 어설프게 깎아 만든 그것은 얼마나 만졌는지 손때에 절어 반질반질했다. 어쩌다 한밤중 잠이 깨어 그것이 스탠드의 오 촉 붉은빛 아래 떡 버티고 있으면 요기까지 띠어 보여 여자는 볼 때마다 기분이 좋지 않았다.

섬뜩한 게 무섭단 말야. 왜 집에다 그런 걸 두고 그래?

그의 얼굴이 심하게 이지러졌다. 감정을 누르는 듯 눈가가 파르르 떨렸다.

이건 바로 나야. 날 사랑한다면 이것도…….

그 누구에게도 보이고 싶지 않아 꽁꽁 닫아두었던 밀실을 열어 보이는 사람의 부끄러움과 긴장감이 그의 얼굴에 드리웠다.

그때가 몇 살쯤이었는진 모르겠어. 어느 날 집을 나간 어머니는 영영 돌아오지 않고 얼마 후 아버지마저 떠나버렸어. 아버지가 먼저였는지도 모르겠다. 암튼 난 혼자 남았고 그곳이 섬이었는지 낯선 사람들을 따라 배를 탔을 땐 손에 이게 들려 있었어. 배 안이었던 것만은 분명해.

기억을 거슬러간 맨 끝자리에 그 인형이 있었고 결국 자기의 근본은 거기에 닿아 있다고, 근데 왜 그 바닷가를 떠올릴 수 없을까, 정말 생각이 안 나. 그는 처연하게 말했다. 바다를 떠올리려 하면 어쩐 일인지 뿌연 안개만 생각나거든. 해안의 모양새만 그려져도 좋을 텐데 말야.

그 후 그는 어딘가를 전전하다 목포에 있는 보호기관에서 고등학교를 중퇴했고 서울로 올라와 영등포역 부근에서 공장을 다니며 밤에는 검정고시 학원에 나갔다고 했다. 야간 전문대라도 들어가려고 애쓰던 중에 만난 친구가 지금 스튜디오의 사장이라고 했다.

넌 상상도 못 할 거다. 밑동 잘려나간 사람만이 지니는 두려움을. 자기의 근원을 모른다는 건 이 세상에 존재할 자격을 잃는 것과 같아. 뭐랄까, 세상을 살아가는 힘을 놓치는 거야.

그는 한참 만에 입을 떼어 방기된다는 의미는 말야, 하고 말을 꺼내다가 입을 다물었다. 그 침묵 뒤에 도사리고 있는 어둠은 길고 긴 방황의 흔적인가. 우연히 어디선가 주웠을 수도 있는 나무토막이었다. 여자는 주체할 수 없는 가련함으로 그를 꼭 끌어안았다. 그는 발가벗긴 아이처럼 떨었다. 그날 상처의 한끝을 드러내

보인 그는 많이 아팠다. 밤새 헛소리를 하면서 열에 시달렸다. 그것이 걸핏 하면 찾아드는 신열인 줄은 그땐 몰랐다. 열에 심하게 허덕일 때마다 찾았던 의사도 병인을 알 수 없다고 했다.

누구에게나 한두 가지씩의 아픔은 있는 법이다. 다른 게 있다면 그걸 품는 방법일 것이다. 그는 유난히 저 안쪽 깊숙이 있는 자신에게 집착한 사람이었다. 그때 여자는 단순히, 그가 부모에게서 버려졌다는 단 하나의 이유 때문에 단단히 마음의 빗장을 걸고 있는 것이라 생각했다. 그래서 자신의 아이를 갖는 일도 두려워하는 거라고, 너무 고달프게 외곽만을 달려온 삶이 그를 황폐화시킨 거라고 지레 단정했다. 서랍장 하나를 구입하는 일에도 겁을 내는 남자가 아니었는가. 여자가 기왕 장만하는 건데 튼튼한 것, 나중에 아이 방에 놓아도 무리 없는 것을 찾으면 그는 골판지로 만든 정리함이나 들여다보아 속을 뒤집어놓곤 했다. 꼭 티를 내야 돼? 아픈 데를 꼭꼭 찔러야 되냐구? 난 보란 듯이 살 거야. 자긴 우리가 언제까지 하루살이처럼 살길 바래? 뜨내기처럼 말야. 나도 진짜 힘들어, 제발 그러지 마. 여자의 원망에 그도 무춤했다. 난 그냥 부담 없는 게 좋아서, 이런 대로 지내다 후에 좋은 거 사도 되지 않나 했을 뿐이야. 모든 일에 의기소침한 그였다. 음지식물처럼 그늘에 있어야만 편안함을 느끼는 남자.

여자는 그가 세상 한가운데로 성큼성큼 걸어 나오기를 기대하고 또 기대했다. 견고하게 놓인 다리를 건너 저 사내처럼 당당하게.

승객 여러분 오시느라 수고 많으셨습니다, 내리실 때는 빠뜨린 물건 없이 차례대로 하차해주시기 바랍니다.

사내가 장난기 실은 멘트로 목적지에 도착했다는 걸 알렸다.

유람선 선착장은 송악산 발치를 굽어 돈 해안에 있었다. 버스는 주차할 곳을 찾지 못해 이리저리 방향을 틀다가 선착장이 내려다보이는 언덕에 정차했다. 입구의 평지에는 이미 앞서 온 관광버스들이 대기하고 있었다. 여자는 백을 챙기고 사내를 따라 버스에서 내렸다.

의지할 곳 없는 둔덕에 저만치 매표소 건물이 바닷바람을 정면으로 받으며 서 있었다. 송악산 기슭에 걸쳐 있던 안개가 한꺼번에 바다로 몰려 내렸고 가까운 바다에는 여행에 들뜬 사람들의 마음을 고단하게 만드는 안개가 자우룩했다. 검푸른 물결이 허옇게 배를 뒤집으며 해안으로 달려오는 것이 꼭 짙은 안개가 무게를 이기지 못해 줄기차게 바닷물을 밀어내는 것처럼 보였다. 바닷가를 덮고 있는 기암괴석들이 습한 대기 탓에 검게 빛났다. 아직 선착장에 배는 오지 않았다.

여자는 매표소로 향했다. 사내가 기다리고 있다가 여자를 맞았다. 아까의 장난기는 싹 가시고 고즈넉한 얼굴이 딴 사람처럼 느껴졌다.

아가씨 표는 단체로 묶어 제가 구입할 테니 그냥 계세요.

여자가 서글프게 웃으며 사양했다.

이상하게 생각지는 마세요. 이유야 서로 다르겠지만 젊은 날의 내 모습을 보는 것 같아 마음을 보탠다고나 할까…….

여자는 목이 콱 메면서 눈앞이 흐릿해졌다. 안타까운 듯 쳐다보는 사내의 얼굴 위로 자꾸만 그의 갸름한 얼굴이 겹쳐 보였다. 여자는 힘없이 고개를 저었다. 사내가 여자를 뚫을 듯 주시했다. 곧이어 사내는 무슨 일인지 몰라도 뭐든 크게 담담히 생각하세요, 하고는 돌아섰다. 여자도 곧 사내의 뒤를 좇아 매표소 안으로 들어갔다.

배는 열한시에 출발하고 가는 데 삼십 분이 소요됩니다. 섬에서의 관광 시간은 한 시간 삼십 분이구요. 네? 요금은 일만 사천 원이에요. 자, 미리미리 승객 명부를 작성하고 차례를 기다리세요.

매표 직원을 돕는 관리인이 매표원을 대신해 여행객들에게 큰 소리로 안내했다. 여자는 시키는 대로 승객 명부에 이름과 주소를 적었다. 연령 란에 '30'이라는 숫자를 쓰고 보니 갑자기 늙어버린 기분이 들었다. 내게 스물아홉이 있었던가, 여자의 서른이 구겨진 채 떠돌고 있었다. 여자는 어떻게 돈을 치렀는지 모르게 선표를 받아 주머니에 넣었다.

승선할 때까지의 시간은 충분했다. 가슴을 한 바퀴 휘돌고 간 오한이 온몸으로 퍼져 나갔다. 자판기에서 따뜻한 커피나 한 잔 뽑아 마실까 하는데 문득 옆의 전화부스가 시선을 끌었다. 오랜만에 보는 공중전화였다. 부스 안에는 신혼부부 한 쌍이 전화기에 매달려 행복한 듯 조잘대고 있었다. 통화가 끊길세라 신랑이 연신 동전을 집어넣었다. 간간이 들리는 경쾌한 웃음소리와 신부 옷에

나염된 알록달록한 꽃무더기가 온기를 뿜어 그 안이 무척 따뜻해 보였다. 여자는 하염없이 그들을 바라보았다. 한참 후에야 여자의 눈길을 의식한 그들이 마지못해 수화기를 내려놓고는 여자를 힐끔거리며 밖으로 나왔다.

그들이 팔짱을 끼고 대기실로 사라지고 나서도 여자는 오랫동안 전화부스 앞에서 서성였다. 마음은 벌써 그와 일 년여간 기거한 방으로 달려갔지만 쉽게 문을 열지는 못했다. 여자의 손가락이 주머니 안에서 움찔했다. 신호가 간다. 그가 받는다. 자기 왔구나. 전화기를 응시하던 여자는 힘없이 고개를 저으며 문을 열었다. 신혼부부가 통화하고 남긴 '통화할 수 있는 돈'이 표시되어 있었다. 여자는 숫자버튼을 꾹꾹 눌렀다. 딸그락 동전 떨어지는 소리에 이어 여보세요, 오랫동안 듣지 못한 엄마의 음성이 허망하게도 너무나 가깝게 들렸다. 여자는 송수화기를 가만히 들고 있었다. 엄마는 연신 여보세요,를 외쳤고 통화는 얼마 못 가서 툭 끊겼다. 먹통이 된 수화기에서는 끝없는 적요만 전해졌다. 여자는 맥없이 송수화기를 내려놓았다. 문을 닫고 나오면서 뭔가 두고 나오는 것 같은 미진함으로 계속 뒤를 돌아보았다. 돌연 전화부스에 칠해진 선명한 파란색이 무겁게 내려앉은 하늘 아래 오뚝 도드라졌다. 잠시 잊혔던 한기가 다시 그녀를 에워쌌다.

섬을 기다리면서 여자는 물었다. 무엇을 기다리느냐고. 네가 찾는 건 과연 무엇이냐고. 바람에 헝클어진 머리칼이 얼굴을 덮었다. 가려진 머리카락 사이로 선착장 주변을 헤매는 남자를 설핏

본 것도 같았다. 그는 철이 들고 나서 남해안 일대의 섬을 다 순례했다고 했다. 맨 마지막 들러본 곳이 마라도였고 아무것도 기억할 수 없음에 허탈한 나머지 하마터면 바닷가 벼랑에서 뛰어내릴 뻔했다고 했다. 하지만 섬이 무척 평화로웠다고 그곳에서는 아무 짓도 저지를 수 없었다고 했다.

그는 한사코 여자의 몸에 뿌리 내리기를 원치 않았다. 여자가 아무리 울면서 매달리고, 우리가 가족 앞에 제대로 서려면 꼭 치러야 할 통과의례이고, 자격이고, 무엇보다 자기와 나를 세상 끝까지 묶어놓을 유일한 끈이 될 거라고 애원해도 그는 전혀 흔들리지 않았다. 그럴수록 그의 몸은 차가운 돌덩이처럼 굳어만 갔다. 완강한 자세로 눈을 감고 숨도 쉬지 않는 것처럼 보였다. 그럴 때의 그에게서는 생명의 온기라고 털끝만큼도 느껴지지 않았다. 여자는 섬뜩함과 절망감에 몸서리치며 돌아눕곤 했다.

칼 같은 바람 앞에서 찾는 것은 정녕 섬인가.

열한시에 출발한다는 배는 삼십 분이나 늦게 도착했다. 여행객들은 피로와 짜증으로 투덜거리면서도 서로 좋은 자리를 차지하기 위해 앞다퉈 배에 올랐다.

여자는 선실 한쪽 벽에 몸을 기댔다. 간이로 만들어진 스테이지 구석의 앰프에서 소음으로밖에 들리지 않는 음악이 귀를 찢었다. 신청곡을 받는다며 곡명이 수록된 가요 모음집과 쪽지가 승객들에게 돌려졌다. 안내원은 몇 사람 차례가 안 돌아가니 일 인당 한 곡만 신청해달라고 양해를 구했다.

버스 일행이었던 사내가 제일 먼저 마이크를 잡았다. 사내는 목청을 가다듬고 〈해변의 여인〉을 쓸쓸하게 불렀다. 투박한 생김새 어느 구석에서 저렇듯 애틋한 감정이 흘러나오는지 도무지 노래와 외모가 어울리지 않는 사람이었다. 이어 넥타이를 맨 정장 차림의 두 남자가 스테이지에 섰다. 들고 있는 서류가방으로 보아 출장길에 나선 관광인 듯했다. 그들은 곡명을 알 수 없는 빠른 템포의 록을 신나게 불렀다. 반주가 나오자마자 사람들 몇몇이 우르르 스테이지로 올라가 몸을 흔들기 시작했다. 그중에는 전화를 걸던 신혼부부도 끼어 있었다. 경기에 나선 계주자들처럼 마이크는 머뭇거릴 새 없이 잘도 이어졌다. 배는 심하게 기우뚱거리고 사람들은 휘청거리는 몸을 힘들게 지탱하며 정신없이 흔들어댔다. 여자는 그들을 신기하게 바라보았다. 아무것도 아닌 저 평범한 삶이 왜 낯설게만 느껴지는지 이유를 알 수가 없었다.

안내원이 겨우 승객에게서 빼앗다시피 건네받은 마이크를 들고 선실 창을 가리켰다. 창유리에는 빗발이 세차게 사선을 긋고 있었다.

오른쪽으로 보이는 섬이 바로 네덜란드의 하멜 일행이 표류했던 가파도입니다. 마라도와 제주 본섬 중간에 있는 섬으로 면적은 영점팔사 평방킬로미터, 현재 칠백여 명의 주민이 살고 있으며 가오리 모양의 평탄한 섬입니다. 다음에 기회 있으면 꼭 한 번 둘러보시기 바랍니다.

앰프에서 또 다음 곡의 반주가 흘러나왔다. 여자는 속이 울렁거

려 배의 난간을 붙잡고 갑판으로 올라갔다. 여자는 무엇이든 날려
버릴 것 같은 기세로 덤벼드는 비바람을 피해 악착스레 선체에 몸
을 붙였다. 배는 금방이라도 전복될 듯 무섭게 기우뚱댔다. 뱃전
을 때리는 파도와 빗줄기가 흩뿌려 얼굴이 뻣뻣했다. 안면 근육이
조금씩 마비되어가는 느낌이었다.

그가 그랬다. 배란일에 여자가 다가가면 그의 얼굴은 경직되다
못해 씰룩이기까지 하며 미세하게 경련했다. 특히 감은 눈 주위가
더 그랬다. 언젠가 여자가 또 그를 설득하다 지친 날, 사랑하지 않
아서 그런 거 아니냐고, 솔직히 내가 일방적으로 따랐지 자기가
나를 원하기나 했냐고, 이젠 떠나겠노라고 악을 쓰며 대들었다.
여자의 격정이 제풀에 잦아들 무렵 그가 천천히 몸을 일으켰다.

나도 스위트 홈을 꿈꾼 적이 있어. 매일 아침 새하얀 와이셔츠
를 챙겨주는 아내와 온 집 안을 쿵쾅거리며 뛰어다니는 아이
들…… 그러나 버린 지 오래. 내게는 부당한 꿈이야.

왜?

여자가 절규했다.

널 알기 전에 여자가 있었어. 많이 사랑했어. 내 혼신을 다해서
라 할 만큼. 어느 날 찾지 말라는 쪽지를 남겨놓고 훌쩍 떠나버렸
어. 아무 이유 없이. 중요한 건 그때 그 애는 만삭을 하고 있었다
는 거야. 미안하다. 정말 미안해. 너를 뿌리쳤거나 미리 말해야 했
는데. 난 두려웠다. 다시는 누구도 사랑할 수 없을 줄 알았더니,
잘 생각했어. 이제 그만 날 떠나.

여자는 무슨 말을 했었던가. 고작 그런 무책임한 말이 어디 있느냐고 소리를 질렀을 뿐이다. 불같이 치솟는 질투와 분노를 뜨겁게 삼키고 여자는 기진해 있는 그를 숨 헐떡이며 바라보았다. 얼마나 지났을까. 혼란의 와중을 뚫고 연민 비슷한 감정이 조금씩 일어났다.

그 가련함이 무엇을 할 수 있었는가.

그는 이제 떠났다.

여자는 바람을 마주하고 섰다. 비바람이 드세어질수록 입술은 더 굳게 다물렸다. 여자는 광란의 빗줄기와 바다 밑이 토해내는 허연 포말을 오래 노려보았다. 뜨거운 기운이 목구멍을 짓눌렀지만 삶의 허방과도 같은 날뛰듯 출렁이는 바다에서 시선을 거두지 않았다.

얼마쯤을 거친 비바람과 맞서 있었을까. 여자가 정신을 차렸을 때는 비안개에 덮인 바다가 언제 그랬냐는 듯 부드럽게 넘실거리고 있었다. 안개 사이로 아슴푸레 섬이 보였다. 마라도.

섬은 절벽 위에 높이 떠 있었다. 선착장에서는 섬의 표면이 보이지 않았다. 그저 하늘로 치달은 계단의 끝을 가늠해볼 수 있을 뿐이었다. 유람선 안내원이 뒤에서 시간 엄수 잘하라고 성화였다.

꼭 한 시간 삼십 분이에요. 사람은 배를 기다려도 배는 사람을 기다리지 않습니다.

여자가 먼저 계단을 올랐다.

그 계단 끝에 초로의 남자가 노란 비옷을 입고 서 있다가 표를 끊으라고 했다. 여자가 말뜻을 몰라 잠시 머무적거리자 쓰레기 치는 삯이요, 천 원, 하고 퉁명스레 말했다. 건네받은 표에는 암석에 '大韓民國最南端'이라고 음각된 사진이 인쇄되어 있었다. 여자는 그것을 가만히 들여다보았다. 가장 남쪽의 끝을 보려고 이 먼 길을 달려왔는가. 저쪽이요, 남자가 손가락을 들어 횟집 쪽을 가리키며 그 길로 주욱 가시오, 했다.

섬의 전경이 한눈에 잡혔다. 맨 꼭대기에 흰색 건물의 등대가 있고 비탈진 경사면에 인가가 모여 있었다. 아래쪽으로는 민박, 식당, 가게 등이 자리 잡았다. 여자는 남자의 말을 무시하고 학교 담장 옆을 지나 바다 쪽으로 걸음을 옮겼다. 검둥개 한 마리가 여자의 뒤를 줄레줄레 쫓아왔다. 여자는 개를 일별하고 걸었다. 잔디에 덮인 구릉들이 낮게 이어졌다.

와자하니 관광객 한 무리가 올라와서 길을 따라 몰려갔다. 버스를 같이 타고 왔던 일행이었다. 앞서 가던 사내가 걸음을 멈추고 여자를 돌아보았다. 일행도 걸음을 멈추고 여자를 바라보았다. 사내는 얼마 동안을 그렇게 서 있었다. 여자는 한 손을 살짝 들어올렸다. 혀끝에는 걱정 마세요, 라는 상대에게는 전해지지 않을 말이 얹혔다. 사내도 맞받아 여자에게 가볍게 손을 올려 보이고는 급히 가게 앞에 세워진 경운기에 시동을 걸었다. 경운기는 곧 출발했고 일행은 일제히 함성을 질렀다. 경운기가 요란한 소리를 내며 금세 굽이진 길로 사라졌다. 속속 여행객 무리가 꼬리를 물고 올라와 순례자들처럼 긴 띠를 이루며 그 길로 멀어져갔다. 오로지

가장 남쪽의 끝만을 보기 위해서 몰려온 것 같았다.

여자 입에서 얕은 신음이 새어 나왔다. 여자는 걷는 걸 포기하고 바다가 내려다보이는 곳에 오도카니 앉았다. 비안개가 시나브로 걷히면서 바람이 조금 가라앉았다. 지척에 검푸른 바다가 꿈틀대며 제 몸을 드러냈다. 그의 기억에서 전혀 떠올릴 수 없다던 바다였다.

만삭의 몸으로 떠났다는 그의 옛 여자는 무엇을 그토록 힘들어했을까. 그는 떠난 이유를 모르겠다고 했다. 찾아는 봤어? 그 몸을 하고 그런 독한 결심을 할 땐 나름대로 분명한 이유가 있었겠지. 그런 앨 어떻게 찾을 엄두나 내겠어…… 그가 오래 말을 잇지 못했다. …… 솔직히 말하면 사실은…… 미친 사람처럼 들쑤시고 다녔어. 아마 미혼모 쉼터라 이름 붙인 데는 다 뒤졌을 거야. 아무 흔적도 없더라. 그는 그 말을 끝내고 무릎 사이에 얼굴을 묻었다. 여자가 그에게 다가갔다. 얼굴을 들어 올리려고 하자 그는 완강하게 거부했다. 아무리 여자가 날 봐, 난 절대 자기를 떠나지 않아, 했지만 그는 꼼짝하지 않았다. 여자가 소리쳤다. 그 애가 왜 떠났는지 모르겠다고? 이런 자기한테 지레 질린 거야. 왜 안으로만, 안으로만 파고드는 거야? 아마 개도 분명 숨이 막혔을 거야. 나라고 지금 속이 좋아 이러겠니? 그는 뒤통수 위로 내리꽂히는 말들을 고스란히 받아냈다. 여자가 숨을 가다듬고 그를 조심스레 안으며 말했다. 자기 처음 봤을 때가 생각난다. 뭔가 지독한 아픔이 있는 사람이라는 걸 한눈에 알았어. 모든 걸 감싸주고 싶드라. 사랑해.

그리고 날 믿어. 다 잊고 새로 시작하는 거야, 응? 그가 고개를 들었다. 그의 눈이 젖어 있었다. 그러나 곧 다시 고개를 떨어뜨렸다. 그날 여자는 그의 슬픈 넋을 몸 안 깊숙이 받아들일 수 있었다.

그는 어디로 갔을까. 이제 그 자신이 아이를 버리고 있는가. 생리 예정일이 지나면서 그의 얼굴은 초조한 빛이 역력했다. 미처 제 존재를 알릴 새도 없이 제 아비에게서 외면당한 아이는 어떻게 되는가.

바다가 점점 시야를 넓히며 눈앞에 펼쳐졌다.

멀지 않은 곳에, 드문드문 솟아오른 바위 사이를 누비며 염소가 한가로이 풀을 뜯고 있었다. 아까 쫓아오던 검둥개가 계속 여자 주변을 어슬렁거렸다. 여자는 손을 내밀어 개를 불렀다. 개가 졸랑졸랑 여자에게 달려와 발밑에 나부죽이 엎드렸다. 여자는 개를 쓰다듬었다. 복종하오, 하듯이 한참이나 다소곳이 있던 개가 급작스레 몸을 일으켜 맹렬히 염소를 향해 달려갔다.

순식간의 일이었다. 개가 염소를 낭떠러지 쪽으로 몰아붙였다. 염소는 여자가 숨을 멈춘 사이 절벽의 가장자리에서 절묘하고 아슬아슬하게 방향을 틀었다. 검둥개가 언제 그랬냐는 듯 유유히 걸어서 여자에게로 돌아왔다. 잠시 후 똑같은 일이 벌어졌다. 여자는 이번엔 많이 놀라지 않았다. 유심히 보니 염소는 개를 두려워하는 게 아니었다. 오히려 개에게 접근해 뒷발로 툭툭 장난을 걸기도 했다. 개에게도 적의라고 할 것은 손톱 끝만큼도 없어 보였다. 염소가 다가오면 주위를 경중경중 뛰며 도리어 상대를 즐기는 것 같았다. 삶이라는 것이 어쩌면 저렇듯 벼랑 끝에서 벌이는 곡예와 같은 놀음은 아닐까. 여자는 검둥개와 염소의 무심한 장난을 보며 왠지 그럴 거라 믿고 싶어졌다. 주위를 둘러보았다. 멀리서 여행객들의 떠드는 소리와 함께 경운기 소리가 털털털 들려왔다. 섬은 너무나 평화로웠다. 그의 말대로 아무 짓도 저지를 수 없는 섬이었다.

막다른 집

해가 뜨려면 조금 이른 시각이다. 혜순은 마당으로 내려서다 고개를 돌리고 만다. 차마 벌거벗은 동네를 마주할 용기가 없다. 하지만 언덕 복판에 자리 잡은 그녀의 집에서는 피할 도리 없이 동네가 한눈에 들어온다.

동네는 새벽안개 속에 음울하게 누워 있다. 마치 맹수에게 뜯긴 들짐승처럼 앙상하고 처참하다. 넘어져 있는 벽체와 버리고 간 가재도구들, 심지어는 밤새 누가 와서 버렸는지 폐차된 자동차가 하늘을 향해 뒤집혀 폐허의 분위기를 부추긴다. 그 사이로 고양이들이 떼 지어 몰려다니고 있다. 녀석들은 날쌘 동작으로 사라졌다가 어디선가 금세 또 나타나곤 한다. 군데군데 잡동사니를 모아 불을 놓은 흔적이 있고 거기엔 아직 불씨가 남아 검은 연기가 뭉게뭉게 피어오른다. 용케 녀석들은 불기를 피해 잘도 돌아다닌다. 그중 몸집이 가장 큰 녀석은 분명 자신의 집에 기거하는 놈일 터다. 밤

낮 가릴 것 없이 나들이에서 돌아온 그놈은 천장 반자가 뚫릴 만큼의 충격을 내지르며 처마 밑을 파고들었다. 어린 시절 집에 들어오는 짐승은 내치지 않는 법이라고 들으며 자란 혜순은 남편과 아이들에게 녀석을 해코지 말 것을 부탁했다. 그녀의 당부대로 남편은 떨어져 나간 처마도리를 손보면서도 놈의 출입구임 직한 곳은 비워두었다. 요즘 들어 충격이 더 둔중하고 강해진 걸로 보아 놈은 또 필시 새끼를 배었나 보다. 녀석은 그녀가 내어놓는 음식 찌꺼기는 잘도 먹어치우면서 꼭 새끼를 낳을 때만큼은 다른 집을 택했다. 누구네 집 지하실에 도둑고양이가 새끼를 몇 마리 낳았대더라, 그런 소문이 들려올 때마다 혜순은 일어서는 배신감을 누를 길이 없었다. 바깥 짐승이 집에 들어와 새끼를 낳으면 재수가 좋다는 말도 어른들로부터 들어온 얘기였다.

다 부질없는 욕심이었지 싶다. 이제 저 녀석은 이 집이 헐리고 나면 어디로 갈 것인가. 암내를 풍기며 동네 수컷들을 불러들이던 그 심장 쥐어뜯기는 교성은 또 어디에서 내지를 것인가. 혹시 녀석은 다가오는 불행을 미리 알아 이 집에서 새끼 낳기를 거부했는가. 속설을 꼭 믿는 건 아니지만 어쩐지 무관하지 않을 거라는 느낌을 떨쳐버릴 수 없다. 일순, 아무리 발버둥질해봐도 벗어나지 못하는 가위눌림처럼 앞으로도 별수 없으리라는, 자신의 인생에 뭐 대단하게 뾰족한 수가 있겠는가 하는 체념이 앞이마로 달려든다.

혜순은 다시 한 번 동네를 휘둘러본다. 내리퍼붓는 폭격 속에운 좋게 폭탄을 면한 듯 헐리지 않은 몇 채의 집이 실제보다 높아 보인다. 그나마 그 집들도 오늘이면 다 헐릴 참이다.

시멘트 기둥에서 날카롭게 뻗친 철근이 자꾸만 그녀의 불편한 심기를 건드린다. 동네에서 유일한 이층집이다. 거기 주인 여자는 집 얘기를 꺼낼 때마다 우리 이 층은, 우리 이 층은, 늘 말머리를 그렇게 시작해 자기네 집이 이 층이란 사실을 꽤나 내세웠다. 그 집은 혜순의 집에서 보면 바로 턱 아래에 있으면서 막상 그곳에 가려면 골목을 나가 큰길로 돌아가야 하는, 가까우면서도 묘하게 먼 곳에 있다. 이층집과 나란한 민 씨네 집은 아들이 사용했음 직한 방의 한쪽 벽만이 온전한 모습이다. 금발을 어깨까지 늘어뜨려 미친 듯 노래하는 서양 남자 가수의 대형 사진이 붙은 채였다. 혜순은 그것들을 노려본다. 삐죽 나온 철근이 명치를 치받는 것이 민 씨 아들놈의 노랑머리 사내처럼 목청 찢어져라 소리라도 질러보고 싶다. 겨우 마음자리를 다스리는데 불현듯 이곳으로 이사 오게 된 일이 떠오른다.

혜순은 남편의 월급으로 평생 사글세도 면하기 힘들겠다는 생각에 일찍부터 아이들을 구립 어린이집에 맡기고 가사 도우미 일을 다녔다. 당시 일하던 집은 중풍으로 거동이 불편한 노파가 있어 일은 고되었으나 노인들이 점잖고 맞벌이하는 아들 내외가 보수도 잘 쳐주어 오래 드나들고 있었다.

저 아래 골목 막다른 집 아나? 왜, 봉곳이 올라앉은 집 말야. 내놓았다는구먼. 그런 집도 살 사람이 있는가 몰라.

식구 없고 형편 안 되는 집은 셋집보다야 낫지 않겠수?

초등학교 교감직을 정년퇴임해서 아직도 정 교감이라 불리는 노인은 운신이 불편한 부인에게 여러모로 자상했다. 그래서 동네에서 일어나는 일을 사소한 것까지 시시콜콜 전해주곤 했다. 그 얘기를 혜순이 거실 바닥을 닦다가 들었다.

집은 거저야. 글쎄 육천이래.

제 땅이 몇 평 안 될걸요.

그렇긴 한가 본데 그래도 그렇지, 서울 시내에 그만한 돈 갖고 만져볼 집이 어딨겠나?

인연 닿는 사람 있음 좋겠네요.

혜순은 인연이라는 말에 귀가 번쩍 열렸다. 가슴이 벌렁벌렁 뛰며 어쩌면 그 인연이 자신에게 닿아 있을지 모른다는, 그보다도 '육천'이라는 액수가 한 번 넘겨다볼 수 있을 만큼 크게 부담스럽지 않았다. 물론 그만한 돈이 있는 건 아니었다. 혜순은 걸레를 쥔 채 저도 모르게 방문 앞을 기웃거렸다.

인연이 코앞에 있는 걸 몰랐네. 자네 전세 얼마에 들었다고 했드라. 맞춰볼 수 있어?

방문 앞에서 어름대는 그녀의 속마음을 읽은 부인이 얼른 관심을 보였다.

아주머니가 생각 있으시다면 제가 자세한 거 알아보지요. 남의 집보다 활발하고 맘 편하긴 할 겁니다.

정 교감이 일어서며 웃옷을 찾았다. 부인의 구지레한 뒷일을 귀찮아하지 않아서 그런지 평소에도 그들은 뭐든지 하나라도 그녀한테 안기고 싶어했다.

혜순은 정 교감에게서 상세한 내용을 듣고 일이 손에 잡히지 않았다. 벌써 그 집이 자신의 소유라도 된 것처럼 들뜨기까지 했다. 대지는 열세 평, 그러나 시유지를 그보다 더 끼고 있어 실제는 서른 평 넘게 사용한다고 했다. 정 교감은 긴 안목으로 볼 때 대지가 너무 적어 투자가치가 없는 게 흠이라며 저어했다. 그녀로서는 어떤 항목도 문제가 되지 않았다. 시유지야 나중에 불하받을 수 있다니 돈을 모아 받으면 될 것이고 투자가치 어쩌고 하는 것은 자신과 무관한 얘기였다. 그저 남의 집이 아닌 내 집이라는 사실만 중요했다.

일을 마치고 혜순은 부지런히 그 집을 찾았다. 집은 그들 말대로 높게 이어진 계단 위에 동그마니 앉아 있었다. 그녀는 계단을 단숨에 올라 까치발로 담장 안을 들여다보았다. 건물은 많이 낡았으나 정남향으로 아담했고 마당 구석에 놓인 장독 위로 햇살이 눈부셨다. 그녀는 집이 오래전부터 자신을 기다려온 듯 느껴졌다. 곧 그녀의 머릿속은 숫자들로 꽉 찼다. 육천만 원, 그녀가 맞춰야 할 금액이었다. 지금 전세금이 삼천, 방이 두 개니까 하나는 부엌을 내달아 세를 놓으면 이천은 너끈히 받을 거고, 합치면 오천, 나머지 천만 원은 어떻게 되지 않겠나 재빠르게 머리를 굴렸다.

그날따라 남편의 퇴근이 늦었다. 안절부절, 그녀는 얼굴이 훅훅 달아올라 연신 냉장고 문을 열어 찬물을 들이켰다. 중소업체인 염색 공장에서 트럭을 운전하는 남편은 주로 납품을 나가 자리를 잘 지키지 않았다. 중학교를 중퇴한 그가 가진 기술이라곤 군대에서 배운 운전이 고작이었다. 그는 그나마 회사원 행세를 할 수 있다며 쥐꼬리만 한 월급에도 충성스레 그 직장을 지켰다. 주문량이 많았는지 야근이 있다는 담당자의 말에 혜순은 부아가 치밀었다. 늦으면 늦는다 집에 전화라도 해주면 세상이 어디 결딴나는지, 그가 더 미움스러워지는 날이었다.

남편의 귀가를 기다리며 집 안을 바장이던 그녀는 의외로 그런 집이 빨리 매매될 수도 있다고 마음 있으면 서두르라는 부인의 말을 떠올렸다. 문제는 천만 원이라는 돈이었다. 혜순은 남편의 쥐뿔 같은 깜냥을 기다리느니 당장에 자신이 발 벗고 나서야 하리라 판단했다. 결정을 내리자 원래도 다부진 몸뚱이가 긴장으로 더욱 단단해졌다.

그렇듯 어찌어찌 마련한 집이었다. 혜순은 틈만 나면 남편을 재촉해 집수리에 매달렸다. 왕모래가 부석부석 흘러내리는 담장이 미장과 페인트칠로 새로이 태어났고 문창살 하나하나, 철대문의 삭은 귀퉁이와 경첩이 손길 닿는 족족 윤기를 냈다. 이제 그 흔적은 헛된 정성으로 남아 서글픔만 불러일으키고 있다. 혜순은 그것들에서 눈을 거두고 마당에 쪼그린다. 이번엔 안개에 젖은 자갈들이 그녀의 시선을 붙잡고 놓아주지 않는다. 아이들이 하나둘씩 주워온 자잘한 돌멩이였다. 와, 형, 어디서 이렇게 많이 주웠어? 공사장 아저씨한테 졸라서 얻었지. 너도 그렇게 해봐. 근데 난 무거워서 어떻게 들고 와? 당시 초등학교에 갓 입학한 승호는 그 일에 열심을 다했다. 두 살 어린 승기도 형에게 질세라 부산을 떨며 귀갓길에 한두 개씩은 꼭 거두어들였다. 마당을 대부분 꽃밭으로 꾸미고 통로엔 잔돌을 깔아 식구들이 걸음을 옮길 때마다 자그락자그락 경쾌한 소리가 났다. 그 자갈돌 수만큼이나 희망을 나누며 살아온 셈인데, 오 년이라는 시간이 옅은 안개에 묻어 회한으로 밀려든다.

주변 동네들은 구획정리가 잘되어 도로와 택지들이 반듯한데 그녀의 동네는 소방 도로는커녕 오토바이조차 다니지 못하는 계단을 낀 된비탈이었다. 당연히 옆 동네는 개발 붐을 타고 날로 새로워지는데 이곳은 옛 모습 그대로 육십여 집이 옹기종기 모여 외딴섬처럼 돌려졌다. 여느 달동네들처럼 가옥이 허술한 건 아니었고 국민주택이라 불리는, 건평이 적게는 십삼 평부터 많게는 삼십여 평 넘게 지어진 붉은 벽돌집들이었다. 오래전부터 이곳에 살아온 정 교감은, 처음 개발 과정에 마구잡이로 허가해줘서 그렇지 좋은 동네였다고 회상했다. 이래 뵈도 옛날엔 부촌이었어요. 지금은 많이들 떠나버렸지만 공기 맑고 조용하다고 작가나 교수들이 선호했죠. 지금도 그래요. 번드르르하게 살진 못해도 점잖게 사는 사람들이에요. 그는 동네 사람들이 교양 있고 배운 사람이라는 걸 강조했다. 혜순은 그 말이 싫지 않았다. 자신의 탁월한 결단이 그저 신통방통할 뿐이었다.

실제 혜순은 동네 사람들이 자신과 다르다는 걸 느낄 때가 자주 있었다. 씀씀이나 지니고 있는 물건은 물론 무엇보다 그들은 조용조용 말했고 골목에서 마주치면 하나같이 상냥했다. 그들의 웃음 띤 나긋나긋한 인사는 번번이 악악거리며 아이들을 다그치는 그녀를 절로 민망하게 했다. 그녀는 되도록 목소리를 담장 밖으로 내보내지 않으려 조심했다. 처음에는 그런 것들이 분수에 맞지 않는 화려한 옷을 걸친 것처럼 다소 불편하고 부담스러웠지만 시간이 지나면서 차츰 그 분위기에 익숙해갔다. 어느 순간 걸음걸이까지 조신해 있는 자신을 발견하곤 몰래 웃음을 흘린 적도 있었다.

이사 온 지 이 년쯤 되었을까. 뜬금없이 반장 댁과 동네 여자 몇이 그녀의 집을 방문했다.

살아봐서 아시겠지만 저쪽 동네와 우린 집값이 배나 차이져요. 한 번 들어오면 여간해서 빠져나갈 수 없답니다. 여기 백만 원 오르면 저긴 벌써 오백이나 뛰었는걸요. 전에도 이 사업을 추진해보려 하긴 했는데, 한 삼 년 되나요?

반장 댁이 일행을 돌아보며 물었다.

어머, 벌써 그렇게 됐네. 그때 구청 주택과에서 했던 말이 생각나요. 정말 재개발해야 될 구역이 얼마나 많은데 멀쩡한 동넬 헐겠냐, 괜히 시간 낭비하지 마라, 말들이 많았지요.

혜순은 무슨 소리를 하는지 잘 이해가 되지 않았다. 소방 도로 때문에 집값이 제자리걸음이라는 건 어제오늘 얘기가 아니었다. 어쩔 도리가 없잖은가, 구에서 그리 말하는 것도 무리는 아니다, 그녀로서는 빤한 일을 가지고 왜 새삼스레 문제를 삼나 싶었다.

별 반응을 보이지 않자 민 씨 부인이 정색하고 나섰다. 반상회에서 남편이 대그룹 건설회사에 근무하다 이제야 독립하게 되었다며 축하해달라던 부인이었다.

그래서 말인데 이번엔 여기에 재건축 아파트를 추진해볼까 해요. 재개발과는 성격이 다르죠. 근데 이 사업은 주민들 의견이 절대 백 퍼센트 찬성이라야 한답니다.

집집마다 의견을 수렴 중인데 모두 대찬성이라며 반장 댁이 해낙낙했다. 민 씨 부인이 확인이라도 시키듯 세대주 이름과 주소, 도장이 찍힌 용지를 그녀 앞에 바싹 들이댔다. 거기엔 어쩐지 반대하면 곤란하다는 식의 강요가 배어 있었다. 평소 그 부인이 동네 일에 적극적이긴 했다. 그렇다 해도 부인이 그리 나올 만하게 그녀가 협조를 게을리 했다거나 그런 적은 없었다. 정 교감 댁 일을 도와주는 형편인 데다 남편은 말이 운전이지 혼자 물건을 올리고 내리는 잡역부나 마찬가지라 제풀에 동네 사람들과 좀 버성겼을 뿐이다. 외려 그런 처지가 책잡히는 구실이 되지 않을까 무슨 일이 있으면 누구보다 서둘렀다. 그런 때문이 아니더라도 그녀가 이 사업을 마다할 이유는 없었다. 여기에 아파트가 들어선다니, 그것도 고층으로. 감히 꿈도 못 꾸어볼 일이었다.

재건축 사업은 조합 설립인가를 내면서 엎치락뒤치락 진행되었다.

비록 어떤 안건이 모아져 동의되고 서류가 걷히기까지는 시간이 많이 걸렸지만 어느 날은 도저히 불가능하다는 쪽으로 기울고 어느 날은 금방 집들을 허물 것처럼 달떠서, 골목골목 여자들이 일의 진행을 얘기하느라 집안일을 젖혀두었다. 정식으로 노인정을 빌려 주민회의가 열리는 날이면 그녀도 남편과 함께 참석했다. 골목에 떠도는 얘기만으로도 궁금증은 충분히 풀렸을 것이지만. 조합장은 고층 아파트가 들어선다 하면 주변 동네에서 반대가 심할 테니 모든 진행 과정은 비밀에 부쳐야 한다고 회의마다 강조했다. 하지만 그 비밀이라는 것은 지난밤 몇 명의 임원이 모여 입을 맞춘 것까지 다음 날 아침이면 파다하게 퍼지곤 했다. 어이없게도 이웃 동네에 거주하는 사람들 입에서 먼저 전해질 때도 있었다.

혜순은 그때의 흥분과 설렘을 떠올리고 쓴웃음을 짓는다. 웃음 끝에 눈가가 축축하다. 그녀는 눈가를 훔치며 쪼그린 몸을 일으킨다. 동쪽 하늘은 벌써 부유스름 동살이 잡히고 있다. 시선 닿는 곳마다 동네가 고비샅샅 속살을 드러낸다. 유흥가 뒷골목에 밤새 게워놓은 토사물처럼 철거물이 어지럽고 택지와 도로가 불분명한 곳도 있다. 갑자기 그녀는 방향 감각을 잃어 낯선 곳에 던져지는 듯하다. 한시바삐 이 동네를 뜨라는 독촉 같다.

이주비는 벌써 주어졌다. 시공업체 측은 이주하는 족족 집들을 부서뜨렸다. 행려병자들의 무단 입주를 막고 또 주민들의 이주 분위기를 돋우어 공사 기간을 단축하려는 계산이었다. 혜순은 마지막 날까지 남으리라 작정했다. 물론 서류는 다 건넸고 오늘만 지나면 그녀의 집만 홀로 남을 것이지만 이주 완료일이 되려면 며칠 여유가 있었다.

그녀는 마당을 치우기 시작한다. 매일 집들을 부수는 바람에 마당 구석구석이 먼지투성이다. 여느 날과 똑같이 자갈돌 틈에 박힌 오물을 주워내고 물을 끼얹는다. 바가지 물로는 성에 차지 않아 아예 고무호스를 끌어온다. 장독은 호스를 대고 맨손으로 벅벅 문지른다.

새벽마다 궁상떨 거야? 이사 갈 집 비워두고선, 이따 짐 옮길 거니까 그리 알어!

덜그럭거리는 소리에 잠을 깬 남편이 창문을 밀어젖히며 성질을 부린다. 혜순은 남편의 고함을 외면하고 항아리들을 마저 씻고서야 부엌으로 향한다. 마음 같아선 이마 질끈 동여매고 드러눕고 싶지만 그런다고 해결될 일이 아니기에 입술 앙다무는 걸로 심사를 다독인다. 생각할수록 목이 멘다. 지독한 것들, 가진 놈이 더 무섭다는 옛말 그르지 않다니깐! 후끈한 한숨과 함께 저절로 탄식이 나온다.

애초 시공을 맡겠다는 업체가 내놓은 시행 계획은 십팔 평부터 사십오 평까지 짓는 것이었다. 대지 한 평과 아파트 한 평을 일대일로 교환하게 될 것이라 했다. 시일이 지나면서 혜순은 마냥 들뜰 일만이 아니라는 걸 깨달았다. 주민과 시공회사 간에, 아니면 개인과 주민 전체의 이익 간에 갈등이 일어날 수 있다는 걸 미처 알지 못했다.

혜순의 실제 등기 평수는 너무 적었다. 십팔 평짜리에 입주한다 쳐도 다섯 평 값을 더 물어내야 했다. 그녀는 한 평 값은커녕 아이들 방을 마련하면서 오히려 이천만 원 빚을 지고 있었다. 그렇다고 이제 와서 반대하기엔 주민들의 기대가 너무 달아올라 있었고 그걸 가라앉히려면 거센 반발에 부딪힐 게 뻔했다. 그녀로서는 이러지도 저러지도 못할 입장에 처했다. 당황한 그녀는 급한 대로 반장 댁을 찾았다.

우린 땅이 적은데요.

그녀의 조바심과는 달리 반장 댁은 대수롭지 않게 대꾸했다.

그잖아도 제 땅보다 아파트 평수 많이 받는 집 위해 장기 융자를 사천까지 받게 해놓았어요. 불입금이 평당 팔백쯤에 맞춰지지 않을까 싶은데.

오팔은 사십, 사천만 원, 결코 적지 않은 돈이었지만 이자가 싼 장기 융자라는 바람에 혜순은 기꺼이 받아들이자 마음먹었다. 반장 댁이 누런 서류 봉투를 들고 나와 그녀에게 건넸다.

이거 약정서 초안인데 한번 보세요. 접때 임원회의에서 결정된 사항을 돌려가며 확인하고 있었어요. 마침 우리 차례네요.

시공자를 갑으로 하고 조합원을 을로 한다, 로 시작된 약정서는 어렵고 복잡했다. 아무리 정신을 모아 읽어보아도 뜻이 머리에 안 잡히기는 매한가지였다. 반장 댁의 도움으로 그녀가 이해한 내용은 개인 땅과 아파트 평수를 일대일 교환하는 조건이고, 세입자는 개인이 책임질 것, 시유지가 포함된 가구는 점유자가 불하받는 것을 원칙으로 하지만 여건이 안 될 경우 그 권리를 회사에 이양할 수 있다, 절대 개인적으로 집을 매도할 수 없으며 계약 이후 재건축을 원치 않는 조합원은 조합을 통해 회사 측에 집을 매도해야한다는 것과, 이를 어길 시 그로 인해 일어나는 제반 문제들은 개인이 모두 책임질 것 따위였다. 그 부분에서 그녀가 멈칫하자 반장 댁은 전문 투기꾼들을 막으려는 예방책이니까 신경 쓰지 않아도 된다고 했다.

불입금이랑 보상금 등 확실한 건 차후 결정하기로 했어요. 아주머니, 열여덟 평이래두 입주만 되면 이익 이상은 받을걸요. 안 될까 봐 걱정이지 그저 잘되기만 바라세요. 참, 약정서 동의용 인감이나 한 통 떼다주시고요.

반장 댁의 흐뭇한 낯빛을 보며 그녀는 한시름 놓았다. 일은 순조롭게 잘 풀려나가고 있는데 괜히 사서 걱정을 했다.

혜순은 그땐 그야말로 타고난 재복이 아니면 불가능한 일이 자신에게 일어나고 있다고 생각했다. 그러나 이제는 빗겨간 행운에 연연할 때가 아니다. 부지런한 부자는 하늘도 못 막는댔는데, 그녀는 아침을 서두른다.

남편이 머리 위에서 쿵쾅거리는 걸로 보아 짐들을 꾸리나 보다. 부엌 위는 잡동사니를 쌓아놓은 다락방이다. 짐을 옮길 때마다 부엌 천장의 벌어진 틈으로 모래 부스러기가 떨어져 내린다. 혜순이 이사할 생각을 통 하지 않자 남편은 며칠 전부터 혼자서 짐을 꾸렸다. 짐은 부엌살림만 빼고 얼추 꾸려지는 것 같다.

그만들 일어나. 당장 공부하는 책 말곤 다 싸뒀는데 어찌 됐어?

아이들을 깨우는 남편의 목소리가 고단하다. 아이들은 머리를 이불에 처박고 달아나는 잠을 아쉬워하고 있을 것이다. 갑자기 그녀는 바깥세상 돌아가는 일에 상관없이 오늘이 아무렇지 않게 시작된다는 사실이 부당하게 느껴진다. 그녀는 생각한다, 이러면 안되리라, 적어도 이 집만 남게 될 이날은 뭔가 달라야 하리라. 예컨대 해가 뜨지 않는다거나 아니면 식구들 모두 잠에서 깨지 못한다거나, 그도 아니면 애통한 마음을 달래주는 어떤 징표가 있어야하는 것이리라. 하지만 시간은 아무 징조 없이 고요하게 흐른다. 냉기가 바쁘게 움직이는 그녀의 가슴팍을 서느렇게 휘돈다. 그녀는 마음을 다잡아 밥상 준비에 더욱 정성을 다한다.

식구들이 학교로 일터로 빠져나가고 마지막으로 그녀가 집을 나선다. 집이 헐리는지 띄엄띄엄 육중한 소리가 들린다. 그녀는 쫓기듯 발걸음을 재게 놀린다. 발부리에 채인 벽돌장에서 꿈꿨던 우둔한 시간이 무너져 내린다. 곧 정체를 알 수 없는 거친 숨이 그녀를 친친 감는다. 사람들이 다 떠나고 그들이 남긴 흔적들만 혼령처럼 주위로 몰려드는 듯하다.

혜순은 쓰러지듯 벽돌 더미에 기댄다. 스산한 바람이 언뜻 골목을 파고들어 치마폭을 부풀린다. 그녀는 치마가 제멋대로 바람을 타게 놔둔다. 가슴속 설움을 들그서내 한바탕 굿판이라도 벌이고 싶다. 무녀의 혼을 실은 고수의 북소리 대신 야속하게 포클레인 작업 소리만 그녀의 가슴을 때린다. 쉴 새 없이 부서지는 건 집뿐 아니라 그곳에 살던 사람의 기억들도 포함되리라. 눈을 감고도 건넌방과 화장실의 거리와 그 문턱의 높이까지 가늠하던. 이 년쯤 뒤면 그들은 더 편리하고 쾌적한 기억들을 새로이 지니게 될 것이다.

　재건축 사업은 안전진단 심의에 들어간다고 법석대면서 시공회사와도 본격적인 계약 단계에 접어들었다. 주민들은 밖으로 쉬쉬 입막음을 해가며 안에서는 저마다 달콤한 꿈에 빠져들었다. 이것만 끝나면 입지 심의는 어렵지 않다면서요? 연후에 사업 인가서가 나온대나 봐요. 이 집 저 집 쑥설대는 소리들로 온 동네가 술렁거렸다.

　정작 계약에 이르렀을 때 혜순은 이상한 기미를 느꼈다. 동네 사람들이 그녀를 슬금슬금 피하는가 하면 어쩌다 궁금해서 무슨 말을 물어보려고 해도 바쁜 듯 휑허케 지나쳐버리곤 했다. 정 교감도 아파트 얘기는 피하고 싶어하는 눈치였다. 아무래도 뭔가 심상치 않게 돌아가는 게 분명했다. 일을 마치고 집으로 오는 길에 골목에 서 있는 여자들을 만났다. 그녀는 혹시 하는 기대로 반갑게 다가갔다. 여자들이 움찔 놀라며 시선을 피했다.

　아파트 어떻게 돼가고 있어요?

　글쎄요. 요즘은 말 뜸하든데……

　혜순이 실망한 빛을 보이자 다른 여자가 옆에서 도왔다.

　뭐가 잘 안 풀리나 부죠, 뭐.

　말을 거들었던 여자가 관심 없다는 듯 금세 아이들 교육 어쩌고 하며 화제를 돌렸다. 혜순은 무안함을 감추고 돌아섰다. 몇 발자국 떼지 않을 때였다. 저 집 땜에 골치 아프대요. 아직 모르나 본데요. 속삭이는 소리였지만 너무나 또렷하게 들렸다. 그녀는 곧

장 조합 사무실로 뛰었다.

혜순이 허겁지겁 이 층 사무실로 들어서자 조합장이 굳은 얼굴로 맞았다. 마침 회사에서 파견 나와 상주하는 직원도 자리를 지키고 있었다. 간혹 들르면 생글거리며 마실 걸 내오던 여직원은 그녀의 느닷없는 방문에 할 일을 잊어버린 듯했다. 혜순은 그들의 표정을 보는 순간 다리에 힘이 쭉 빠졌다.

회사 측과 줄다리기했는데 여의치 않았어요. 공동사업이라 어느 한 집 입장만 고려할 순 없는 일이고 우리가 불입금을 낮추겠다 하면 회사 측에선 보상금을 낮추겠다, 보상금을 낮추면 대지 넓은 집에선 요즘 시세가 얼만데 그러느냐 사업에 동의 않겠다 맞서니, 어쨌든 서로 핏대 세우다 불입금은 구백, 보상금은 팔백으로 책정됐습니다.

혜순은 재빨리 속으로 계산했다. 혜순이 불입해야 할 금액은 사천오백으로 오백만 원이 더 추가되었다.

뭐라 말씀드려야 할지 주민들 의견이 기왕 짓는 거 단지 모양새도 그렇고 투자가치도 그러니, 평수를 올려 짓자 해서요. 회사 측도 그래야 수지가 좋은지 자꾸 그쪽으로 몰아가더라구요. 결국 스물다섯 평에서 쉰네 평으로 결정 났습니다. 그러잖아도 아주머니 댁 때문에 의견이 분분했습니다.

혜순은 머릿속이 텅 비며 어질했다. 그녀는 소파 모서리를 꽉 움켜잡았다.

우린 얼마를 더…… 그럼 못 하는 거잖아요? 세상에 그런 법이 어딨어요? 어떻게 우리만 돌려놓고 그런 결정이 날 수 있냐구요?

그녀의 물음은 차츰 울부짖음으로 변했다.

구제할 방법을 여러 방면으로 모색 중이니까 아마 잘될 겁니다.

그런 막연한 말이 어딨어요? 벌건 대낮에 날벼락이라더니, 내 땅에서 목을 매는 한이 있어도 어디 우리 빼고 아파튼지 뭔지 올릴 수 있나 봐요! 재건축에 동의할 수 없으니 인감이나 내놓아요.

진정하세요. 어떻게 아주머니 댁을 빼고 합니까?

조합장이 그녀의 두 팔을 붙잡으며 사정했다. 짜증 섞인 얼굴로 혜순을 쳐다보던 시공사 직원이 조합장에게 물었다.

아니, 아직 해결되지 않았습니까?

조합장이 두 시선 사이에서 쩔쩔맸다. 답답하다는 듯 직원이 자리를 박차고 나갔다. 혜순이 그 뒤통수에 대고 소리쳤다.

윗사람한테 전해요. 절대 당신들 뜻대로 되지 않는다고!

혜순은 집을 어떻게 찾아들었는지 몰랐다. 허공을 디디며 허위 허위 내달은 느낌이더니 어느 결엔가 집이었다.

궁리 끝에 그날 밤 혜순은 남편을 앞세워 정 교감을 찾았다.

선생님은 약정선가 뭔가 내용 바뀐 거 알고 계셨어요?

낸들 승호네 사정 모르는 바 아니고 주민들 의견도 일리 있는데 늙은이가 나서서 뭐랄 수도 없고…….

혜순은 아차, 했다. 그를 의논 상대로 고른 건 불찰이었다. 목전의 이익 앞에서는 엔간한 친분이 아무 위력 없으리라는 걸 미처 헤아리지 못했다. 가슴속에서 뭔가 꿈틀했다. 선생님 역시 그리

되길 원치 않으셨어요? 우리처럼 땅도, 돈도, 거기다 배운 것도 없
는 사람은 그저 죽어야 마땅하지요. 그녀는 혀끝에서 맴도는 말들
을 힘들여 삼켰다. 눈앞에 점잖게 좌정한 그는 여태껏 믿고 의지
하며 집안 어른처럼 모시던 정 교감이 아니라 그저 파출부로 나가
는 주인집의 영감일 뿐이었다.

　사실 저흰 능력이 안 되는데 그런 경운 어찌 됩니까.

　계속 깍지 낀 손만 내려다보던 남편이 손가락을 풀며 정 교감에
게 물었다. 가칫한 얼굴에 핏기가 가서 꼭 병자 같았으나 입매만
큼은 힘이 들어가 있었다.

　글쎄, 조합을 통해 넘기는 거 말고는…….

　남편이 잘 알았다며 넋을 잃고 앉아 있는 혜순에게 일어나라고
눈짓했다.

　혜순은 며칠 동안 높은 열에 시달렸다. 남편과 아이들이 병원에
데려가려고 애를 썼으나 그녀는 한사코 버텼다.

　엄마, 아파트 땜에지?

　시끄러!

　승호가 동생에게 소리 질렀다.

　동네 사람들이 우린 아파트에 못 들어간다 했대. 나도 애들이
말하는 거 들었어, 뭘. 형은 알지도 못하구선.

　아니, 이게 정말!

　동생을 한 대 쥐어박을 기세로 승호가 주먹을 불끈 쥐었다.

　철딱서니 없이 니들까지 그럴 거야?

애들을 나무라는 남편의 고함에 혜순은 힘겹게 눈을 떴다. 며칠째 갈아입지 못한 작업복 탓인지 남편은 귀중중하고 옹색했다. 아이들이라고 다를 게 없었다. 그들에게서 해묵은 옷에서나 남 직한 메마른 내가 풍겼다. 그녀는 눈을 감아버렸다. 잠으로 빠져드는지 의식이 가물거렸다.

잿빛 고양이가 부엌 문턱에 쪼그리고 있다. 녀석이 혜순과 눈을 마주치자 털을 곤두세우며 등을 구부린다. 바로 공격할 태세다. 그녀는 섬뜩했지만 늘 그랬듯 이리 온, 나비야 이리 온, 손질하던 생선 토막을 손바닥 위에 올려놓고 고양이를 부른다. 언젠가 꼭 녀석을 붙잡아 집고양이로 길들이리라 별러온 참이다. 녀석이 꼼짝 않는 걸 보고 도망할 생각이 없는 걸로 넘겨잡은 혜순이 고양이 앞으로 조심스레 한 발짝을 내민다. 캬아욱. 순식간에 뛰어오른 고양이가 그녀의 얼굴을 할퀸다.

눈알이 빠져나가는 느낌에 소스라치게 놀란 혜순이 눈을 떴다. 꿈이었다. 그녀는 이를 악물고 자리에서 일어났다. 어떻게 일을 수습해야 할지 난감했으나 그렇다고 두 손 묶고 앉아 그대로 당할 수는 없는 노릇이었다.

그녀는 남편과 함께 조합장과 임원들을 찾아다니며 매달렸다. 그들은 어떻게든 회사 측과 협의해 책임지고 구제할 것을 약속했다. 그리고 계약은 실현되었다.

약속. 그 말이 얼마나 허황한 모래 위의 누각 같은 것인지 그때는 진정 알고 싶지 않았다. 그들이 갖춘 교양과 학덕에 기대어 열

등한 자가 가져야 하는 움츠림으로 그냥 그 약속을 믿고 싶었다. 혜순이 초조하게 기다리는 동안 사업은 벌써 입지 심의에 들어간다는 말이 나돌았다.

어느 날 저녁 누군가의 방문을 받았다. 벨이 단 한 번 길게 울리는 걸로 보아 듣는 이로 하여금 무척 조심스럽게 누르고 있다는 걸 짐작하게 하는 초인종 소리였다. 대문 앞은 가로등 빛이 미치지 않아 어둑했다.

저어, 뭐 좀 의논드리려고 왔어요.

담장 쪽에서 불쑥 두 사람이 나섰다. 누군지 쉽게 식별이 가지 않았지만 목소리는 민 씨 부인 같았다. 같이 온 남자는 남편인 듯했다. 개인적으로 그들과 친분이 없는 혜순은 웬일인가 싶어 마음 한끝이 불안했다. 방으로 안내받은 그들이 조심스레 용건을 꺼냈다.

걱정 많으시죠? 혹시 도움 될까 해서…… 다들 제정신 아녜요. 자기네 계산만 맞으면 딴 사람이야 어찌 되든 상관없고. 전 그게 마땅치 않아서 왔습니다.

혜순은 많이 놀랐다. 평소 주관이 뚜렷한 부인이라는 건 알았지만 남편까지 이렇게 의로운 사람인 줄은 몰랐다. 더구나 민 씨는 조합의 임원이었다. 여태 그녀 쪽에서 목매고 쫓아다녔지 그들 중 누구 하나 이렇듯 관심을 보인 사람은 없었다. 그렇지 않아도 애가 바작바작 타들어가는 판인데 민 씨의 방문은 뜻밖이었고 더구나 도와주겠다는 데는 혜순이 감읍 황송할 따름이었다.

전 이쪽 방면의 일을 잘 압니다. 이제 곧 입지 심의에 들어갈 텐데 절대 동의서에 도장 찍지 마십사 해서요. 지금 단계까진 팔구십 프로만 동의해도 무난했지만 입지 때부턴 꼭 백 프로라야 되거든요. 옆에서 뜻을 같이하는 사람이 또 있으니 힘내시고 끝까지 버티세요. 이층집 아저씬데 좋은 분이세요. 같이 올까 하다 남의 이목도 있어 그냥 계시게 했습니다. 그러니 힘없다 물러서지 말고 본때 있게 제 몫을 찾으세요. 조만간 조합에서 무슨 설득이 들어올 거예요. 만나기 곤란하면 피해버리세요. 문도 열어주지 말고요. 만약 이번에 버티지 못하면 약정서대로 조합을 통해 집을 파는 방법밖에 없어요.

혜순은 바짝 긴장했다. 어찌해야 할지 통 가리사니가 잡히지 않았다. 무조건 그의 말을 따르자니 그래도 되는가 싶고 안 따르자니 그나마 길이 열리는데 그 길을 피하는가 싶었다.

조합장님이 회사와 상의해 꼭 해결해주시겠다 했는데요.

그게 어디 쉬운 일입니까. 아주머니 댁 문제만이 아니까요. 다들 무리하면서까지 넓은 평수를 원하고, 돈과 연관된 문제라 손해 안 보려고 눈 벌겋게 뜨고 난리도 아닙니다. 원래 이런 일은 조건 비슷한 사람끼리 똘똘 뭉쳐 하나라도 더 챙기려 하지요. 혹시나 혼자만 손해 보는 건 아닌가 서로 염탐하고. 왜 접때 도로변 몇 집이 배짱 튕겼던 일도 있잖아요. 이젠 쑥 들어갔지만 자기네 집은 골목 안에 박힌 집하곤 다르니 특혜를 안 주면 반대한댔잖습니까? 회사 측에선 어떻게 한 줄 아십니까? 콧방귀도 안 뀌었어요.

이런 사업 한두 번이겠어요? 정 말썽 부리면 툭 잘라버리랬대요. 다행히 댁은 한가운데라 그럴 순 없고. 가설계 나온 걸 보니 꼭 필요한 땅이에요. 끝까지 버티셔야 합니다.

혜순은 남편의 얼굴에 어두운 그림자가 스치는 걸 보았다. 분명 남편도 어떻게 해야 할지 몰라 두려울 것이었다.

민 씨가 단언했듯 조합장이 도리어 그녀를 설득해왔다. 자기로서는 최선을 다하지만 회사 측에서 쉽게 결정을 내리지 않는다는 것이었다.

아주머니 댁을 봐주는 게 어려운 일이 아니라 종래엔 그게 빌미가 되어 주민 각각의 요구가 드세어진답니다. 아예 이 사업을 포기하더라도 특혜는 없다고 딱 자르는 거예요. 그런 경우를 여러 번 당했다는데, 허지만 일이 꼬일까 봐 그렇지 막바지엔 양보하지 않겠어요? 그러니 일단 심의는 받도록 합시다. 지금까지 회사에서 투자된 돈이 얼만데 포기하겠어요.

그걸 어떻게 믿어요? 애들 아버지랑 의논해볼게요.

혜순은 서서히 민 씨가 시키는 대로 해야겠다는 쪽으로 마음이 기울었다. 암만해도 조합에 이용당할 것만 같았다.

조합 측의 인감 요구는 계속되었다. 그도 그럴 것이 혜순네 때문에 입지 심의에 들어가지 못하고 있었다. 하루하루 숨 막히는 날들이 이어졌다.

설핏 새벽잠 사이로 전화벨 소리가 들렸다. 혜순은 실눈을 뜨고 시계를 보았다. 벌써 바늘이 일곱시를 가리키고 있었다. 밤새 뒤

척이다가 새벽녘에 깜빡 잠이 들었나 보았다. 화들짝 놀라 송수화기를 들자 민 씨의 나지막한 소리가 남은 잠을 거두었다.

오늘 임원들이 댁 앞을 지키다 아저씨를 만난답니다. 저하고 이층집은 빠질 거예요. 그리 아시고.

어떻게 하죠?

확답 얻기 전엔 절대 못 찍어준다 하세요. 그리 며칠 더 버티다가 단단히 약속 받아낸 뒤 찍어주세요. 사실 나중에 토지를 한군데로 합치는 합필 때가 중요한 거지 지금은 괜찮아요. 조합 측에 의사를 분명히 밝힌다는 점에서 이러는 거니까. 우린 아주머니 댁이 찍는다면 찍어주마 했어요. 꼭 제가 시키는 대로 하세요.

혜순은 그가 바로 눈앞에 있기나 한 것처럼 연신 머리를 조아렸다. 온몸의 신경이 긴장으로 팽팽했으나 내 편이 있다는, 아직 세상에는 마음 따뜻한 사람들도 있다는 생각에 가슴 한구석이 뭉클했다.

혜순과 민 씨네, 이층집이 심의에 필요한 인감을 내줌으로써 밀고 당기는 싸움이 합필이라는 발화 직전의 화약고를 눈앞에 두고 일단 마무리되었다. '합필'이라는 격렬한 싸움을 앞둔 일보 후퇴였다.

조합 측에서는 심의가 이루어지는 동안 확답을 차일피일 미뤘다. 혜순은 심한 갈급증에 허덕이며 반가운 소식이 오기만을 손꼽아 기다렸다. 합필에 이르러 조합에서 묘한 제의를 해왔다. 주민이 얼마씩 돈을 걷어서 혜순네에게 준다는 것이었다. 그러니 염려

말고 사업에 차질이 없도록 도와달라고 했다. 꼭 약속을 지킨다는 조합장의 각서를 첨부한 제의였다. 어이없는, 해괴한, 어린애들의 놀음같이 여겨지는 각서였다. 종이 한 장에 집을 맡긴다는 것이 그야말로 터무니없고 우스꽝스러웠다. 혜순이 믿지 못한 건 물론이었지만 민 씨 또한 거기에 현혹되지 말라고 신신당부했다. 그녀를 위해서 자기네도 일부러 버티고 있으니 힘내라는 격려와 함께.

혜순은 정 교감 댁 일도 그만두고 집에만 틀어박혔다. 바깥의 볼일도 되도록 밤 시간에 나갔고 슈퍼마켓조차 멀리 다른 동네를 이용했다.

사업은 막바지에 제동이 걸려 꼼짝없이 진전되지 않았다. 주민들의 안달도 극을 향해 치달았다. 조합장에 이어 무슨 방법을 쓰더라도 꼭 구제하겠다는 각서들을 들고 두세 명씩 집을 방문했다. 혜순은 그들이 마당으로 들어서지 못하도록 대문턱을 지켰다. 얘기가 길어지면 곤란할 터였다. 그들이라고 호락호락하지 않았다. 간발의 허점을 노리다 안방까지 들어오기가 다반사였다. 글쎄 어쩌신다는 겁니까? 별다른 방법이 없잖아요. 그렇게 못 미더우시면 공증이라도 해드릴게요. 정 교감을 위시해 난감할 정도로 설득해왔다. 당장 현금 모으기가 힘들어 그래요. 일은 추진시켜야겠고 그러니 보상금 받을 때 보자는 거예요. 오죽하면 공증을 다 서겠다잖아요. 그들의 설득은 겉으로는 간곡해 보였으나 한 발짝만 안으로 들어가보면 협박 못지않은 으름장이 있었다. 그녀는 뜨끔했다. 마음을 움츠리는 이면에는 괜한 고집을 부리는 게 아닐까, 순

리대로 풀어야 할 일을 무모하게 거스르는 건 아닌가 하는 의구심이었다.

혜순의 흔들림을 알아챈 민 씨가 펄쩍 뛰었다. 그들의 각서를 어떻게 믿느냐, 이래저래 나은 조건이니 보상금을 더 줘라, 로열 층이어야 한다, 되지도 않은 조항을 내세워 별의별 요구를 다 하고, 어떤 이는 건축에 관한 법률, 심지어 다른 재건축 현장까지 쫓아다니며 사례들을 연구하는 판인데 나중 오리발 내미는 건 정해진 순서라고 했다. 그는 칼자루는 회사가 쥐고 있으니 조금만 기다리면 곧 좋은 소식이 있을 거라며 그녀를 달랬다. 민 씨 말을 듣고 보니 그럴 것 같기도 했다. 누구 할 것 없이 다들 영악하고 이재에 밝았다. 차가 들어가지 않는 골목인데도 코너 집이라며 로열 층을 달라고 억지 부리던 여자가 떠올랐다. 민 씨는 전문가다, 무식꾼 무지렁이인 내가 뭘 알겠는가, 혜순은 한 번 더 자신을 추슬렀다.

시간이 더해지면서 독하게 먹은 마음과 달리 그녀는 조금씩 지쳐갔다. 그런데 일은 예상치 않은 방향에서 엉뚱하게 벌어졌다. 주민들이 민 씨네와 이층집, 혜순네를 오가며 시위를 시작한 것이다. 플래카드와 피켓은 안 들었어도 낮에는 여자들이 저녁에는 남자들이 교대로 열댓 명씩 몰려다녔다. 여기까지 오구선 사업을 그만두게 할 심산이냐, 무슨 억하심정이냐, 도대체 뭘 더 바라느냐, 자식 키우는 사람이 남 원망 사서 좋을 거 하나 없드라, 그들은 아이들까지 들먹이며 대문 밖에서 소리쳐댔다. 그녀는 그들의 아우성을 더는 듣고 있을 수 없어 자리를 박찼다.

혜순이 그들을 둘러보며 천천히 입을 떼었다.

뭘 더 바라냐구요? 전 새끼 뜨듯한 방에서 잘 키우려는 것밖에 없습니다.

그러니 말 들으란 말예요. 댁을 내쫓으려는 게 아니고 같이 다 잘 살자고 이러는 거 아녜요!

정말 우릴 위해 그만한 돈들 내놓을 수 있겠어요? 나중에 딴소리 않구요? 누가 조금이라도 더 특혜받지 않나 잠도 못 주무시는 분들이, 안 그런 집 있음 어디 나와보세요. 예? 나와보시라구요!

이 아줌마 인격적으로 대해주니까 영 못쓰겠네.

웃겨. 그렇게 욕심 없는 댁은 뭐 땜에 버티는 거예요?

우리 딴엔 도와주려는데 이럴 수 있어요?

여기저기서 시퍼렇게 날선 말들이 튀어 올랐다. 혜순은 그들 말을 뒤로하고 도망치듯 대문을 닫았다. 얘길 끝내고 들어가든지 말든지 해야 할 거 아냐! 같이 죽자는 셈인가 보지? 그녀는 귀를 틀어막았다.

시위가 길어지면서 혜순은 계속 버티기가 힘들었다. 남편과 아이들도 진저리쳤다. 그들은 시위대를 피해 새벽에 나가 밤이 늦어서야 집으로 돌아오곤 했다. 늦은 저녁을 먹으며 승호가 울화통을 터뜨렸다.

꼭 이래야만 해요?

그래, 엄마. 이젠 무서워. 집에 들어오기도 싫단 말야.

동네 사람들 만날까 봐 얼마나 가슴 뛰는 줄 아세요? 그냥 저 사람들 하자는 대로 해줘버리면 안 돼요?

이놈들아! 엄만 이 짓이 좋아서 이러는 줄 아니? 다 니들 위해서 야!

난 이담에 돈 많이 벌어서 이런 작은 집 말고 큰 집 살 거야.

한입 가득 밥을 우물거리며 승기가 비장하게 말했다. 어린것의 말에 혜순은 가슴 어딘가 썸벅 베이는 것 같았다.

시위가 하루도 거르지 않고 열흘간이나 이어지자 먼저 두 손을 든 건 민 씨였다. 이렇게 드세게 나오리라곤 상상도 못했어요. 저희가 오핼 받으니 어쩔 도리가 없네요. 나중엔 무슨 소리 나올까 겁나는데 알아서 하셔야겠어요. 그녀는 민 씨가 발뺌하는 것에 이상스레 원망이 들지 않았다. 사실 그녀도 지쳤고 더 이상 아이들 마음이 다치는 것도 원치 않았다.

합필에 필요한 인감을 내준 날 정 교감의 주선으로 주민회의가 열렸다. 혜순은 참석할 마음이 없었으나 정 교감이 하도 간곡히 청하는 바람에 계적지근한 기분으로 노인정을 들어섰다. 일찍 나와 있던 몇몇 사람이 그녀를 보자 얼굴을 돌렸다. 혜순이 눈길 둘곳을 몰라 머뭇거리는데 정 교감이 반갑게 눈인사를 보냈다. 주민들은 저들끼리 삼삼오오 뭔가를 숙덕였다. 사람들이 모여들면서 노인정은 어수선하고 시끄러웠다.

송구스럽게 오늘은 소인이 조합장님을 대신해 여러분을 모셨습니다. 바쁘신 중에 왕림해주셔서 감사합니다. 다름 아니라 불쾌한 일들은 잊기로 하고 협조해주신 혜순 아주머니 댁에 감사드리며 아울러 저 댁 도울 길을 찾고자 합니다. 지금 저 아주머닌 퍽 난감할 겁니다. 그래서 몇몇 분들의 의견이 있었긴 합니다만 지난번 여러분들이 생각한 그대로 해결하는 게 어떻습니까?

정 교감을 바라보는 혜순은 눈시울이 뜨거웠다. 민망함과 고마움에 어쩔 줄 몰라 눈길을 돌리는데 주저주저 출입문을 들어서는 민 씨 부인과 이층집 부인이 보였다. 반가움보다 꼭꼭 지질러놓은 설움이 먼저 앞섰다. 당장에 달려가 그네들 손을 붙들고 눈물이라도 몰래 질금거리고 나면 훨씬 이 자리가 견디기 쉬울 것 같았다. 허나 저 부인들 역시 껄끄럽고 불편한 걸음을 힘들여 놓았을 터였다. 외려 자신이 나서서 마음을 보태줘야 그나마 받은 은혜풀이를 터럭만큼이라도 하는 셈일 것이다. 혜순은 삐져나오는 눈물을 애써 참으며 숨어들 듯 구석진 곳에 자리 잡는 그네들에서 시선을 돌렸다.

불입금을 많이 부담하는 집은 헐 수 없지만 보상금으로 여유 있는 집은 조금만 더 생각하십시다.

장내가 술렁대며 시선들이 일제히 혜순을 향해 쏟아졌다. 그녀는 주민들의 시선을 피해 고개를 숙였다. 잠시 침묵이 흘렀다. 짧은 시간이지만 목덜미가 묵직했다. 곧이어 웅성거리는 소리가 들렸다. 그렇게 하지 뭐, 저 집이 끝내 반대했다고 생각하면 못 낼 것도 없어요. 도대체 모자란 금액이 얼마래요? 융자 사천 빼고 육천 얼마래나. 정확히 육천팔백이야. 그만한 돈이 걷힐까? 어이구, 준다 할 때 받지 난 이제 못 내. 맞아요, 나도 못 내요. 저기 이층집허고 민 가네 와 있네. 오지랖 넓은 저이들이 두어 몫 크게 내놓으면 되겠구먼. 한 집에 삼천사백씩, 도합 육천팔백, 나눠서 계산하기도 좋으네. 여기저기 쿡쿡 소리 죽여 웃는 소리가 들렸다. 그녀는 더는 버틸 수가 없어 허둥지둥 노인정을 빠져나왔다.

얼마 후 사업인가가 나고 이주비와 토지 보상금이 나오면서 주민들은 믿기지 않는다는 듯 새삼 서로 확인하느라 바빴다. 조합 사무실도 밤늦게까지 불을 밝혔고 뒤에 처진 혜순네만이 회사 측에 집을 매도하는 걸 결단 내리지 못하고 있었다. 아니 이미 결정이 난 일이었으나 그녀가 절차를 유보하고 있다는 편이 옳았다. 은근히 주민들의 동정을 기대한 건 아니었는지, 다만 그때 분위기로 보아 될 성싶지 않다는 건 예상했다.

차라리 그 회의에 참석하지 말았어야 했다. 그랬더라면 민 씨 부인과 이층집 여자에 대해 이처럼 얄궂고 참담한 심사까지 들진 않을 텐데, 정 교감 얼굴을 무시할 수 없어 나간 게 그만 앓는 가슴에 대못을 질러 넣은 꼴이 되었다. 그녀는 벽돌 더미에 기댄 몸을 가까스로 일으킨다. 윙, 쿵, 또 포클레인 작업 소리가 들린다. 가슴이 저릿저릿하다. 철거 작업은 처음 몇 집을 대충 해머로 부수뜨리다가 제법 차가 들어갈 정도로 길이 트이자 포클레인을 앞세워 차례로 부숴나갔다. 그게 묵직한 대가리로 한 번 내려치면 멀쩡한 집들이 된불 맞은 짐승처럼 순식간에 쓰러졌다.

혜순은 느릿느릿 골목을 내려간다. 길을 꺾어 돌면 경사가 완만해지며 길이 조금 넓어진다. 거기에 이층집과 민 씨네 집터가 나란히 자리하고 있다. 그녀는 그냥 지나치려다 걸음을 멈춘다. 치솟던 분노는 시나브로 사그라지고 그 자리에 애잔한 슬픔이 가볍게 출렁인다. 새벽녘만 해도 이주 완료일을 채우리라는 집에 대한 집착이 한풀 꺾이면서, 다 끝났다는, 제자리를 찾아야 한다는 생각이 슬그머니 고개를 들고 있다. 오늘따라 집 허물어뜨리는 소리가 유난히 더 자극으로 들리는 것은 이제 자신의 집밖에 남지 않는다는, 그래서 더 버티는 일은 쓸데없는 오기에 불과하다는 체념에서 비롯되는 것인지 모르겠다. 그래, 파출부보다 식당 주방에서 일하는 게 훨씬 수입이 낫다던데, 그건 얼마 전 정 교감의 호의를 거절할 때부터 다잡은 각오였다.

토지 보상금과 이주비가 나와 하나둘 이사할 걱정들을 할 때였다. 정 교감에게서 잠시 다녀가라는 연락이 왔다. 그 집의 일을 그만둔 후부터 더군다나 인감 사건 뒤로는 거의 내왕을 끊고 지낸 터였다. 서먹했지만 거절할 수가 없었다.

대문은 열려 있었다. 내 집처럼 익숙한 현관문을 열자 손님이 많은 듯 남자 구두가 여러 켤레 보였다. 문 여는 소리에 동네 어른들이 거실에 앉아 있다가 그녀를 돌아보았다. 실낱 같은 기대가 혜순의 가슴을 흔들었다.

어떻게 말을 꺼내야 할지…… 주민들 마음이 많이 식어버렸어요.

정 교감이 어렵사리 말을 꺼냈다.

별 도움은 안 되겠지만 마음 모은 집에서 성의로 조금 마련했어요. 사백이에요.

동네에서 가장 연장자라는 노인이 슬며시 흰 봉투를 혜순 앞으로 밀었다.

줄다리기 때문에 감정 소모가 많았어. 그러기 전엔 동네 사람들이 정말 도와줄 마음이었다구.

혜순더러 들으라고 하는 소리인지 노인 하나가 낮게 중얼거렸다.

생돈 내놓기가 어디 그리 쉬워? 뒷간 갈 적, 올 적 마음 다르단 옛말이 왜 생겨났게. 솔직히 이 아주머니도 그걸 염려해 그랬던 거 아니겠어?

말은 바로 해야지, 그저 죽었습니다 해도 시원찮을 마당에 아줌마가 그 지경까지 몰고 간 건 잘못이지. 그잖아도 자네 말대로 막상 생돈 내놓으려면 아까워 죽을 판인데 핑계 삼아들 잘됐다 싶은 거야.

혜순은 주민회의 때 쿡쿡 소리 죽여 웃던 사람들이 떠올랐다. 정말 그들 말대로 민 씨 말을 듣지 않고 잘 협조했더라면 어떻게 되었을까. 그녀는 봉투에서 시선을 거뒀다. 웃어 보이려 했으나 입가의 근육이 굳어 쉽지 않았다. 억지웃음 끝에 매단 안간힘 사이로 차가운 결의가 솟았다.

고맙습니다. 허나 받은 걸로 할게요. 이젠 매매 계약서에 미련 없이 도장을 찍을 수 있겠어요. 정말 고맙습니다.

혜순은 재차 고맙다는 인사를 남기고 자리에서 일어났다.

정 교감이 혜순을 찾은 것은 남편이 퇴근을 하고 막 저녁상을 물린 때였다. 차를 준비하려는 그녀를 한사코 말린 그가 아까의 흰 봉투를 또 꺼냈다. 어른들 분위기로 보아 아이들은 일어나야 마땅했으나 승호가 텔레비전 화면 앞에서 계속 미적거렸다. 승기도 형이 일어설 기미를 보이지 않자 엉거주춤하던 자세를 고쳐 아예 책상다리로 자리 잡았다.

도움이 안 된다는 건 잘 알아요. 허지만 우리 마음도 편케 해주셔야죠.

적어서 그러는 게 아닙니다. 그게 한두 푼인가요? 여태 저희 식구들 아껴주신 거만 해도 몸 둘 바를 모르겠는데 그동안 심려 많이 끼쳐드렸어요.

이미 혜순을 통해 일의 전모를 들은 터라 남편은 별 주저함 없이 그것을 거절했다.

늙은이가 자네 식구들 볼 면목 없구먼. 내 이 말은 안하려고 했는데…….

정 교감은 무슨 말을 하려다 말고 승호를 힐끔 쳐다보았다. 혜순이 얼른 승호에게 눈짓했다. 승호는 일어서면서도 시선은 화면을 떠나지 못했다. 정 교감은 한참 뜸을 들이고 나서야 입을 열었다.

민 씨 말은 듣지 말았어야 했어요. 알고 보니 다 자기네 잇속으로 그랬답니다. 아무리 벌인 사업이 시원치 않아도 그렇지…… 민 씨 혼자 뭣하니까 이층집을 꼬드긴 모양인데, 아직 조합장님 말고 아무도 몰라요. 며칠 전 회사 웃냥반하고 술 마시다 나온 소리랍니다.

가슴이 철렁 내려앉으면서 머릿속에 천둥 벼락이 꽂히는 것 같았다. 혜순은 저도 모르게 남편을 돌아보았다. 흰자위가 커진 그의 눈에도 섬뜩한 푸른빛이 돌았다.

그럼 우리 엄마 아빠를 이용했단 말이에요? 이 사람들을 그냥!

승호가 여태 방문 밖에 있었는지 문을 박차며 뛰어나갔다.

승호야!

형!

골목은 그들이 내지르는 다급한 외침과 달음박질 소리로 가득했다. 갑작스런 소란에 동네 개들이 요란스레 짖어댔다. 승호는 희미한 그림자를 끌고 골목을 꺾어 돌았다. 저만치 포만감에 젖어 나른한 잠 속으로 빠져드는 이층집이 보였다.

이 집 사람 다 나와요! 빨리!

승호가 민 씨네 집 대문을 흔들며 소리쳤다. 현관 등이 켜지고 누군가 잠깐 고개를 내미는가 싶더니 이내 쾅 하고 문이 닫혔다. 이어 집 안의 불들이 다 꺼지고 약속이나 한 듯 이층집도 조명 나간 무대처럼 삽시에 어둠에 잠겨버렸다.

에이, 지옥에나 떨어져라!

승호는 울먹이며 대문을 발로 내질렀다. 뒤쫓아온 혜순과 남편이 아이를 끌어안자 뒤따라 온 승기도 형을 부둥켜안고는 울음을 터뜨렸다.

형, 내가 커서 정말 부자 될게.

승기의 말에 남편이 불현듯 민 씨네 대문을 부술 것처럼 덤벼들었다.

야! 이 새꺄, 나오지 못해!

포효하는 들짐승마냥 소리 지르며 그는 계속해서 대문에 몸을 던졌다. 안에서 아무 반응이 없자 악에 받친 그가 주먹만 한 돌을 찾아 돌팔매를 날렸다. 유리창 깨지는 소리에 이어 불이 켜지면서 현관문이 홱 열렸다.

이 사람 이거 어디 와서 행패야!

민 씨가 뛰어나와 남편의 멱살을 잡았다. 남편이 그의 얼굴을 향해 주먹을 날렸다. 노동으로 다져진 서너 번의 주먹에 그는 완력 한 번 못 써보고 바닥에 나동그라졌다.

그래, 세상에 쥐어짤 놈 없어 우리같이 없는 놈 거 울궈먹어?

일어나려는 그에게 냅다 발길질하려는 남편을 그의 부인과 가족이 말렸다. 혜순도 아이들과 함께 남편을 겨우 떼어놓았다. 분이 삭지 않은 남편이 씩씩거리며 길길이 뛰었다.

그 배때기에 얼마나 처먹었어, 엉?

가족에게 떠밀려 집으로 들어가던 민 씨가 뒤돌아보며 가소롭다는 듯 말했다.

이봐, 나 당신 거 울궈먹은 적 없거든. 또 울궈먹을 맘도 없구. 말 함부로 하지 말고 세상이나 똑바로 보셔. 내가 안 그랬다고 동네 사람들이 정말 당신 도와주었을 거 같아? 어차피 당신넨 떠나게 돼 있어. 난 시공사 도와주고 수고비 좀 받는 거밖에 없고. 내 참, 별!

혜순은 피가 거꾸로 솟고 머리카락이 가닥가닥 일어서는 것 같왔다. 그녀는 단호하게 남편의 등을 떠밀었다. 어서 그 자리를 벗어나고 싶었다. 남편은 느닷없이 집과 반대쪽인 큰길로 내리달렸다. 조합 사무실로 가는 게 분명했다. 혜순이 그의 뒤를 쫓았다. 아이들도 그 뒤를 따라 내리막을 넘어질 듯 달렸다. 정 교감도 씩씩거리며 그들을 뒤쫓았다.

마침 그들은 사무실 문을 나서는 조합장과 회사 직원을 만났다. 조합장이 말릴 틈 없이 남편은 다짜고짜 직원의 멱살을 움켜잡았다.

힘 없는 놈은 이렇게 밟아도 되는 거야?

이거 놓고 말로 하쇼!

직원은 이마에 주름을 세우며 남편의 손을 떨쳤다. 이미 혜순과 눈이 마주친 터라 누군지 알만 하다는 태도였다.

도대체 무슨 미끼로 놈들을 낚았어?

낚긴 뭘 낚아요? 그이들이 먼저 본사로 찾아왔다는데. 댁이 문제 일으키지 않도록 책임지는 조건으로 요구를 하나씩 들어달라 했답디다. 민 씨는 댁네가 불하 포기한 시유지 권리를 대신 받겠노라 했다고, 이층집은 이 층 세입자 내보내는 돈 입주 때까지 무이자로 당겨쓰기로 했다고. 나하곤 상관없이 일어난 일이니 이거 놓아요.

아니, 뭐, 그 새끼들이 겨우 그깟 거 때문에 그랬단 말요?

그깟 건 아니죠. 민 씨넨 입주권이 하나 더 생기는 일인데.

고맙게 잘 쓰던 시유지가 화근거리가 되는 줄도 모르고…….

혜순이 넋 나간 채 중얼거렸다. 속절없는 원망에 휘둘려 휘청하는데 민 씨의 말이 각다귀처럼 귓가로 달려들었다. 동네 사람들이 정말 당신들 도와줬을 거 같아? 어차피 당신넨 떠나게 돼 있었다구! 끝내 혜순은 땅바닥에 털퍼덕 주저앉고 말았다. 어깨 위를 댕돌 같은 어둠이 내리눌렀다.

혜순은 그 어둠의 무게가 그대로 얹혀 있는 것 같아 흠칫 어깨를 턴다. 바로 그때, 해체된 집들이 한눈에 들어온다. 그렇게 이층이란 걸 강조하더니 이층집은 제 소임을 다하고 민 씨네 것과 사이좋게 어깨를 맞대 의기양양 드러누워 있다. 승호와 승기, 두 아들도 매일 이것들을 보며 이 앞을 지나다니고 있으리라 생각하니 혜순의 기가 턱 꺾인다. 한시도 더는 이 동네에 머물고 싶지 않다는 절박감이 그녀를 몰아친다. 아이들, 어미가 품어야 할 어린 것들. 자식들에게 이 전쟁터 같은 동네를 하루라도 더 걷게 해서는 아니 되리. 새끼 키우는 어미가 가슴에 오래 독 품어 좋을 일은 없을 것이다. 그녀는 왔던 길을 되돌아 다급히 집을 향한다. 어금니를 앙다무는데 속가슴에서 결연한 말이 튀어나와 혓바닥에 얹힌다. 여보세요? 조합 사무실이죠? 막다른 집 오후에 이사합니다. 무거운 짐을 부리듯 또박또박 통보할 것이다. 그녀는 내딛는 발끝에 힘을 준다. 아이들은 지금 어미의 위로가 절대 필요하리라. 한바탕 소동이 있던 그날 밤 남편이 기진해 골목을 들어서면서 말했다. 다 아빠가 못나서 그래. 미안하다. 그치만 우리 힘내자. 작은아이가 제 아빠의 팔에 매달리며 부끄러운 듯 소곤거렸다. 진짜론 아빠, 나 여기처럼 쪼끄만 집도 좋아. 큰아이가 슬며시 제 어미의 팔짱을 껴왔다. 혜순은 피하듯 잰걸음을 놓았다. 그땐 아이가 내민 팔을 결을 나위가 정말 없었다.

철커덕, 대문이 유난히 큰 소리를 내며 열린다. 마당은 어느 곳 하나 흐트러져 있지 않다. 공기의 흐름조차 감지될 것 같은 적막과 햇살을 받은 항아리와 자갈들이 어우러져 묘한 청량감을 만들어낸다. 마치 모든 것이 정지된 한 장의 사진 같다. 그녀는 괴괴하고 투명하게 아름다운 정경을 물끄러미 바라본다. 문득 어디선가 아웅, 아웅, 고양이 새끼들이 뒤엉켜내는 듯한 소리가 들린 것 같다. 그 소리는 아주 애잔해 어쩌면 아득히 먼 세상에서 들려온 것 같기도 하고 아니면 잘못 들었나 싶기도 하다. 귀를 모으고 있던 혜순이 후다닥 사다리를 갖고 나와 구멍 뚫린 처마 밑으로 달려간다. 그곳에서는 아무것도 보이지 않는다. 급히 사다리를 내려온 그녀가 이번엔 장도리를 찾아 들고 다락으로 뛰어 올라간다. 다락에서 처마로 통하는 벽의 베니어합판이 정신없이 뜯겨나간다. 돌연, 캬아욱! 앙칼진 소리가 그녀의 심장을 찢는다. 곧이어 아웅, 아웅! 아까 들었던 가냘픈 소리들이 참았던 듯 쏟아진다. 혜순은 아, 짧은 탄성과 함께 장도리질을 멈추고 얼른 뒤를 돌아본다. 분명 승호, 승기의 환호성을 들은 것 같다.

포푸리를 만드는 남자

영훈은 귀를 바짝 세우고 창구 안쪽에서 일어나는 소리에 매달린다. 아마 이 순간 다른 지점의 동료들도 마찬가지일 터다. 자신만은 오늘의 불운에서 비껴가기를 간절히 바라면서 꼼짝없이 전화벨 소리에 붙들려 있다. 오늘따라 창구가 한산해 영훈은 몸에 들러붙은 긴장을 떼어낼 기회가 없다. 그 긴장감이 창구 안을 촘촘하게 조여든다. 차라리 월말 정산이나 공과금 마감일로 정신없이 바쁜 하루였으면 좋겠다.

전화벨이 울리자 모두 화들짝 놀란다. 선뜻 전화를 받으려는 사람이 없다. 이윽고 여자 행원 하나가 주춤거리며 수화기를 든다.

네에, 그럼 계좌번호 불러보시겠어요?

고객으로부터 걸려온 전화임을 확인한 동료들이 팽팽한 눈빛을 풀며 전화기에서 시선을 거둬들인다. 너무 긴장한 탓에 영훈은 속이 다 울렁거린다. 아, 이럴 때 라벤더가 있었으면, 온종일 불안에 시달릴 것만 염두에 두어 진정 효과가 있는 캐모마일과 클라리세이지만 챙긴 게 아쉽다. 영훈이 오늘 이렇듯 멀미증까지 날 줄은 전혀 예상하지 못했다. 그는 캐모마일과 클라리세이지, 두 가지 향유를 앞에 두고 망설이다 캐모마일을 한 방울 손수건에 떨어뜨려 깊숙이 흡입한다. 달콤한 과일 향이 부드럽게 콧속으로 퍼진다. 바짝 곤두서 있던 머리끝이 수굿이 가라앉으며 금세 안도감이 혈류를 타고 전신으로 퍼져 나간다. 그것을 들키기라도 한 듯 영훈은 얼른 김 차장을 돌아다본다. 다행히 김 차장은 모니터에 코를 박고 있다. 그는 창구 안을 억누르는 긴장에 너무도 초연해 보인다. 그래, 넌 자신 있다, 이거지? 김 차장의 여유 있는 표정을 보며 영훈은 더욱 쫓기는 마음이 되어 돌아앉는다. 입사 동기인 김 차장은 그보다 진급이 빨랐다. 연줄 덕분인지 능력 때문인지 그는 해외근무와 연수를 두루 거친 자타가 공인하는 인재이다. 부장 진급을 코앞에 두고 있으니 그나마 목숨을 부지하려 전전긍긍하는 만년 과장인 자신과는 사뭇 입장이 다르다.

얼마 전 회사에서는 이차 합병 공시와 함께 희망퇴직 신청을 받았다. 삼 년 치 월급을 내걸고 신청 기간을 두 번이나 연장했지만 모두 꿈적하지 않았다. 다들 목이 터져라 합병 반대만 외쳐댔다. 사측에서 대주는 학원비를 받는 조 대리와 황 대리조차 공인중개사 수업이 끝나면 밤 열한시에라도 농성장으로 뛰었다. 두 사람은 합병이 가시화되기 전 학원비의 반을 대주겠다는 사측의 제의를 받아들였던 참이다. 조 대리는 그 제도가 단순히 사원 복지 차원에서 이뤄지는 줄 알았다고 했다. 은근히 인사부에서 시험에 꼭 붙어야 한다며 압력을 가하자 성급히 내린 결정을 후회하고 있었다. 그 걱정을 뒷받침하듯 철야농성이 계속되는 동안 대대적인 인원 감축안이 발표되었다. 퇴출 대상자가 정해졌다는 소문도 돌았다. 끝내 오늘 중으로 본부에서 각 지점의 해당자에게 전화 통보를 해올 것이라고 했다.

영훈은 창구 안을 둘러본다. 그런 내용의 전화를 받은 직원은 아직 없다. 대신 그 유예 기간을 견디느라 얼굴들이 꺼칠하다. 누구나 그렇겠지만 영훈 역시 퇴직은 할 수 없다고 도리질 친다. 지난번 악조건에서도 살아남지 않았는가. 그는 캐모마일을 한 번 더 콧속 깊숙이 들이마신다. 이 점포에는 지점장을 비롯해 관리직으로 차장 하나, 과장이 둘, 대리가 둘 있다. 이들이 타깃이다. 여자 행원들은 모두 일차 합병 때 계약직으로 대체되었고 그렇게나마 생존한 직원도 이십 퍼센트에 불과했다. 이번엔 누가 남고 누가 떠나게 될 것인지 또 몇 명이나 남게 될지 영훈은 초조해지는 마음을 달랠 길이 없어 손수건만 코에 갖다 댄다. 그도 예전처럼 무조건 버티기 식이 어림없다는 걸 잘 안다.

속이 울렁거려 견딜 수가 없다. 영훈은 손수건을 코에 댄 채 정수기 쪽으로 간다. 물을 마시려는데 또 요의가 느껴진다. 소변은 왜 이리 자주 마려운지, 마치 불안을 소변으로라도 내보내려는 듯 달려드는 요의가 오히려 더 불안감을 부채질한다. 그냥 이 길로 집으로 달려가 향기에 온몸을 푹 담그고 싶다.

허브 향기에 집착하는 그에게 진저리를 내는 아내도 요즘은 묵묵히 그의 아로마테라피를 도왔다. 어젯밤에도 알아서 목욕물을 받아놓았다. 욕조 머리맡에는 뿌연 김 사이로 라벤더 향초가 타고 있었다. 영훈은 불안을 한 겹씩 벗겨내듯 천천히 옷을 벗었다. 욕실 한쪽 벽을 메운 커다란 거울 안에 아직은 늙지 않은 마흔 살 남자가 엉거주춤 서 있었다. 그는 거울 속의 꺼벙한 사내를 외면하고 라벤더 아홉 방울과 일랑일랑 여섯 방울, 캐모마일 로먼 세 방울을 섞어 더운물이 가득한 욕조에 떨어뜨렸다. 한 손으로 욕조의 물을 가볍게 휘젓자 향기가 온몸으로 따스하게 감겼다. 그는 욕조에 편안하게 등을 기대고 지그시 눈을 감았다. 삶의 거친 순간들이 무심한 듯 그 옆을 지나가고 곧 평온에 젖어들었다. 멀고 먼 여로를 끝내고 돌아온 안도감 같은 것이 향기와 함께 피어올라 근심 걱정이 가뭇없이 사라져갔다. 그럴 때는 오직 따스함과 부드러움만이 세상의 전부인 양 모든 것이 평화로웠다.

영훈은 지난밤의 안온한 기억에 짜릿한 전율을 느끼며 화장실로 향한다. 요의가 요도 끝까지 내려와 있다.

정 과장님, 인력관리방안 지침 내려온 거 보셨어요?

화장실에서 마주친 조 대리가 굳은 얼굴로 묻는다.

버티는 사람한텐 재택대기발령을 낸다면서요?

영훈이 고개를 끄덕인다.

그만 나오라는 소리지, 뭐. 용케 살아남는다 해도 관리직도 이젠 계약직으로만 남게 된단 말이 있던데 나같이 꺾어진 말년은 정말 걱정이다.

정 과장님은 여유도 많으시네요. 그건 그야말로 차후 문제죠. 우선 조정의 칼날을 피해야, 하기사 과장님은 지점장님이 인정하는 실적파시니 분명 따놓은 영순위일 거예요.

김 차장은 눈감고 있냐? 어쨌거나 뚜껑 열리면 다 알겠지.

조바심 나 죽겠어요. 몇 명 정도 남게 될까요?

거울에 비친 조 대리의 표정이 어둡다. 다운증후군을 앓고 있는 그의 아들은 심장마저 선천적으로 기형이라 병원을 제집처럼 드나든다고 했다. 지금 그의 심정이 오죽할까 싶다. 물론 그동안 내쫓기지 않으려고 둘 다 나름으로 발버둥치기는 했다. 힘내자는 뜻에서 영훈이 조 대리를 향해 싱긋 웃는데 거울에 비친 얼굴은 의지와 달리 잔뜩 일그러진다. 돌연 눈앞이 어른어른하고 그의 모습이 흐릿해진다. 돌아서 나가는 조 대리의 뒷모습도 부연 안개 속 같다. 내가 왜 이러지? 머리를 흔들어 보지만 몽롱함이 가시지 않는다.

빨리 이 시간이 지나갔으면, 어서 집으로 돌아가 제라늄이나 라벤더를 욕조에 풀고 고단한 몸을 담그고 싶을 뿐이다. 따스한 향기의 미세한 입자들이 살갗으로 호흡으로 스며들면 마음이 참참하게 가라앉는다. 하지만 이 시간을 피할 도리가 없다. 모두 손끝의 경련을 감추고 지옥의 시간을 견디고 있지 않은가. 영훈은 주저앉을 것 같은 몸을 가까스로 세면기에 기댄다. 손을 늘어뜨리는데 불룩한 클라리세이지 향유병이 그를 일깨운다. 자, 어서 맡아,

더 강한 향기를 맡으라구. 언제 호주머니에 집어넣었는지 기억에 없다. 그는 주위를 둘러보고 급히 그것을 꺼내 손수건에 세 방울 떨어뜨린다. 곧 강한 약초 향이 알싸하게 콧속으로 퍼진다. 운전 중이나 수험생들은 사용하지 말라는 강한 진정 작용이 있는 아로마이다. 혹시 이것으로 가수 상태의 시간을 겪게 되지는 않을까 걱정스럽긴 하다. 집에서라면 몰라도 직장에서는 위험천만한 일이다. 아내는 그가 졸음으로 빠져들 때마다 이제 지겹다고 제발 그만하라고 소리 지르며 집 밖으로 나가버리곤 했다. 그런 아내도 요즘은 별수 없나 보다.

아로마는 그에게 없어서 안 되는 산소 같은 존재다. 필요에 따라 적절히 향을 바꾸고 배합을 달리하면, 그것은 언제라도 무너질 것 같은 그를 꼿꼿하게 일으켜 세운다. 오늘을 견딜 수만 있다면 몽유병자처럼 보인들 대수이랴 싶다. 뭔가 뜨거운 기운이 안에서 솟구친다. 이제 그것들 없이는 한 걸음도 못 움직인다. 영락없이 향기에 잡힌 꼴이다. 향기에 붙들린 사내라니, 아내의 비난이 아니더라도 그 역시 자신을 납득할 수가 없다. 영훈은 갑자기 요도 끝이 찔리는 통증으로 바지 앞자락을 움켜쥐며 바닥에 쪼그린다. 독충한테 쏘인 것처럼 날카로운 통증이다. 그는 아픔을 잊기 위해 눈을 감는다. 고통이 조금씩 사그라진다.

눈을 뜨자 바로 눈높이에 타일을 따라 기어오르는 적갈색 노래기가 눈에 들어온다. 가늘고 작은 발의 쉴 새 없는 움직임이 가슴을 흔든다. 기를 쓰고 발발 기어오르는 발놀림이, 가녀린 몸짓이,

마치 자신의 안간힘을 엿보는 것 같다. 어지럼과 함께 통증이 또 한 번 요도 끝을 찌른다. 그는 두 눈을 꾹 감는다.

　삼 년 전 일도 정말 끔찍했다. 영훈이 다니던 은행이 퇴출당해 지금의 은행과 합병되는 과정에서 은행 측은 나가라는 통지 대신에 개인별로 '인사고과표'를 돌렸다. 알아서 나가달라는 통보였다. 그 전초전은 그보다 앞서 벌어져 있었다. 어느 날 지점장이 한 기업의 재무제표를 건네주며 바로 당좌를 개설해주라고 지시했다. 지점장님, 이 회산 곤란하겠는데요. 아무리 매출과 수익 구조를 맞춰봐도 은행에 기여도가 없어 부도 위험이 높습니다. 아니, 그 정도도 알아서 못해요? 적당히 보완하면 되잖아요. 그래도 앞이 뻔히 보이는 걸 어떻게…… 물론 영훈은 지점장에게 '지점장 전결 한도'라는, 기업이 신용도가 떨어지거나 담보가 모자라도 임의로 대출해줄 수 있는 권한이 있다는 걸 알고 있었다. 더욱이 행장이나 지역 본부장이 정치권 등으로부터 청탁을 받을 경우 알아서 잘 처리하는 지점장에게 그걸 떠넘긴다는 것도.
　영훈은 그때 지점장이 시키는 대로 고분고분했어야 했다. 다음 날 영훈은 외환계로 보직이 옮겨졌고 그 기업은 다른 직원을 통해 그날로 당좌가 개설되었다. 영훈이 그해에 받은 고과 점수는 형편 없었다. 지점장의 비위를 거스른 게 화근이었다. 그 결과가 구조 조정 바람과 맞물려 영훈을 조였고 그에게는 불면의 밤이 이어졌다. 동료들은 알아서 퇴직원을 내거나 영훈처럼 무턱대고 버텼다.

영훈은 사방이 콱 막힌 움쭉달싹 못 할 철벽 안에 갇힌 기분이었다. 그리고 고과표라는 것이 마치 넌 이제 낙제 인생이야,라며 몰아세우는 것만 같았다. 그걸 인정하지 않기 위해서 그가 할 수 있는 건 오직 버티는 일뿐이었다. 당신, 그러다 말라 죽겠어. 차라리 그만둬라. 아내가 내팽개치듯 먼저 체념했다. 그만두면? 퇴직금도 몇 푼 안 되는데 아파트 사면서 대출받은 거 갚고 나면 얼마가 남는지나 알아? 누군 와이프랑 피시방이나 호프집이라도 내겠다더라만은 우린 어림도 없어. 애들은 자꾸 커가는데 어떻게 할 거야? 이제 퇴출 은행 주식은 휴지 조각될 테고. 그치만 여보, 우선 사람이 살아야 할 거 아냐. 아내의 눈에 눈물이 고였다. 당신 눈이 퀭하다 못해 섬뜩해. 월차 내서 어디 가서 머리라도 식히고 왔음 좋겠어.

아내가 여행사에 예약을 해놓았다며 소매를 잡아끌었을 때는 어이가 없었다. 남편이 쫓겨나느냐 마느냐 막다른 길에 몰려 있는데 팔자 좋게 지금 무슨 여행 타령이냐고 화를 냈지만 아내는 막무가내였다. 여보, 수타사라는 오래된 절이 있는데 거기 가서 마음도 다스리고, 오는 길에 허브 농원에 들러 찜질도 하자. 허브 찜질이 스트레스에 그렇게 좋대. 아내의 간청에 할 수 없이 툴툴거리며 따라나서자 아내는 고마워 어쩔 줄을 몰라 했다.

강원도로 향하는 버스는 속절없이 흔들리고, 동행한 여행객들은 아랑곳없이 즐거워했다. 영훈은 차창 밖에 시선을 둔 채 이번 여행이 자신의 인생에서 마지막으로 누려보는 호사가 될지도 모른다는 자괴감이 들었다. 어느 순간 이 길로 영원히 사라져버렸으면 하는 자포자기의 심정에 빠지기도 했다. 자신을 제외한 다른 이들의 삶은 모두 가득 차고 넘쳐 보이는데 그와 아내만이 세상 바깥에서 그들을 하염없이 바라보는 것 같았고, 이제 영원히 그곳으로 돌아가지 못하게 될까 봐 초조했다. 아내가 그의 손을 꼭 잡았다. 아내로서도 안간힘을 쓰고 있으리라는 생각에 마음이 짠했지만 영훈으로서는 오직 주변의 눈총을 이기고 퇴직원을 내지 않고 버티는 것 말고는 다른 방법이 없었다. 사실 퇴직한 선배 대부분은 공인중개사 시험에 매달리거나 분식집을 냈고, 더러 아내의 부업에 의존하거나 집 평수를 줄이기도 했다. 그러다 끝내 가족이 뿔뿔이 헤어지고만 선배도 있었다. 그들은 그렇게 세상에서 밀려났다. 영훈은 훤히 내다보이는 그 길을 그들처럼 맥없이 내딛을 수는 없었다. 매일 밤 고작해야 이삼 분의 짧고 얕은 잠 속에서 가위눌린 현실이 그를 흠씬 두들겨 팼다.

아내는 선뜻 그를 찜질방으로 안내하지 못하고 안절부절못했다. 아까 영훈이 수타사 대적광전 앞에서 아내의 손을 매몰차게 뿌리친 일 때문이었다. 불상 앞에 눈 감고 가만히 앉아 있기만이라도 해봐. 혹시 기대한 것보다 마음이 가라앉을지 모르잖아, 응? 영훈은 순간 이유 없이 화가 뻗쳤다. 그런다고 뭐가 달라져? 영훈은 아내에게 빽 소리 지르고 성큼성큼 그 절을 나와버렸다. 이제 허브 농원이고 뭐고 그만 집에 돌아가고 싶었다. 모든 일에 화가 나서 견딜 수가 없었다. 그는 자신이 비교적 성실하게 그리고 정직하게 산다고 자부했다. 그래서 뻔하게 은행에 손실을 끼칠 기업과 거래할 수 없었다. 그야말로 그뿐이었다. 그 일이 큰 대가를 치르게 할 줄은 미처 몰랐다. 이렇듯 내몰릴 줄 알았다면 마음이 불편하더라도 얼마든지 지점장과 손을 맞잡았을 것이다.

을근을근하는데 아내가 슬쩍 영훈의 손을 잡았다. 아내의 손바닥은 더운 날씨임에도 서늘하고 축축했다. 영훈은 아내의 얼굴을 쳐다보았다. 웃을 듯 말 듯 아내의 표정에 간절함이 배어 있었다. 내내 영훈의 지청구를 들으면서 허브 농원을 돌고 난 참이었다. 가이드는, 허브란 말은 라틴어의 '푸른 풀'을 의미하는 '허바'에서 출발했으며 잎, 줄기, 뿌리 등이 식용이나 약용에 쓰이거나 향기나 향미가 이용되는 모든 식물이라고 설명했다. 영훈은 은근히 부아가 치밀고 뭔가에 속은 기분을 떨칠 수가 없어 여행을 주도한 아내에게 어깃장을 부렸다. 허브 농원이라더니 완전히 사기잖아. 산책길을 따라 조성된 밭에는 들에서 흔히 볼 수 있는 야생화와 풀들이 지천이고 깻잎, 생강, 부추까지 심겨 있었다. 저쪽 온실에 가면 진짜 허브들이 전시되어 있을 거야, 아내가 말했다. 됐네, 난 여기서 담배나 한 대 피우려니까 당신이나 실컷 보고 오시게. 아내는 일행들이 구경을 마치고 돌아올 때까지 영훈 옆에 쪼그리고 앉아 기다렸다. 그러나 찜질방 앞에서는 이번만은, 하는 시선으로 그를 올려다보았다. 그래, 들어가. 아내의 얼굴이 활짝 펴졌다. 사실 영훈은 어딘가에 등허리를 대고 눕고 싶었다. 몸이 금세 고꾸라지기라도 할 것처럼 자꾸만 휘우뚱했다. 순전히 담배 탓이야,

이젠 담배를 끊어야 할지 모르겠군. 영훈은 혼자 중얼거리며 아내를 쫓아 건물 안으로 들어갔다.

아내가 시키는 대로 찜질용 가운을 입은 영훈은 라벤더, 로즈마리 등의 이름을 붙여 각각의 이벤트로 꾸며진 방 중 아무 데나 들어가 구석에 드러누웠다. 갖가지 마른 식물들이 천장에, 벽에, 제멋대로 매달려 있거나 세워져 있었다. 후끈한 열기와 독한 향기가 코로 입으로 거침없이 들어오는가 싶더니, 이내 머리가 어질어질했다.

뭔가 아득한 공간이 그를 끌어당겼다.

여기저기 부딪치며 인파 속을 걷고 있었고 늪 같은 데서 허우적거리다 어느새 산들바람이 나부끼는 평원을 걷고 있었다. 수평선이 멀리 보이는 바다 한가운데에도 떠 있었고 흰 눈이 펑펑 쏟아지는 창가에도 서 있었다. 몸은 둥실 가벼웠다. 바람에 실린 민들레 꽃씨처럼, 활강하는 새의 날개처럼 차분하고 평화로웠다. 그 와중에도 시간이 흐르는 것이 느껴졌다. 여보, 일어나. 눈이 떠지지 않았다. 일어나, 여보. 영훈이 억지로 눈을 뜬 것같기도 했다. 한참 버르적거리다가 겨우 옷을 갈아입고 버스를 탄 것도 같았다. 가이드가 마이크를 들고 뭔가를 한참 주절거리는 것도 같았다. 그러나 영훈은 곧 또 인파 속을 헤맸고, 바닷속을 천천히 유영하였으며, 헉헉 산을 올랐다. 잠깐씩 아내의 손길이, 흔들리는 차체가, 차창 밖으로 펼쳐진 풍경이 사실로 느껴지기도 했다. 그러나 곧 무한히 뻗은 아스팔트길을 맨발인 채로 달리고 있었다. 희한하게도 발바닥에는 아무런 감각이 없었다.

얼마나 잤는지 알아? 배는 안 고파? 아내가 아픈 아기 들여다보듯 영훈을 내려다보았다. 주위를 둘러보니 태양 문양이 금박으로 수놓인 얇은 망사 커튼과 비둘기빛 세로무늬 벽지가 눈에 익었다. 당신, 찜질방에서부터 지금까지 내리 잔 거야. 그래도 시키는 대로 잘 하드라. 옷 갈아입으려면 탈의실 가서 갈아입고 오고, 버스에서 내리려면 내리고 타라면 타고, 말을 얼마나 잘 듣는지 우리 서방님 이뻐 죽을 뻔했네. 저녁밥은 먹어야 할 거 아니냐 했더니 싫다고 그냥 잔다고 그땐 말까지 하던데, 이제 정신이 났으면 얼른 아침 먹고 출근해.

아무리 한 달 이상 제대로 잠을 못 잤다고 하지만 그때의 일을 영훈으로서는 설명할 길이 없다. 다만 이후로 영훈이 허브에 대해, 그것들의 각종 아로마에 대해 깊은 관심을 갖게 되었다는 것이 중요하다. 그것에 몰두해 있는 동안 영훈은 동료들의 따가운 시선으로부터 강인할 수 있었고 끝까지 버틴 결과 지금의 은행에서 새로운 업무를 시작할 수 있었다. 영혼에까지 영향을 미친다는 아로마테라피는 향유 요법으로, 영훈은 한방으로 허약한 기를 보하듯 그것에서 허든거리는 마음을 붙잡았다.

집 안은 온통 찜질방의 벽처럼 마른 꽃다발로 채워졌다. 향기가 강하게 남는 라벤더나 민트, 로즈, 레몬밤 등의 주재료를 만들기 위해 영훈은 주말마다 허브 농원을 순례했다. 그것들은 그릇이나 주머니에 담겨 방과 거실은 물론이고 현관이나 욕실, 더러는 싱크대 서랍에도 들어앉았다. 제발 여보, 어느 정도만 해. 저것들 냄새가 뒤죽박죽 섞여 머릿속이 다 마비되는 것 같아. 이젠 음식에서조차 향기가 나는 것 같아 난 뭘 먹을 수가 없단 말야. 식탁 위의 포푸리 바구니를 꼼꼼히 손질하던 영훈은 아내를 뚫어져라 쳐다보았다. 여보, 왜 그래? 아내는 내 눈빛이 두렵다고 했다. 왜 내가 미치기라도 한 것 같아? 아내를 윽박질렀지만 그 역시 두려웠다. 이건 아닌데 하면서도 그것이 없으면 금방이라도 자신이 잘못될 것 같아 어쩔 수 없이 또 찾게 되고, 더욱이 잠깐 꿈을 꿨는지 잠을 자는지 깊은 향기에 취했다가 깨었을 때의 기분은 참혹하기까지 했다. 그런 그를 아내는 몽유병 환자 같다며 그만하라고 통사정했다.

영훈은 아내의 말을 떠올리고 피식 웃는다. 이제 아내도 시시각각 쫓기며 곧 모든 것이 와해될 것 같은 남편의 불안감을 알게 된 걸까. 그럴 때마다 갖가지의 독특한 향기로 지탱된다는 것도, 견뎌내고 있다는 것도, 어쩌면 이제 아내도 알게 되었는지 모른다. 목욕물을 받아 라벤더 향초까지 켜놓은 걸 보면 영훈은 눈시울이 뜨거워진다. 아내도 어떻게든 지금의 자리를 잘 지켜내기를 바라는 게 역력했다. 그간 몇 년 더 버텼다 해서 형편이 나아진 건 없었다. 합병하면서 퇴직금은 이미 중간 정산했고 오히려 중학교 입학을 앞둔 아이들의 교육비 부담만 늘어 있을 뿐이다.

영훈은 속이 느글느글한 데다 요도 끝의 통증으로 일이 손에 잡히지 않아, 책상 위의 포푸리만 검지 끝으로 뒤적인다. 마침 어제 한 방울 떨어뜨려놓은 라벤더 향이 코끝으로 희미하게 전해진다. 그는 반가운 마음에 코를 접시에 가까이 대고 그 향기를 오래 빨아들인다. 자신의 몸이 이완되기를, 시간이 날개를 달아 포푸리의 장미 꽃잎처럼 붉은 노을 속으로 빠르게 빠져들기를, 어두운 밤의 기운이 환한 정령이 되어 천사의 날개처럼 돋아나기를 기다린다. 장미꽃을 식기 건조기에 바싹 말려 소금에 재우고 나면 이렇듯 손쉽게 포푸리의 주재료가 되어 그를 위로한다. 꽃잎을 천천히 뒤섞는 손길에 한 갈래 마음 길이 차분해진다. 그때 누군가 영훈이 앉아 있는 브이아이피 창구를 톡톡 친다. 영훈이 고개를 들자 우수고객인 박 여사가 창구 앞에 앉아 있다.

정 과장님, 무슨 생각에 그리 골똘하세요?

참, 제가 적금 만기되었다고 전화드렸죠? 우선, 마실 거 좀 드릴까요?

박 여사가 손을 내저으며 사양한다.

됐구, 나 그거나 처리해줘요. 당장 필요하지 않은데 금리 좋은 거 있어요?

박 여사님 아시다시피 요즘 그게…… 대신 이번 건은 액수가 높으니까 제가 위에다 말해 재량껏 더 받아 드릴게요, 기간을 일 년 이상 예치하는 걸로 해서.

중간에 필요하면 해약할 순 있죠?

중도 해지할 경우 이잔 거의 없지만 원금은 아무 때나 출금 가능한 게 있어요. 참, 여사님 보험 필요한 거 없으세요? 새로운 상품 여러 개 나왔는데…….

만땅 다 들어 있는데, 주변에 보험설계사 안 걸린 집 있나? 매번 부탁 들어주기도 벅차지.

영훈은 그녀의 말에 동감한다. 흔한 직업 중 하나가 보험설계사 아니던가. 이제 은행까지 보험 업무에 뛰어드는 판인데…… 그러나 실적에 조금이나마 보탬이 된다면 박 여사처럼 여유 있는 사람은 더 가입해도 괜찮다고 재빠르게 자신을 설득한다. 그녀의 눈을 피해 얼른 라벤더 향을 한 번 더 흡입하고 영훈이 본격적으로 홍보에 나선다.

에이, 그러시지 말고…… 박 여사님, 보장도 받으면서 만기확정금리로 목돈 마련하는 상품 참 좋은데, 자녀분들 보장혜택이나 만기축하금이 나오는 것도 있고요. 여사님은 목돈이 더 낫겠네. 부탁드립니다.

영훈은 가입 서류를 박 여사 앞에 내놓는다.

이젠 막 어거지로 떠맡기네. 근데 이거 무슨 향기예요?

아, 여기 포푸리요, 요즘 이런 거 많이 보셨죠? 여러 가지 마른 꽃잎들.

영훈은 옆자리 여자 행원의 눈치를 살피며 포푸리 접시를 창구 위로 올려놓는다.

동료들은 처음엔 너도나도 그의 포푸리 접시를 원했다. 그러나 금방 책상 위가 복잡하다는 이유로, 냄새가 머리 아프다는 이유로 눈앞에서 하나씩 치워졌다. 영훈이 섭섭한 나머지 결재 서류마다 향유를 슬쩍 묻혔더니 그것마저 싫다고 야단이었다. 그 뒤부터 영훈은 포스트잇에 발라 그들이 보지 못할 곳에 몰래 붙여놓는 방법을 택했다. 매일 먼저 출근해서 사람에 따라 그즈음의 기분에 따라 향유를 고르는 일은 그에게 묘한 흥분을 전해주었다. 동료들은 아무것도 모르고 향기가 사라지지 않는다며 영훈 쪽을 힐끔거렸지만 그는 시치미를 뚝 뗐다. 하루는 서랍 밑에 붙여놓은 포스트잇을 발견한 김 차장이 어느 미친놈이 이런 짓을 하는 거냐고 영훈 쪽을 쳐다보며 고래고래 소리를 질렀다. 황 대리가 옆에서 실실 웃다가 무슨 생각이 들었는지 자기 책상 밑을 샅샅이 훑어 포스트잇 두 장을 찾아냈다. 그의 손에 들린 분홍빛 종이가 서글프게 팔랑거렸다. 황 대리는 계속 포스트잇을 흔들며 실실 웃었고 영훈은 아침에 그의 것에 뿌려놓은 민트 향을 떠올리며 가슴을 졸였다. 곧이어 동료들이 보물찾기라도 하듯 포스트잇을 찾느라 벌인 소동은 끔찍한 일이었다. 그날 영훈이 끝까지 모르쇠로 버텨 더 이상 시끄러운 일은 생기지 않았지만 야속한 하루였다. 평소에도 향기가 얼마나 사람의 마음을 편안하게 하는지 공들여 설명하면, 그들은 오히려 짜증을 내거나 이상한 눈으로 쳐다보거나 간혹 그만하라며 노골적으로 손사래를 치니 참으로 해괴할 노릇이었다. 스트레스에 미치겠다고 아우성이면서 명약을 가르쳐줘도 마다하는 건 또 무슨 어리석음인지, 영훈으로서는 그것이 갖다준 평

안과 혼몽한 희열을 정말 그들에게 가르쳐주고 싶었다. 그래도 조 대리만은 사람 좋은 웃음을 지으며 이건 너무 독해요,라거나 이건 냄새가 좀 이상하네요, 정 과장님은 이제 허브에 대해 논문 쓰셔도 되겠어요, 하면서 영훈의 호의를 슬며시 물리쳤다. 영훈은 그가 다른 동료들처럼 대놓고 반감을 품지 않는 것만으로도 고마울 지경이었다.

어느 날 회식이 끝나고 영훈은 조 대리에게 이차를 청했다. 그동안의 친분도 그렇고 그날 웬일인지 조 대리가 울적해 보이기도 해서였다. 영훈은 그와 호프집을 찾았다. 시원한 생맥주가 탁자에 놓이자 기다렸다는 듯 조 대리가 영훈의 잔에 자기 잔을 부딪치며 한숨을 내쉬었다. 사는 게 참말 힘들어요. 조 대리의 첫말은 의외였다. 무슨 일 있어? 업무야 어제오늘 일도 아니고 어찌 기분이 별로인 거 같은데? 모르겠어요. 요즘 그냥 힘들다는 생각이 부쩍 들어요. 사실 은행원을 사무직의 꽃이라 하던 시절은 다 옛날 얘기였다. 예전처럼 평생직장도 못 되었고, 때로는 뙤약볕 아래 동전 교환기를 밀며 시장통을 돌아다녀야 하는 하루살이 인생이나 다름없었다. 비라도 오고 추운 겨울이라도 되면 그 짓도 못 할 일이었다. 더욱이 언제 또 본부에서 정리 해고한다며 시퍼런 사정 칼날을 들이댈지는 아무도 몰랐다. 신입사원은 계약직으로만 뽑을 것이라는 둥 앞으로 전산 업무는 전부 아웃소싱으로 처리할 것이라는 둥 이런저런 소문들도 예사롭지 않았다. 조 대리는 취하는지 고개를 잠시 숙였다가 다시 입을 열었다. 이건 장사치도 아니고 맨날 고객들에게 신용카드 하나 만들어달라 주접떠는 것도 모자라 이젠 핸드폰까지 팔아내라니…… 회사 어렵다면 대출까지 받아 우리 사주도 사줘야 되는 판이고, 그렇다고 목숨이 보장되는 것도 아니고…… 영훈이 얼른 그의 말을 가로막았다. 대체 왜 그래? 은행 돌아가는 일이야 하루 이틀 얘기가 아닌데. 조 대리가 눈을 치켰다. 내 말이 어디 틀렸어요? 은행 부실해지는 게 왜 우리 때문이에요? 다 관치금융 때문이지. 결국 그게 비리를 몰고 오는 거잖아요. 그래, 그건 조 대리 말이 맞아. 나도 전에 지점장한테 부실기업이라 대출해주면 안 된다고 틀었다가 고과 낙제받을 뻔했어. 살아남느라고 똥줄 빠진 거 생각하면 치가 다 떨린다. 그때 허브 향을 알지 못했더라면 오늘의 나도 없었을걸. 그러니까 조 대리도 힘들 땐 그거 도움받아보라고 권했잖아. 정 과장님도, 됐어요. 근데 늘 불안한 게 죽겠어요. 어쩜 우리 애 때문인지 모르겠어요. 그날 조 대리 아들이 다운증후군이라는 걸 처음 알았다. 그래서인지 조 대리는 은행 분위기가 심상치 않으면 몹시 초조해진다고 했다. 우리 애는 오 분 대기조처럼 병원이 꼭 필요하거든요. 그것도 대학병원 응급실루요. 만일 저한테 무슨 일이 생기면…… 결국 조 대리가 말을 잇지 못하고 울먹였다. 다른 동료보다 친하게 지냈지만 전혀 몰랐던 일이었다. 영훈은 불행한 그에게 또 다른 불운이 따르지 않기를 진심으로 바랐다. 한편 조 대리가 허브 향을 가까이 하면 지내기가 훨씬 수월할 텐데 하고 몹시 안타까워했다.

어쨌거나 동료들에게 천덕꾸러기가 되어버린 포푸리 바구니는 이제 점포 입구의 번호표 기기 위에만 달랑 하나 놓여 있다. 영훈은 화초를 가꾸듯 매일 그것을 정성스레 돌본다.

여기에다 허브 오일을 몇 방울 떨어뜨리면 이렇게 향긋하거든요. 장식용도 되고 종류에 따라 건강 예방에도 좋고, 또 치료에도 쓰이니까 취미 삼아 해보심 정말 괜찮아요. 향유는 매장에서 쉽게 구할 수도 있고 제가 만드는 법을 가르쳐드릴 수도 있어요.

이 말만큼은 그녀를 볼 적마다 켕기는 어떤 일과는 달리 진심이다. 영훈은 작년에 박 여사에게 여유 자금이 많은 걸 알고 그녀의 주거래 은행에 부실 여신이 많다는 말을 슬쩍 흘려 목돈을 그의 점포로 유치시켰다. 물론 부실 여신 부분은 사실과 달랐다. 일과 관련한 그런 거짓 정보들은 종종 그가 깨닫지 못하는 사이에 돌연히 내뱉어졌다.

자동이체 여러 건 하면 이번에 사은품 있는데 번거롭게 자꾸 나오지 말고 저희에게 맡기세요. 공과금뿐 아니라 매달 타은행 이체도 좋고, 지로, 보험, 다 됩니다.

그런 것도 정 과장님한테 도움 되나요?

영훈이 멋쩍은 웃음으로 대답을 대신한다. 창고에 양식 준비하듯 사소한 것이라도 차곡차곡 채우다 보면 쌓인 만큼 득이 되는 법이다. 그런 일에는 아내도 한몫 거든다. 여보, 내가 가끔 말하던 오 층 엄마 있잖아. 우연히 은행에 따라가게 되었는데 직원들이 그 엄마더러 창구 안으로 들어오라고 해서 녹차도 갖다주고 대접이 극진하드라. 내가 그이한테 말해 거래를 우리 점포로 돌려달랠까? 그 인연을 기회로 영훈은 그녀 남편의 사업체와도 거래를 트게 되었다. 탄탄한 재무 구조를 가진 그 중소기업은 자금 회전이 빨라 지점장에게 효자 업체라고 칭찬까지 받았다.

당시 영훈이 맡은 일은 예금 업무도 아니고 대부 담당이었다. 그럼에도 그는 주어진 업무 외에 전천후 직원이나 된 듯 뛰어다녔다. 신상품이 나오면 가계 상품이건 기업 상품이건 동원할 수 있는 곳은 사돈에 팔촌까지 들쑤셨다. 물론 그때마다 향유병이나 포푸리 주머니와 함께였다. 그날의 기분에 따라 아니면 거래할 상황에 따라 알맞은 아로마를 몸에 지녔다가 향기를 맡곤 했다. 그러면 이상스레 모든 일이 순조로웠다. 사람들은 모두 그에게 친절했고, 그는 어떠한 일에도 두렵지 않았다. 그래서 그의 상품들은 언제나 자신감으로 넘치고 빛이 났다. 영훈이 아로마를 통해 동료들에게 가르쳐주고 싶은 게 바로 그런 것이었다. 하지만 동료들은 그의 말을 들으려 하지 않았다. 그들은 그에게서 모종의 영업 비법만을 기대했다. 모종의 비법, 영훈에게 비법이 있다면 아로마의 묘약 같은 영험과 포기하지 않는 성실함뿐이었다. 그 결과 제법 큰 사냥감을 물어오기도 했다. 연중무휴 실시되는 온갖 증강 운동마다 목표액이 모자라면 대출을 받아가면서까지 그 목표액을 채웠고 친척의 이름으로 단위금전신탁을 만들어대기도 했다. 가끔 그런 억척스러움에서 비롯한 성과가 상사들의 질시와 찬사를 끌어내기도 했지만.

작년 말쯤에도, 김 차장이 다가와 책상 위의 포푸리 접시를 한쪽으로 툭 밀어내며 언짢은 투로 물었다. 성진기업 대출 건 초안 다 끝났나? 영훈은 동갑내기인 김 차장의 어투에 비위가 상했지만 미처 초안을 작성하지 못한 터라 아직, 하며 얼버무렸다. 빨리 안 끝내고 뭐해? 영훈은 머뭇거리며 대답했다. 이미 대출된 금액도 많고, 재무제표에 문제가 좀 있는 거 같아 검토 중인데, 혹시 대형 사고라도 치르게 될까 봐서. 왜 그리 부정적으로만 봐? 대신 고부가 사업이고 경영 형태가 좋잖아. 그리고 성진은 지점장님이 특별히 지시한 거니까 알아서 작성해! 지점장의 특별 지시, 그것은 영훈이 검토하고 말고 할 문건이 아니었다. 정책 판단에 따라, 기업 회생의 명분으로, 여신 심사 기준상 사십 점짜리에도 지원하는 경우가 있었다. 영훈이 즉시 처리하겠다고 그에게 말하려는데 지점장이 김 차장을 부르며 다가왔다. 성진 건 급한 건데 어떻게 됐어? 제가 섭외 다녀오느라고 아직 못 끝냈습니다. 검토 중이라는 말은 쏙 빼고 영훈이 급히 변명했다. 김 차장이 어처구니없다는 표정으로 영훈을 쳐다보았다. 그렇게 되었군. 정 과장은 워낙 많이 뛰는 사람이라, 참, 이참에 아예 보직을 바꾸지. 저기 황 대리가 대부 맡고 정 과장은 영업하고. 오히려 그게 낫겠어. 김 차장, 성진 건 황 대리한테 오늘 중으로 마무리하라고 해. 영훈은 지점장의 업무 교체 지시가 조금 아쉬웠다. 그야말로 삼박하게 지점장의 마음에 쏙 들도록 서류를 만들어낼 수가 있는데, 특별 지시라고 미리 귀띔하지 않은 김 차장이 조금은 괘씸해지는 순간이었다. 하지만 영훈은 자신이 지금껏 잘해내고 있다고, 별것 아니라고 아쉬움을 달랬다.

지난번의 형편없는 고과표를 떠올리면 영훈은 지금도 피가 머리로 솟구친다. 아내가 없었다면 그 위기를 극복했을까 싶다. 그 기막혔던 시간들이 오늘 또 새삼스럽다. 요새는 그래도 그럭저럭 잠을 자는 편이다. 다 아내 덕분이다. 매일 전신욕을 끝내고, 레몬밤 잎을 압화해놓은 향초에 불을 붙여 비록 값싼 와인일지라도 아내와 한잔 나누고 있을라치면 세상이 가벼운 걸음으로 살며시 다가오는 것을 느낄 수 있다. 그리고 그 세상은 그에게 부드럽게 속삭인다. 모든 것이 다 잘될 거야, 이제 그만 긴장을 풀어. 영훈이 크게 고개를 끄덕인다.

영훈은 클라리세이지를 서너 번 더 흡입하고 나서 또 창구 안을 둘러본다. 점심시간이 한참 지났는데도 누구 하나 일어설 기미가 보이지 않는다. 그는 멀미중에다 요도의 통증이 극심해져 더 이상 견딜 수가 없다. 바깥 공기라도 쐬면 나을까 싶어 옆 창구를 이용해달라는 표지를 세우고 자리에서 일어선다. 동료들이 일제히 그를 쳐다본다. 마치 일거수일투족을 서로 감시하는 것 같다. 차마 일어설 수 없어서, 일어서기만 하면 그대로 퇴출일 것 같아서, 모두 눈치를 보며 붙박인 듯 꼼짝 않는다. 그는 조 대리 옆을 지나다 일어나라고 눈짓한다.

영훈은 점포를 나와 장마 끝의 뜨거운 햇살 아래서 담배를 꺼내

입에 문다. 어느새 조 대리가 옆에 달라붙는다.

정말 숨 막히네요. 이러다 우리 점폰 무사히 넘어가는 거 아닌가?

제발 그랬음 얼마나 좋겠어.

일단 점심을 먹고 보죠? 이미 운명은 정해져 있을 거고. 에구!

조 대리가 한숨을 날린다. 영훈도 덩달아 한숨을 날리는데 와락 또 속이 메스껍다.

난 못 먹겠다. 왜 이리 속이 울렁거리냐? 오줌소태까지 심한 게 죽겠어.

정 과장님은 그 이상한 향기 때문에 더 그러시는 거 아네요? 어쨌거나 어디든 가요. 그냥 저기 갈까요?

조 대리가 길 건너편을 가리키며 횡단보도가 아닌 도로를 성큼 성큼 가로지른다. 영훈이 급히 뒤따라가며 아로마 요법은 결코 그렇지 않다고 설명한다. 조 대리가 기운 없는 얼굴로 웃으며 알았어요, 한다.

조 대리 역시 밥을 못 먹겠는지 음식을 앞에 놓고 젓가락으로 이것저것 께적거리기만 한다.

대상자는 어떤 방식으로 결정된대요?

뻔하지 않겠어? 인사고과나 나이, 뭐 승진 여부도 있을 거고, 실적이라든가 좀 인간적으로 고려한다면 부양가족 정도겠지.

구조 조정이 행원 숫자만 줄이면 다 되는 것처럼 생각하는 게 문제들이라니까요. 선진 금융 시스템에 필요한 프로그램 같은 건

개발하지 않고…… 정부나 일부 경영진에서 잘못해놓고 열심히
일한 죄밖에 없는 행원들에게 은행 정상화시켜야 되니 합병시키
겠다, 이젠 나가라, 그게 어디 말이 돼요? 그 많은 사람들이 길바
닥에 나앉아서 어떻게 하라구요? 행원이 나가서 제대로 할 수 있
는 게 뭐겠어요? 공부해보니 부동산 중개인도 아무나 할 수 있는
게 아니겠더라구요. 괜히 시작했어요. 인사부에 빌미만 준 거 같
고 후회 막심예요.

영훈은 그의 말에 그렇겠다고 깊이 공감하지만 대꾸할 기력조
차 없다. 조 대리가 식사를 하는 동안에도 영훈은 몇 번 화장실을
들락거렸다. 요도 끝은 불에 덴 것처럼 아프고 속은 영 제 속이 아
니다. 고맙게도 조 대리가 영훈을 챙긴다.

병원에라도 들르든가 아님 약국에라도 들러보죠.

아냐, 어떻게 돼가는지 빨리 들어가보자.

그럴까요?

조 대리가 서둘러 음식값을 치르고 영훈을 따라나선다. 영훈이
길 위에 서자 눈꺼풀 위로 쏟아지는 강한 햇살이 바로 요도를 관
통하는 것 같다. 얼굴이 절로 찡그려진다. 조금 전까지 은행원이
나가서 뭘 할 수 있겠냐고 하던 분기는 어디로 갔는지 조 대리는
고개를 푹 숙이고 묵묵히 그의 뒤를 따른다. 점포 안으로 들어서
자 단박에 심상치 않은 분위기가 전해진다. 동료들이 상기된 얼굴
로 김 차장 주위에 둘러서서 그의 통화를 주시하고 있다.

그래, 그 귀책사유라는 게 뭐예요?…… 뭐라구, 성진기업 건 부

실 대출이라구요?

김 차장이 얼른 머리에 잡히는 게 없는지 성진, 성진, 하면서 되뇐다. 성진기업! 그 이름이 순간 영훈의 머리를 친다. 바로 그때 김 차장 옆에 서 있던 황 대리가 악, 소리친다.

거기 담당 나였는데…… 왜, 지점장님이 정 과장님과 보직 바꾸면서 나한테 넘긴 거…….

그제야 김 차장도 그 일이 떠올랐는지 소리를 지른다.

그건 위에서들 미리 얘기되어 있던 거 아녜요? 그런 문제야 밑에 사람들은 그냥 관례대로 하는 거지 이제 와서 그 책임을 물리는 게 어딨어요?

김 차장이 수화기를 집어던지듯 내려놓고 지점장실로 달려간다. 그때 지점장이 문을 홱 열어젖히며 나온다. 누군가 말을 붙이면 금방 한 대 날릴 기세다.

지점장님…….

김 차장이 한쪽으로 비켜 서며 말을 잇지 못한다. 지점장은 휭하니 바깥으로 나가버리고 김 차장은 넋을 잃고 그 자리에 서 있다. 그때 또 요란하게 전화벨이 울린다.

황 대리님, 전화…….

여자 행원이 마지못해 건네는 수화기를 황 대리가 머뭇머뭇 받는다.

네, 알겠습니다.

황 대리가 창백한 얼굴로 전화를 끊더니 울상을 짓고 김 차장을 돌아본다. 그 모습을 본 조 대리가 겁먹은 눈을 동그랗게 뜨고 영훈을 쳐다본다. 영훈은 그의 시선을 외면하며 쥐고 있던 클라리세이지를 허겁지겁 손바닥에 쏟아붓는다.

나비, 살랑거리다

지난밤 서울에 폭설이 내렸다. 삼십 년 만에 내린 대단한 양이라고 했다. 나는 밤늦게까지 제임스 글리크의 『카오스』를 읽으며 가끔 베란다에 나가 눈이 내리는 걸 바라보았다. 함박눈은 너붓너붓 처음엔 보도블록과 잔디 위에 쌓이더니 금세 키 낮은 조당나무와 영산홍을 하얗게 덮었다.

　어떤 영혼이라도 위로할 것 같은 상서로운 밤에 그 일이, 그 끔찍한 일이 일어났다. 폭설로 자동차들의 운행도 뜸해지고 귀 기울이면 사락사락 눈 내리는 소리가 들릴 것만 같은 적막한 밤이었다. 남자의 들릴 듯 말 듯 둔탁한 비명과 여자의 날카로운 비명이 하염없이 내리는 눈발을 갈랐다. 새벽 한 시 십 분, 바람 한 점 없고 고요하게 눈만 내리고 있었다. 느닷없는 비명은 거의 동시였지만 내 감각에 이상이 없다면 그것은 서로 다른 방향에서 들려온 참으로 기기묘묘한 소리였다. 하나는 저 아래 아파트 마당에서 또 하나는 저 위 허공에서 들린 것 같았다. 내가 사는 곳은 팔 층이었다. 곧이어 여자의 악, 악, 하는 비명이 아파트 단지 허공 여기저기에 꽂혔다. 나는 엉겁결에 베란다로 달려 나가 아파트 마당을 내려다보았다. 플래시를 든 경비원 서넛이 펄펄 날리는 눈발 사이로 급하게 뛰어오는 모습이 보였다. 나는 잠깐 망설였다. 그대로 있을 것인가 나가볼 것인가. 인류가 있어온 이래 언제나 그랬듯, 그리고 이 순간에도, 세계 도처에는 수많은 사건이 일어나고 있을 터였다. 내가 서른둘이나 먹은 남자이긴 하지만 조금은 두렵기도 했고 조금은 귀찮은 것도 사실이었다. 나는 머뭇거리다가 트레이닝복 위에 오리털 파카를 걸치고 현관문을 나섰다.

엘리베이터에서 내리자 한기가 확 끼쳤다. 파카 깃을 올리는데 발 빠른 사람 몇이 경비원들과 함께 내 아파트 동, 옆 라인으로 뛰어가고 있었다. 나도 그들을 따라 뛰었다. 어느새 사람들이 웅성웅성 모여 있었다. 여자들은 발을 동동 구르며 호들갑을 떨었다.

이를 어째! 죽었어요? 어떻게 좀 해봐요!

구급찬 언제 오는 거야?

나도 황급히 사람들 틈새로 얼굴을 디밀었다. 일 층 베란다에 켜놓은 환한 불빛 아래 한 남자가 머리에서 피를 퍽퍽 쏟으며 눈 위에 엎어져 있었다. 멈출 것 같지 않은 피가 흰 눈을 벌겋게 물들이면서 제 물길을 찾은 도랑처럼 거침없이 흘렀다. 그 위로 계속 함박눈이 쏟아져 내리고 눈송이는 붉은 핏물에 닿자마자 흔적 없이 사라졌다. 남자가 엎어져 있는 곳은 비비추와 맥문동을 심어놓은 화단이었다. 나는 치밀어 오르는 욕지기를 애써 참고 거기서 빠져나왔다. 추락사로 짐작되었고 자살일 확률이 높았다. 돌아서는 등 뒤로 죽은 자의 혼령이 나를 잡아당기는 것 같아 오싹 소름이 끼쳤다.

나는 한참 동안이나 멍하니 책상 앞에 앉아 있었다. 얼마 지나지 않아 경찰차와 구급차의 사이렌 소리가 아파트 단지를 뒤흔들었다. 어머니가 방문을 열고 나왔으나 어디 사고가 났나 봐요, 더 주무세요, 하는 내 말에 어머니는 깬 잠이 아쉽다는 듯 짧은 하품을 하며 안방으로 도로 들어갔다. 어차피 모든 사건에는 끝이 있는 법이고 나도 떠올리고 싶지 않은 참혹한 장면을 그만 머릿속에서 지워버리고 싶어 마음을 가다듬고 아까 읽던 페이지를 열었다.

카오스 이론은 어려우면서도 재미가 있었다. 『뉴욕타임스』 과학기자 출신 작가의 탁월한 역량인지도 몰랐다.

현대의 카오스 연구를 보면, 입력의 미세한 차이가 출력에서는 엄청나게 큰 차이를 나타낸다고 했다. 이러한 현상을 '초기 조건에의 민감한 의존성'이라 불렀다. 예를 들어 날씨에서는 이것을 반 농담조로 '나비효과'라 부르기도 했다. 나비 한 마리가 북경에서 날개를 살랑거려 공기를 흔들면 다음 달 뉴욕에서 폭풍이 일어날 수도 있다는 것이다. 나는 이 부분에서 덜미를 잡힌 것처럼 놓여나지 못했다.

인생에서와 마찬가지로 과학에서도 일련의 사건들 중에 작은 변화를 확대시키는 결정적 지점이 있다는 것, 카오스는 그러한 지점이 우리 가까운 주변에 산재해 있는 것을 의미했다. 그러한 지점들은 가지를 뻗으면서 널리 퍼지게 마련이었다. 복잡한 결과가 복잡한 원인에서 생겨나는 것이 아니라 곳곳에 널려 있는 이러한 사소한 지점에서 출발한다는 것. 나는 어쩌면 그것이 우리가 미처 깨닫지 못하는 새 발이 빠지고 마는, 삶에서 만나게 되는 찰나의 함정 같은 것일지도 모른다는 생각이 들었다.

정오 무렵 어머니는 아파트 부녀회의 헬스클럽에서 기막힌 소식을 가져왔다. 아침에 나가면서 항시 내 염장을 지르는, 사실 이것은 나 혼자만의 심정적 표현이지만 어쨌든 어머니의 목소리는 매일 아침 지역 정보지 뭉텅이와 우유팩 하나를 슬며시 넣어주며 김형인, 우유 꼭 먹어라, 하는 톤과는 완전히 달랐다.

애, 애, 어젯밤 일 있잖아. 그 사고, 사고 말야.

그게 어쨌는데요?

나는 시큰둥하게 대답했다. 그것은 앞으로 제발 벼룩시장 같은 건 내 방에 들여놓지 말아달라는 말을 대신하는 짜증이었다. 어머니는 아들의 진의 같은 건 눈치챌 겨를이 없는지 사건의 내막을 알리기에 바빴다.

글쎄, 그게, 어찌 됐는고 하면…… 에고, 왜 이리 마음이 바쁘냐? 그게 말야. 우리 앞 라인에 사는 십칠 층 여자가 베란다 난간에서 아령을 놓쳤는데, 길 가던 그 아저씨, 그러니까 백이십사 동에 사는 남자의 머리에 정통으로 떨어졌다는구나.

핏, 그게 말이 돼요? 그 시간에 베란다 난간에 웬 덤벨이며 더구나 그 아저씬 화단에 엎어져 있었어요. 내가 두 눈으로 똑똑히 봤다니까요.

아령이야, 아령. 육킬로래는지 칠킬로래는지. 얘가, 왜 엄마 말을 안 믿어? 그 남자가 술이 취해 거기서 오줌을 눈 거 같다드라니까. 바지춤이 열려 있고 거시기도 나와 있었대. 오줌 눈 자국도 있고. 경찰이 그 자국도 퍼갔대는구먼.

그럼 정말 현장에 덤벨, 아니 아령이 있었대요?

그렇다니까. 십칠 층 여자도 지금 경찰에 연행됐대.

십칠 층, 나는 우리 라인의 입주민을 대충 꿰고 있었다. 왜냐하면 나는 하릴없는 이 년 차 백수였으므로. 더욱이 십칠 층은 배불뚝이 땅딸이 아저씨와 그에게는 너무 과분해 보이는, 뒷모습은 삼십대로밖에 보이지 않는 미모의 부인과 그녀보다 더 아름다운 스물두엇 되어 보이는 딸과 육군 현역인 아들이 있는 집이었다. 그 부인은 또 내가 다니는 수영장의 탈의실 도우미라 더 낯이 익었다. 그리고 보니 문득 한 장면이 떠오르긴 했다.

몇 달 전, 인터넷 서핑에도 책을 보는 일에도 지겨워진 나는 영혼의 간식 삼아 비디오나 한 편 감상해볼까 하고 집을 나섰다. 자정이 가까워져 오고 있었다. 집에서 아파트 상가로 가려면 작은 공원을 가로질러가야 했다. 휴가를 나왔는지 그 시각에 십칠 층 아들이, 남녀가 서로 깊이 응시하는 조형물 앞에서 크롬 도금으로 하얗게 빛나는 덤벨을 들고 팔운동에 몰두하고 있었다. 나트륨 등

빛이, 평화로운 조각상과 한쪽 팔을 굽혔다 폈다 하는 청년을 부드럽게 싸안아, 그 광경을 바라보는 내가 황홀해지기까지 했다. 그래서 나는 속으로 짜아식 군대 가더니 진짜 사나이가 되고 싶나 보네, 성공한 군인이군, 하고 웅얼거리며 그 앞을 지나갔다. 그렇다면 그 집에서 덤벨이 떨어졌다는 것이 아주 가당치 않은 일은 아닐 것도 같았다.

그 남자, 재수 되게 없는 사람이네. 하필이면······.

그래. 참 재수 없는 남자야. 너도 그렇고. 김형인, 너도 그냥 재수가 없어서 그런 일이 생긴 거야. 그러니 이제 그만 다 잊어버리고 홀홀 털고 일어나, 응?

갑자기 어머니의 관심이 내게로 쏠렸다. 어머니의 목소리가 어느새 푹 꺾여 있었다. 이럴 땐 얼른 내 방으로 피신하는 게 상책이었다. 아니면 슬리퍼라도 꿰차고 잽싸게 밖으로 나가버려야 했다.

내가 안에서 문을 꼭 틀어 잠그는 걸로 어머니는 백기를 들었다. 김형인, 청춘을 너무 소모하지 마라, 어머니는 그예 한마디를 던지고 내 방문 앞을 물러났다.

나도 모르는 바는 아니었다. 내게도 그 일은 정말 어처구니없이 일어났다. 그러나 어머니 말대로 단순하게 재수가 없었다고만 말할 수는 없는 일이었고 나에게는 죽음에 버금가는, 내 청춘에 일종의 종지부를 찍는 사건이었다. 나는 그 일로 날개 부러진 새 같은 신세가 되고 말았으니까. 하긴 백이십사 동 아저씨처럼 죽는 것보다는 낫긴 했다.

이 년 전의 그 일은 무엇에 홀린 것처럼 지금까지도 도무지 이해할 수 없었다. 그때 나는 외국에서 생산하는 유량계 회사의 국내 대리점 엔지니어였고 현장을 찾아가 유량계를 설치해주는 일을 했다. 그 일을 한 지 사 년 차였으므로 나는 누가 보더라도 베테랑급이었다. 내가 무엇에 홀리지 않고서야 눈을 감고도 할 수 있는 그 작업에 실수할 이유는 거의 없었다. 백 번 양보해서 조금이라도 혐의를 둔다면 전날 마신 술이 있을 테지만 그렇다고 내가 다음 날 업무에 지장을 줄 만큼 과음을 한 것도 아니었다.

그날 나는 지방 도시의 제법 큰 지역을 맡고 있는 수원지 현장에 나가 있었다. 이미 지역 단수는 시켜놓은 터였고 물량을 측정하는 유량계만 설치하면 되었다. 아무리 그 유량계의 납품 금액이 팔천만 원 가까이 하는 고부가 물품이었다 해도 나는 늘 하는 일이었으므로 부담 없이 작업을 시작했다. 바로 그때 그 일이 터졌다. 여유 있게 전선을 물리는 순간 퍽, 하는 폭발음과 함께 작업실 안이 매캐한 연기에 휩싸였다. 놀란 나는 우선 현장을 뛰쳐나갔다. 그러나 옥외로 나서는 순간 더럭 겁이 났다. 앞이 캄캄해지며 다리가 후들거렸다. 안 돼, 하는 외침과 함께 안 돼, 안 돼, 라고 되뇌며 나는 도로 작업실 안으로 뛰어 들어갔고 연기를 헤치며 기계를 살폈다. 이게 웬일인가. 거기에는 도저히 내가 했다고는 믿어지지 않는 일이 벌어져 있었다. 파워 연결단자와 센서 연결단자를 반대로 물린 것이다. 앞으로 남은 공사 기간은 일주일. 새로이 물건을 수입하려면 족히 서너 달은 걸릴 것이었다. 본

사로 에이에스를 보낸다 해도 고칠 수 있을지 의문이었고 또 고칠 수 있다 쳐도 오가는 시간을 따지면 납품기일에 맞추기는 불가능했다. 또 시민들을 담보로 단수를 시켜야 하고 연체료와 그밖에…… 도저히 내가 감당할 수 없는 일이 내 삶을 강타해 버렸다. 회사에 그런 큰 손해를 끼치고도 강심장이 아닌 이상 얼굴을 들고 계속 다닐 수가 없었다. 나는 그 길로 회사에 사표를 냈고 내 스스로 도덕적 책임을 물어 퇴직금 수령도 거부했다. 이상이 어머니가 '너도 그냥 재수가 없어서'라고 하는 사건의 전모였다.

나는 그때부터 일체의 사회 활동을 포기했다. 아니, 아무 일도 할 수가 없었다. 도저히. 소심증이랄까, 주저함이랄까. 늘 나는 무슨 일에든 망설이게 되었다. 이걸까 아니면 저걸까. 나는 그 이후로 일 년을 우왕좌왕하며 지냈다. 차츰 몸과 마음을 추스르고 난 후에 나는 그래도 건강한 삶을 위하여 수영을 하기로 했고 또 미뤄둔 독서를 하기로 했다. 소설은 물론 우주의 기원, 인류학, 과학 이론서 들을 닥치는 대로 읽어나갔다. 틈틈이 영화도 장르 구분 없이 섭렵했다. 시간은 잘도 흘러갔고, 어머니가 벼룩시장 정보지나 일간지에서 오려온 구직과 관계된 기사들만 방 안으로 들이밀지 않는다면 그런 대로 만족스러운 생활을 하고 있었다. 아버지는 유일하게 있는 자식, 그것도 아들을 아직까지는 아무런 내색 없이 잘 견뎌주고 있었다. 그것이 얼마만큼 더 유지될 수 있을는지는 어머니도 나도, 아버지 자신도 모를 일이다. 그러는 동안 나는 내 안에 은밀한 무엇이 자라나는 걸 느꼈다. 그것은 유혹이나 음모처럼 조심스러우면서도 강렬하게 다가왔는데 바로 소설을 써볼까 하는 것이었다. 사고 날 위험부담도 없고 식구들이 더 인내만 해 준다면 참으로 안전한 일이었다. 그래서 나는 독서에 더더욱 전력 투구했다. 그 길만이 내가 살아날 수 있는 유일한 통로이기라도 하듯. 나는 밤새워 책을 읽거나 영화를 보면서 새롭게 만난 세상 에 전율했고 까닭 모를 갈증에 목말라 했다.

그 참에 지난밤의 사건은 내 의식의 어떤 코드를 자꾸만 건드렸 다. 쥐새끼가 제 길을 내려고 사각사각 뭔가를, 어딘가를 쉬지 않 고 갉아대듯이. 왜 하필 덤벨인가. 그 야심한 시각에, 그것도 베란 다 난간에서, 아들은 요즘 본 적이 없으니 군복무 중일 테고, 딸은 지난해에는 거의 보이지 않더니 요새는 상가 비디오 가게에서 저 녁 아르바이트를 하고 있었다. 물론 경찰이 사건의 경위를 다 캐 낼 것이었지만 나도 그 내막을 좇아가보고 싶은 충동을 억누를 길 이 없었다. '카오스'도 합세해 나의 그런 마음을 부추겼다. 그러 자 십칠 층 여자가 내 안으로 저벅저벅 걸어 들어왔다. 미루어 짐 작해서, 적어도 오십은 되었을 나이가 상상이 안 되는 꼿꼿한 등 허리와 긴 다리와 가느다란 팔을 가진, 지금까지도 긴 생머리가 출렁거리는 중년의 여자가 결코 조화롭지 않은 남편을 제 그림자 로 덮으며 내 안에 둥지를 트는 것이다. 나는 컴퓨터를 열고 자판 을 두드리기 시작했다.

*

정연 엄마가 오전 시간을 부탁한 까닭에 그녀는 출근을 서두른
다. 수영장은 오전이 더 바쁘다. 새 신랑 채비하듯 꾸물거리는 남
편의 행동이 오늘따라 더 그녀의 눈에 거슬린다. 오십 고개를 넘
은 지가 언젠데 아무리 때 빼고 광낸들 나이까지 속일 수 없다는
걸 모르나 보다. 몇 올 남지 않은 머리를 드라이하고 젤을 바르는
데만도 삼십 분은 족히 걸리는 것 같다. 머리털에 매달릴 게 아니
라 불뚝 나온 배나 어떻게 해볼 일이지, 수영장 헬스클럽에는 러
닝머신 차례를 기다려야 할 만큼 남자 회원들이 많다. 너 나 할 것
없이 복부 비만이나 성인병에 긴장들을 하는데 저 남자만큼은 도
통 그런 것에 관심이 없다. 젊은 여자들 뒤꽁무니를 쫓아다니려
해도 기왕이면 날렵한 게 좋지 않나, 충고라도 해주고 싶다. 하
루 죽을 줄 모르고 열흘 살 줄만 안다더니 인생에는 해볼 만한 일
도 참 많을 텐데 어째 저 인간은, 그녀는 콧방귀를 날리고는 기어
이 남편에게 통고한다.

나 늦어서 먼저 나가요.

남편은 대답이 없다. 평상시에도 살갑게 말을 나누는 사이가 아
니라 그녀도 그를 무시한다. 현관문을 열자 겨울의 한기가 남편의
무심함 같은 냉기로 달려든다. 나쁜 인간 같으니 여편네는 한 푼
이라도 벌어보자고 이처럼 억척인데, 인간들은 왜 이리 아롱이다
롱이인지 모르겠다. 자신 역시 편한 것이 뭔지 알고 예쁜 것이 뭔

지도 아는데 그걸 아는지 모르는지 남편은 온통 저 하나 꾸미고 잘 보이는 일에만 열심이다. 한심한 남편을 모시고 사는 것도 다 팔자이지 싶다.

여덟 시 삼십 분밖에 안 되었는데 벌써 수영장 탈의실은 아홉 시에 강습받을 회원들로 법석이다. 그녀는 우선 세숫비누를 채워놓고, 회원들의 잔심부름을 해주느라 분주하다. 오늘은 왜 이리 오미자 감식초와 석류 감식초를 찾는 사람이 많은지 정연 엄마의 수첩에 부지런히 나간 숫자와 들어온 액수를 적어 넣고 있으려니 부아가 치민다. 정연 엄마의 시간을 맡아 수당을 챙기는 건 좋지만 정연 엄마는 감식초를 파는 것만으로도 오늘 자신한테 던져주는 일당보다 수입이 훨씬 많을 것 같다. 어디에서 찾아내 이런 판로를 들여왔는지 반응이 이만저만 좋은 게 아니다. 그네는 모든 것이 일사천리다. 무남독녀 외딸은 내로라하는 명문대학, 그것도 의과대학에 턱 하니 붙었고 남편은 이번에 지역 본부장으로 승진했다며 입이 귀에 걸렸다. 여고를 졸업하기는 했지만 작달막한 키에 인물이 좋기를 하나 그렇다고 친정이 번듯하기를 하나, 뭐 대단하게 내세울 게 없는데도 제 팔자는 다 따로 있는 법인가 보다. 그렇게 잘나가는 사람이 왜 이런 곳에서 구질구질하게 어려운 사람들의 밥그릇을 빼앗아 먹는지 모르겠다. 누구는 남편이 안사람 대우는커녕 생활비도 내놓지 않아 허덕이고 있는 판에 세상은 참 불공평하다. 더욱이 카드빚 삼천만 원만 생각하면 그녀는 가라앉았던 체증이 다시 일어선다. 남편 몰래 집을 담보해 대출이라도 받을 방법은 없는지. 카드 회사에서는 요즘 보증인을 세우면 대출 기한을 연장해주겠노라 그녀를 설득해온다.

아줌마, 아까부터 석류초 달라니까 뭐하세요?

아, 예. 미안해요.

선물 포장도 한 세트 잊어버리지 말고 따로 둬요. 갖고 갈 거니까.

아무래도 다들 감식초의 새큼달큼한 맛에 미쳤나 보다. 그녀가 준비해놓은 식혜는 요새 거들떠보지도 않는다. 전에는 수영을 마치고 한증막까지 들어갔다 나오면 우선 시원한 식혜부터 찾았다. 세상이 급속도로 변하는 것처럼 사람들의 입맛에도 가속도가 붙나 보다. 온통 새로운 것에만 눈알을 번뜩인다. 그녀는 정연 엄마와 한판 붙더라도 아무래도 감식초의 유통 과정을 알아보아야 할까 보다고 생각한다. 수영장에서 주는 월급은 실제 몇 푼 되지 않는다. 그래서 회원들을 상대로 덤핑 처리한 와코루 속옷이나 티셔츠, 바지, 그도 아니면 표고버섯이나 말린 고추를 팔아 수익을 내고 있다.

그녀는 강습 시간의 한가한 틈을 이용해 박스에 인쇄된 감식초 본사에 전화를 넣는다. 회사는 충북 음성에 있다. 그쪽에서는 대리점을 소개해줄 듯하더니 직접 거래하면 마진이 더 좋을 거라는 뜻을 넌지시 전한다. 웬 떡인가 싶다. 우선 백 박스를 주문한다. 되도록 빨리 보내달라는 부탁에 오히려 저쪽에서 더 적극으로 나온다. 오늘밤 폭설이 내린다는 예보가 있으니 바로 출발하겠다는 것이다. 설마 정연 엄마가 머리채를 잡아 뜯진 않겠지, 걱정이 되기는 하지만 그네는 요즘 기분이 너무 좋아 넓은 아량으로 넘어가줄지 모른다.

오전에는 아홉시, 열시, 열한시, 연이어 강습이 있어서 탈의실이 여간 복잡한 게 아니다. 요 시간대의 회원들은 대부분 전업주부다. 여자들은 수영장 탈의실을 아예 쉼터나 찜질방쯤으로 여기는지 먹을 것까지 싸 들고 와 퍼더버리고 앉아 시간을 보낸다. 차라리 찜질방은 모두 가운이라도 입고 앉아 있지만 이곳에서는 너무 자유롭다 못해 민망하기 짝이 없다. 마치 텔레비전에서 본 누드비치 풍경과 비슷하기도 하고 어쩌면 그보다 각양각색이라 더 남세스러울지도 모르겠다. 벌거벗었거나, 양말만 신었거나, 브래지어만 꿰찼거나, 팬티만 입었거나, 바지까지만 입었거나, 티셔츠만 걸쳤거나 온갖 모양새들을 하고 군데군데 모여 앉아 수다를 짤는다. 모임에 나갈 일이 있다든가 혹은 숨겨놓은 애인하고 약속이라도 있는 여자들은 거울 앞에 앉아 오래오래 화장을 하고 머리를 매만진다. 그네들은 금세 완숙한 한 송이 꽃으로 피어난다. 화사하게 열린 붉은 함박꽃. 성장까지 마치면 외출 준비 끝이다.

남아도는 시간을 주체하지 못하는 여자들은 참으로 가관이다. 차라리 다 벌거벗고 있으면 일사불란함의 안정감이라도 있다. 어느 한 쪼가리씩만 걸친 모양새는 어쩐지 더 외설스럽게 느껴진다. 그녀도 배우지 못해 무식하지만 그네들의 무식함은 하늘을 찌르고 땅을 뒤흔든다. 아마 세상의 음담도 다 여기로 출장 나온 듯싶다. 짓궂은 여자 하나가 친구의 거웃에 손바람을 일으킨다. 상대의 여자는 자신의 거웃을 한껏 그 친구 앞으로 내밀고 있다.

봐라, 니 눈으로 똑바로 봐. 아직까지 여긴 청춘이라니까. 민아 엄마가 이리 와서 증인 서라.

지각머리 없이 노는 품을 쳐다보고 있자니 그녀까지 저들 놀이마당에 끌어들이려 한다. 미친년들, 그녀는 속으로 욕을 하며 그냥 멀찍이 떨어진 채로 고개만 끄덕여준다. 이곳 여자들의 비위를 거스르지 말아야 수입에 도움이 된다지만 아무렴 남의 여편네 거웃까지 들여다볼 마음은 전혀 없다. 그녀에게는 민아, 현수, 그 아이들의 창창한 미래가 있을 뿐이다. 아이들을 위해서라도 그녀는 행동거지를 함부로 해서는 안 된다고 생각한다.

정연 엄마가 못 나온다더니 웬일로 오후 두시쯤 와인색 코트로 정장을 하고 나타났다. 입술에도 코트와 똑같은 색깔의 립스틱을 발랐다. 아무리 박색이라도 치장을 잘해놓으면 누구나 화려한 꽃이 된다. 그녀는 그네의 우아한 모습에 눈이 부시면서도 가슴이 덜컹한다. 언제 정보가 새어 나갔나 싶다. 아무한테도 말하지 않았는데 대리점에서 눈치를 챘나, 초조하다. 그러나 이미 엎질러진 물이다. 그네에게 통사정을 하거나 정 안 되면 대판 대거리로라도 붙을 수밖에.

아침부터 수고했지? 지금이라도 교대해줄까? 괜찮다면 나 샤워나 하고 집에 가려고 들렀는데.

자기 편한 대로 해.

그녀는 벌렁거리는 가슴을 쓸어내리며 목소리에 비음을 싣는다. 하지만 걱정은 걱정이다. 이제 곧 본사에서 물품이 들이닥칠 텐데 사정을 이야기하고 미리 실토하는 건 어떨까. 샤워를 하고 간다던 그네는 그녀가 정리해놓은 장부를 훑어보고 물량들을 확인한다. 내일 해도 될 일을 저치도 어지간히 지독한 여자이지 싶다. 샤워는 핑계고 감식초가 못 미더워 나온 것인지도 모르겠다. 그때 안내 데스크에 있는 아가씨로부터 인터폰이 울린다. 드디어! 알았다며 수화기를 내려놓은 그녀는 정연아, 하고 그네를 불렀지만 목소리가 나오지 않는다. 그녀는 용기 내어 큰 소리로 또 그네를 부른다.

정연아, 잠깐 나랑 얘기 좀 할래?

탈의실 밖으로 나온 그네는 이미 로비에 쌓이는 감식초 박스들을 보고는 눈이 휘둥그레진다.

어찌 된 거야? 이건 경우가 아니잖아! 우리 서로 상대방 품목엔 손대지 말쟀지? 이제 봤더니 자기 아주 인간 말종이네.

말이 좀 심하다. 미안해. 내가 요즘 형편이 어려워서…… 알다시피 작년에 민아 어학연수 보내느라 좀 그렇게 됐어.

그니까 그런 건 아무나 하는 게 아니랬지? 뱁새가 황새 쫓다가 가랭이 찢긴단 옛말이 왜 생겼겠어? 딱 이번 한 번만이다. 다음부턴 없어!

그네가 쌩 찬바람을 일으키며 탈의실로 들어가버린다. 그녀는 한숨을 돌렸지만 그 자리에 주저앉아 엉엉 울고 싶다. 대체 자신이 뭘 대단히 잘못하고 산다고 이런 꼴을 당해야 하는지, 이럴 때는 남편이 죽이고 싶도록 밉다. 그녀는 감식초 박스들을 하나씩 자신의 사물함 쪽으로 옮기기 시작한다. 눈물 때문에 자꾸만 발을 헛디디게 된다. 삶의 어느 한 모퉁이가 와르르 무너지는 것만 같다. 아무래도 무슨 조치를 취해야 하리라는 조바심이 인다. 보증인을 세운다는 것도 무리이고 대출을 받는 방법밖에 없다. 비서학과에 다니는 민아에게는 이것저것 가르칠 것도 많다. 에티켓이나 차밍 교실에도 보내야 하고 영어 회화와 컴퓨터 공부는 당연히 계속해야 한다. 일 년만 지나면 현수도 전역을 할 테고 복학도 해야 할 것이다. 아파트가 남편 명의로 되어 있긴 하지만 그녀도 그 집을 사는데 한몫했다. 아파트 불입금의 절반 가까이 그녀가 모은 돈이 들어갔으니 삼천만 원쯤 남편 몰래 대출받는다 해서 크게 잘못하는 것이 아니라는 배짱이 생긴다. 은행에서는 제발 융자 좀 받아가라고 엘리베이터 안에 늘 안내장을 붙여놓고 있지 않는가.

그녀는 내친김에 정연 엄마에게 오후 파트의 일을 맡기고 은행으로 찾아간다. 일단 구비 서류를 알아보고 준비하리라는 생각에서다.

대부담당 직원이 아파트 동, 호수를 묻는다.

아주머니, 이미 대출받으셨는데요. 대출금 이억이 있어요.

그녀는 어이가 없어서 한참 말을 잃는다.

혹시 주소 잘못 확인한 거 아녜요?

백육 동 천칠백이 호라고 하지 않았습니까? 소유주 이름이 정

214

인성 씨구요.

이억, 이억, 믿지 못할 액수를 뇌까리는데 진짜 억, 소리가 절로 난다. 도대체 남편이 그 많은 돈을 왜?

물론 그동안 자동차를 그랜저 티지로 바꾸기는 했다. 때때로 새 양복을 사들이기도 했다. 그렇다고 하더라도 그렇게 어마어마한 돈을 왜? 많이 배우고 또 많이 버는 사람이 왜? 그녀의 머릿속에서는 왜? 라는 의문만 쏟아진다.

*

나는 일단 여기에서 여자의 이야기를 멈췄다. 인생의 어떤 결과에도 분명히 그 출발 지점이 있을 것이었다. 그것을 찾아내야 하는 것이 아닌지 고민되었다. 그것은 내 안에서부터 찾아야 했다. 내 삶을 들여다보고 나서 여자의 삶을 유추해야 하리라. 나는 어느 날 믿기지 않는 사고로 실업자가 되었고, 여자는 한밤중 베란다에서 덤벨을 떨어뜨려 구치소에 수감되었다. 나는 우리의 삶이 예측할 수 없는 복잡성과 무정형의 모습을 띤다는 걸 새삼 깨달았다. 아무리 그렇다고 해도 벌어진 상황을 이해할 수는 있어야 했다. 적어도 왜? 왜? 질문만 계속해서 던질 수는 없었다. 왜 이렇게 되었는지를 추적해보는 일은 우리의 모든 책무이자 권리일 것 같았다. 좇아가다 보면 뭔가 삶의 비밀이 풀리지 않을까 하는 기대도 있었다.

나는 곰곰이 생각해보았다. 도미노의 골패짝을 어느 쪽으로 넘어뜨리느냐에 따라 운동 방향이 정해지듯, 인생의 판도도 출발 지점의 상황에 따라 불운을 몰고 오든 행운을 몰고 오든 할 것이었다. 분명히 나에게나 여자에게도 골패짝이 넘어지는 그러한 지점이 있었을 것이다. 삶의 흘러가는 방향을 예측하는 것은 우리 모두 불가능하지만 구체적으로 그 불합리한 결과가 왜 일어났는지를 알아내는 것은 아주 중요했다.

나는 사건이 있기 전날 친구의 결혼 집들이에 갔었다. 신부는 무척 아름답고 상냥했고 거기에다가 초등학교 선생님이기도 했다. 나는 친구가 부럽다 못해 막무가내로 질투심까지 일었다. 왜냐하면 그 친구는 고교 시절 계속 빌빌거리다가 겨우 지방대, 그것도 풍문에 의하면 미달된 학과에 들어가 졸업한 녀석이었다. 지금은 아버지의 전자대리점 운영을 돕는다고 했다. 어쨌든 그날 나는 술을 제법 마셨고 기분이 별로 좋지 않았다. 나름 서울에 소재한 공대를 나온 나는 그때까지 이렇다 할 여자 친구 하나 마련해 놓지 못하고 있었다. 소개팅을 하거나 선을 보는 족족 내가 마음에 들면 상대방이 나를 퇴짜 놓기 일쑤였고 또 그 반대이기도 했다. 무엇보다 짙푸른 서른둘이 지나고 있었다. 여하튼 기분 같아서는 그날 퍼지게 마시고 싶었지만 다음 날의 출장길이 염려되어 나는 깜냥으로 자제했다. 기분이 그다지 상쾌하지는 않았지만 그렇다고 죽을 맛으로 떠난 출장은 결코 아니었다.

그 사건이 있고 나서부터 나는 세상에 발 담그는 일이 두려웠다. 왠지 세상이 나를 밀어내는 것 같은, 나의 운명은 결코 세상과 의좋게 어깨 겯고 걸어갈 수 없을 것 같은 불안한 예감이 나를 에 워쌌다.

모든 것을 팔자로 돌리는 여자의 골패짝은 어디에서 넘어졌을 까. 나는 내 안의 여자를 좇아갔다. 여자는 찰랑대는 머리를 뒤로 질끈 동여매며 남편에 대한 분노를 지그시 누르고 있다. 여자의 멀고 가까운 지난날들이 다시 모니터 위에 펼쳐진다.

*

그녀에게는 민아와 현수만 있으면 그만이다. 현수야 지금 현역 으로 있으니 자신이 해줄 수 있는 일이 별로 없고 민아, 눈에 넣어 도 아프지 않을 예쁘고 착한 딸, 백화점 쇼윈도의 마네킹처럼 매끈 하게 잘 뽑아놓은 아이, 그 아이만큼은 일류로 키우고 싶은 게 가 장 큰 소망이다. 그녀는, 자신의 꿈을 먹고 매일매일 아름답게, 법 무장관이었던 강금실처럼 당당하게, 되도록 좋은 입성과 좋은 먹 성으로 공주처럼 키우고 보란 듯이 실력 있는 여자로 키우리라, 적 어도 남편에게 무시나 당하는 못난 자신처럼 민아를 만들지는 않 으리라 다짐을 거듭한다. 정연 엄마, 그네 딸이 민아보다 더 좋은 대학에 가긴 했으나 길고 짧은 것은 대봐야 아는 법이다.

그녀가 배운 건 짧지만 대신 딸에 대한 사랑과 꿈만큼은 세상 누구보다 훨씬 크다. 그건 무엇과도 겨루지 못할 힘이다. 그렇게 귀한 딸이 요즘 하라는 공부는 안 하고 비디오 가게에서 아르바이트하는 게 무척 속상하다. 그것도 다 효심에서 비롯된 것이니 딸을 탓할 수도 없다. 작년에 제 어학연수를 보내느라 무리해서 카드 빚을 좀 진 것을 딸이 알아버렸다. 끈질긴 녀석들, 어렵히 알아서 갚으련만 아무것도 모르고 전화받는 딸아이한테 까발려버릴 게 뭔지, 빨리 안 갚으면 남편에게도 통보한다고 으름장이다. 해볼 테면 해보라지. 남편도 그것에 대해서는 할 말이 없을 것이다. 아이들 등록금을 대주는 것 말고는 집에 돈 한 푼 내놓지 않는 위인이니, 그래도 명색이 대기업 부장이라 월급이 꽤 될 텐데, 사실 그녀는 남편 월급이 얼마가 되는지도 모른다. 물론 어떻게든 가장의 의무를 다하도록 바가지를 긁고 또 긁어야 하리라는 것을 모르지 않는다. 하지만 그 일이 있고 나서부터, 아니 그 전부터도, 남편과 그녀는 서걱거리는 모래알처럼 엉길 수 없는 알갱이를 너무 많이 가슴에 품고 있었다. 결국 그녀는 남편에 대해 모든 희망을 버렸다.

부부 동반 모임에서, 그녀가 랍스터가 뭔지도 모르고 또 어떻게 먹어야 할지도 몰라 두 손으로 바닷가재의 몸통을 우지끈 분지른 날, 집에 돌아온 그는 그녀에게 해서는 안 될 말을 했다. 나 더 이상 당신이란 사람한테 정 없어서 정말 같이 못 살겠어. 그만 우리 갈라서! 무식해도 어느 정도지, 배우지 못한 것들은 꼭 티를 낸단 말야. 그 말을 하면서 그녀를 끔찍한 벌레 보듯 했다. 그녀는 그때 무슨 말을 했던가. 아무 말도 못했던 것 같다. 다만 속으로 알바하면서 여상 야간이라도 다니는 걸 꼬드겨 결혼한 건 바로 당신이잖아요, 그때 그냥 날 내버려뒀더라면 마저 학교를 졸업했을 테고 야간 전문대에라도 진학할 수 있었을지 누가 알아요? 그리됐으면 이 정도의 미모에다 나도 꿀릴 게 하나 없었다구요, 그런 말을 하면서 울었던 것 같다. 아니다. 이제 돌이켜 생각해보니 한마디하기는 했다. 아이들을 봐서라도 이혼만은 안 된다고, 대신 당신이 어떻게 하든 상관하지 않겠다고. 그때 그녀는 남편과 암암리에 계약을 맺었다. 암묵적인 타협. 벌써 십 년도 더 지난 일이다.

밤 열두 시 사십 분, 눈은 펑펑 쏟아지는데 남편은 오늘도 늦는다. 들어오지 않는 날이 많지만 아이들이 크면서부터는 저도 체면은 세우려는지 웬만하면 외박은 삼가려는 눈치다. 그녀는 화를 삭이며 남편의 휴대폰에 전화를 해보려다 꾹 참는다. 민아는 아르바이트에서 곧 돌아올 것이다. 어떻게 이 일을 수습해야 하는가. 불현듯, 전에 남편이 이혼을 요구해왔을 때 적당히 위자료를 챙기고 아이들과 함께 물러났어야 하지 않았나 하는 후회가 든다. 눈은 왜 이리 속절없이 내리는지 쏟아지는 눈마저 야속하다. 설마 눈 때문에 못 들어왔노라, 너무도 명백한 변명을 앞세워 외박하는 건 아닌지 애가 잦는다. 도대체 개 발바닥에 땀나듯 뭐하느라 매일같이 이 밤중 돌아다니는지 부득부득 이가 다 갈린다.

그간 참으로 모진 세월이었다. 남편은 결혼하고 얼마 지나지 않아서부터 끊임없이 여자 문제를 일으켰다. 태생부터 그런 사람일지 모른다고 깨달은 건 남편의 바람에 그녀의 몸이 마른 삭정이가 되고 나서였다. 그녀는, 그가 늘 내세우는 명분, 너랑은 얘기가 안 통해서, 도저히 부부 정을 나눌 수가 없어서,라는 대목에 언제나 몸과 마음을 움츠렸다. 처음엔 그의 말을 곧이들었다. 그럴 수도 있으려니, 그렇겠거니, 그녀로서도 독학으로 검정고시를 준비하고 나름으로 발버둥을 쳤지만 불성실한 월급봉투는 아이들을 키우랴 돈벌이하랴, 그마저 허락하지 않았다. 그 와중에 아이가 생기는 것도 참으로 희한한 일이었지만 아슬아슬하던 부부의 정은 끝내 잦은 비바람에 날려 멀리멀리 사라지고 말았다. 아르바이트생 소녀 시절 우리나라 굴지의 대기업 엘리트 대리님의, 널 영원히 보호해주고 싶어, 그 흑기사 같은 청혼이 그렇듯 허울 좋은 껍데기였는지 그녀는 정말 몰랐다. 남편은 본인 말대로 그저 한 순간 자신의 미모에 눈이 멀었던 것뿐이었을까. 어쨌거나 남편으로서는 자신을 잘 선택한 것이리라. 어느 누가 남편의 그칠 줄 모르는 사나운 바람을 이렇듯 견디어낼 수 있겠는가.

민아가 눈사람이 되어서 들어온다. 영락없이 눈을 뒤집어쓴 마루인형이다.

엄마, 눈이 엄청 와.

그렇지? 근데 네 아빠는 아직이시다. 이렇게 눈이 많이 오는데.

민아는 제 아버지의 걱정에 한마디 대꾸도 않는다. 아이들도 어느새 부모의 어근버근 성긴 틈새를 알아버렸다. 그녀는 어미이므로 그런 내색을 할 수는 없다. 지금처럼 이억 원의 행방이 묘연한 상황에서도 어미로서의 책임을 저버릴 수는 없는 것이다. 대체 그 많은 돈을 어디에 썼는지 가슴이 벌렁거리는 걸 참을 수가 없다. 물론 여자에게 썼겠지 짐작은 하면서도 너무 큰 액수에 얼굴로 자꾸만 열이 치받는다. 그 돈을 아이들한테 쓰기만 했어도 민아는 더 나은 학교에 입학할 수 있었을 것이다. 변변하게 과외 한 번 못 받아본 민아에게 욕조에 따뜻한 물이라도 받아주려는데 그제야 남편이 들어온다. 술을 얼마나 퍼부었는지 얼굴이 불쾌하다.

눈, 많이 오죠?

남편은 그녀의 말에 눈길도 주지 않은 채 안방으로 비틀비틀 들어가버린다. 그녀는 기회를 놓치면 안 된다 싶어 틀어놓은 수도꼭지를 잠그고 얼른 남편 뒤를 쫓는다.

나 목돈 필요해요.

방에 들어서자마자 그녀는 다짜고짜 남편에게 돈 얘기를 꺼낸다.

돈이 내게 어딨어?

집 담보로 이억씩이나 대출받아 어떻게 했어요?

남편이 잠깐 주춤하는가 싶더니 곧 얼굴빛을 바꾼다.

네까짓 게 왜?

어디에다 그 많은 돈을 썼냐구요?

그러니까 네까짓 년이 알아서 뭐하겠냐고?

아니, 이 양반이, 네까짓 년? 말이면 다야? 나도 참을 만큼 참았어!

어쭈, 이제 맞먹겠다 이거지? 왜, 이쁜 내 애인 차도 한 대 뽑아주고, 오피스텔도 얻어주고, 거기에 내 차도 뽑고, 니가 죽고 못 사는 애들 학비도 대주고…… 한 일이 좀 많냐? 어찌 더 알고 싶어?

이런 짐승보다 못한 놈의 새끼! 내가 오늘 널 가만두면 인간이 아니야!

왜 하필 그때 그것이 떠올랐을까. 현수의 아령. 듬직한 아들이 사내가 되려고 연신 근육을 키우던 그 아령. 그녀가 안방을 팽 나서자 민아가 거실 한가운데에서 주르륵 눈물을 흘리며 서 있다. 그녀는 민아의 눈물을 가슴에 쟁여 넣으며 현수의 방으로 뛰어들어가 책상 위에 가지런히 놓인 아령 하나를 잽싸게 집어 든다. 그것을 들고 나오는데 민아가 그녀 앞을 가로막는다.

엄마, 왜 이래? 안 돼. 참아.

넌 들어가 있어, 빨리!

민아가 그녀에게 달려들어 아령을 빼앗고는 현수 방으로 뛰어들어가 나머지 아령도 들고 나온다. 민아는 그것을 들고 쏜살같이 앞 베란다로 뛴다. 민아가 멈춘 곳은 베란다 난간 앞이다. 민아는 베란다 새시 문을 휙 열어 아령을 난간 위에 올려놓는다. 순간 저 밑에서 남자의 둔탁한 비명이 들리고 이어 민아의 날카로운 비명이 하염없이 내리는 눈발을 가른다.

민아야! 왜 그래?

그녀는 미친 듯이 달려가 베란다의 화분들을 넘어뜨리면서 민아를 안는다. 민아는 악, 악, 소리 지르며 제정신이 아니다. 그녀는 민아를 품에 안은 채로 고개를 빼어 베란다 아래쪽을 내려다본다.

경비원 서넛이 급히 달려오고 있고 그곳엔 누군가가 널브러져 있다. 그녀는 두 눈을 꾹 감고 민아를 다독인다.

민아야, 괜찮아. 아무것도 아냐. 이거, 엄마가 한 거야. 넌 아무것도 모르는 거야. 진정해. 아이구, 내 새끼, 진정해. 아무 일도 일어나지 않았어.

민아가 더 이상 소리도 못 지르고 정신을 놓고 있다.

민아야, 민아야!

아무것도 모르는 남편이 비틀거리며 나오더니 버름한 눈빛을 보내며 한마디 던진다.

모녀가 잘들 놀고 있네.

열린 베란다 창문으로 함박눈이 무심하게 달려들고 그녀는 민아를 품에 안고 조여드는 숨을 헐떡일 뿐이다.

　　　　　　　　　*

어머니는 어디에서 어떻게 구하는지 지역 신문들을 골고루 잘도 구해왔다. 나는 이제 본격적으로 소설 습작을 시작해보리라 결심했다. 새로이 직장 생활을 하기에 나는 세상에서 너무 멀리 와버린 것 같았다. 다시는 전류 테스터나 드라이버를 잡지 못할 것 같았고 더욱이 옛 친구들을 만날 용기도 없었다. 내 골패짝이 넘어진 끝 지점에 다른 모습의 삶이 기다리는 건 아닐까 하는 기대가 슬슬 나를 부추겼다. 여자의 골패짝은 결국 딸을 감싸 안고 구치소로 향하게 했는가.

어머니는 십칠 층 여자가 덤벨을 떨어뜨렸고 여자는 그 일로 경찰서에 연행되었다고 했다. 그렇다면 내가 좇아갔던 여자는 허구인가 사실인가, 나는 무엇이라고 딱히 결정 내릴 수 없었다. 허구일 것도 같았고 어쩌면 사실일 것도 같았다. 순간 그 여자의 딸을 한번 만나보자는 생각이 들었다. 무엇을 어쩌겠다는 마음은 없었다. 그냥, 그냥이 답이었다. 아니다. 나는 예기치 않은 삶에서 어떤 단서도 찾아낼 수가 없었다. 그래서 어쩐지 여자의 딸을 만나봐야 할 것만 같았다. 그녀가 비디오 가게의 아르바이트를 그만두지 않았다면 그녀는 이 시간에 가게를 지키고 있을 터였다. 나는 일부러 비디오 목록들을 머리에 떠오르는 대로 종이에 적었다.

그녀는 오늘도 단정하게 카운터에 앉아 독서에 열중하고 있었다. 어쩌면 학과 공부를 하고 있을지도 몰랐다. 나는 태연하게, 〈죽음보다 무서운 비밀〉, 〈목격자〉, 〈살인에 관한 짧은 필름〉, 〈살인자의 해부〉 등 제목만 들어도 조금은 섬뜩해지는 메모지를 그녀 앞으로 밀어놓으며 침착하게 말했다.

여기요.

그녀가 목록을 훑더니 나를 빤히 쳐다보았다.

모두 외화예요.

그녀는 컴퓨터로 드르륵 확인하고는 새치름하게 말했다.

지금은 키에슬로프스키의 〈살인에 관한 짧은 필름〉밖에 없네요. 이것만이라도 드릴까요?

그러세요.

그녀는 비좁은 카운터에서 빠져나와 출시된 지 오래된 비디오 진열대 앞으로 갔다. 나는 그녀에게 다가가며 말을 붙였다.

그 영화에서 야첵은 일종의 공황 상태를 겪죠? 괜히 광장의 비둘기를 쫓는다든가, 빌딩 옥상 위에 올라가서 지나는 차량들에게 돌을 떨어뜨린다든가, 택시 기사를 죽이는 장면은 정말 압권이에요. 끔찍하죠. 올가미로 목을 조르다 택시 안에서 끌고 나와 쇠망치로 후려치고, 그리고 호숫가로 끌고 가요? 죽은 줄 알았던 사내가 살려달라고 애원하자 그 얼굴에 수건을 덮고 또 쇠망치로 후려치고. 수건에 흥건히 배어나는 그 선홍빛 피라니……

쭈그려 앉아 밑 칸의 테이프를 훑어보던 그녀가 미간을 찡그리며 나를 올려다보았다.

왜 그런 말을…… 그 영화를 여러 번 보셨나 봐요?

제법 보았죠. 뭐랄까, 그 영화를 보고 나면 인생의 허전함을 느끼게 되죠. 어떨 땐 그 허전함이 위안이 되기도 하구요. 야첵이 그렇게 된 건 여동생의 죽음 때문이죠. 여동생은 트랙터에 치어 죽었어요. 그 트랙터 기사는 술에 취해 있었구요. 마침 그 기사는 야첵의 친구였고, 그날 야첵도 그 트랙터에 같이 타고 있었죠. 인생의 함정은 그렇듯 사소한 데서 출발하죠. 안 그렇습니까? 그런 경험 없으세요?

그녀의 얼굴이 새파랗게 질려갔다. 나는 모르는 척했다.

왜 그런 걸 저한테 물어보시는 건데요?

그냥 그렇지 않겠냐는 거죠. 뭐, 오해는 하지 마시고.

좀 이상하신 분이네. 제가 뭘 오해할 수 있다는 거예요?

아, 아뇨. 미안합니다. 아직 못 찾으셨나요?

여깄어요.

나는 그녀가 건네는 비디오테이프를 들고 가로등에 비치는 긴 그림자를 앞세워 줄레줄레 집으로 돌아왔다. 돌아오는 내내 그녀의 손이 가늘게 떨렸던 것이 머릿속에서 지워지지 않았다. 나는 테이프를 침대 위에 던져두고 책상 앞에 앉았다. 애초 그것을 보려고 빌려온 것도 아니었다. 뭔가 미진함을 떨치기 위해 내딛었던 걸음, 삶의 상흔에 대한 추적, 그렇지만 남은 것은 혼돈뿐이었다. 여자의 딸을 만나 본 후에도 특별히 잡히는 것은 없었다. 허구이든 사실이든, 아니 진실이든, 그런 것은 인생에 아무 상관이 없을지 몰랐다. 삶에는 그냥 그렇게 되어가는 부분이 있는 것인지도. 그렇지만, 아무리 삶이 그렇게 임의적인 것이라고는 하지만, 그래도 거기에는 분명 보편의 법칙이 있을 것이었다. 다만 어떤 변수는 있으리라. 도미노의 골패짝을 어느 쪽으로 넘어뜨리는가 하는 것처럼, 초기 조건이 그 변수가 될 것이었다. 그렇다면 사고가 있던 날 혹시 나는, 내 삶의 청사진을 제대로 펼치지 못하게 될까 봐 초조해지는 않았는지, 흑기사의 망토에 덮인 아리따운 소녀는 청혼을 받는 순간 천상의 나날을 꿈꾸었는가. 아니 그날 특별히 더 외롭고 고달팠던 소녀는 누군가의 위로가 절실하게 필요했었는지도 모르겠다. 그렇다면 나와 여자가 지금 맞닥뜨리게 된 불운은 그저 찰나에 떠오른 우연한 마음 상황이 원인이었을까. 야책은 왜 그날 친구와 술을 마셨을까. 백이십사 동 아저씨는 왜?

눈송이들은 하나같이 다른 모양을 지닌다고 했다. 그 이유는 얼음의 결정들이 공기의 난류 속에서 우연히 만나는 조합에 의해, 불확정성을 갖는 특별한 아름다움을 만들기 때문이었다. 결정의 한 각뿔이 얼마나 빨리 자랄 것이며, 얼마나 날카로울 것이며, 얼마나 가지를 치게 될지는 어떤 조건을 만나느냐에 따른 것이므로 예측 불가능하다고 했다. 결국 우리의 삶은 본성과 우연이 서로 만나면서 스파크를 일으키고 어디론가 미친 듯 달려가게 되는 것은 아닌지. 우리의 삶은 늘 무엇인가 결핍되고, 우리는 언제나 그것을 채우고 싶어하니까.

『카오스』의 '나비효과' 장에는 유럽의 전래 민요가 하나 소개되어 있었다.

> 못이 없어 편자를 잃었다네.
> 편자가 없어 말을 잃었다네.
> 말이 없어 기수를 잃었다네.
> 기수가 없어 전투에 졌다네.
> 전투에 져서 왕국을 잃었다네!

나는 그것을 만년필로 또박또박 흰 종이 위에 옮겨 적고 내 책상 앞에 붙였다. 그러고는 민요의 한 문장 한 문장을 씹으며, 음미하며, 느릿느릿 읽어 내려갔다. 삶이라는 게 다 그렇지 않겠나, 하는 위안에 처음에는 가슴 저 안쪽이 따스해지더니 별안간 그 온기가 맹렬한 한기로 돌변했다. 이윽고 두려움이, 어쩌지 못할 불길한 두려움이 해일처럼 밀려들었다. 북경의 나비가 날개를 살랑거릴 때는 결코 뉴욕의 폭풍우를 염두에 두지는 않을 것이다. 어쩌면 나는 소설 같은 걸 아예 쓸 수 없을지도 몰랐다. 여자가 자신의 인생에 갇혔듯 나는 내 안의 수인이 되어 평생을 내 울안에 갇히게 될지도 정말 모르는 일이다. 야첵이 끝내 사형 언도를 받을 수밖에 없었듯이. 인생이 이렇듯 허전하고, 그 허전함의 밑바닥을 꽉 채우고 있는 암울한 덩어리가 결국 어떤 조그마한 조건에서 비롯된다는 사실에 묵직한 통증이 천천히 목구멍을 타고 올랐다.

나는 얕은 신음을 내뱉었다.

필녀(必女)

시선을 올린 곳에 창문이 있으나 코앞에 옹벽이 버티고 있어 빛은 아예 들어올 엄두를 못 낸다. 어둠이 언제까지고 물러나지 않을 것처럼 겹겹으로 두텁고 완강하다. 늦지 않았나 싶어 급히 움죽거리려는데 어둠이 그네를 붙잡고 놓아주지 않는다. 순전히 옹벽 탓이라고만 할 수는 없다. 정신을 놓았던 이후부터 시커먼 어둠이 사대육신에 덕지덕지 달라붙어 있다. 그네는 손바닥으로 얼굴에 진득한 어둠을 썻어낸다. 눈두덩을 덮은 그것은 쉬이 털어지지 않는다. 아침을 지나는 몸뚱이는 무겁고 굼뜨다.

　　손길 가는 대로 이불을 접다 말고 연주가 있는 쪽을 바라본다. 일곱 평 남짓한 지하 방에 아이는 주위보다 더 어두운 덩어리로 매트리스 위에 웅크려 있다. 손녀 아이를 보자 목젖이 바짝바짝 말라온다. 물, 물이 마시고 싶다. 그네는 만날 목이 마르다. 반면 아이는 영문 모를 물살을 주체 못 해 항시 애면글면한다. 아이의 몸속에는 주야장천 시내가 흐른다. 그래서 밤새도록 컴퓨터의 벌룽벌룽한 빛을 빌려 물에 잠긴 오장을 말리는가. 아이는 이제 그네의 이름을 부르지 않는다. 김필녀 씨! 기분이 좋을 때면 흥흥 콧소리를 내며 할미를 부르곤 했다. 그네의 가슴팍으로 어둠이 두어 겹 더 둘러쳐진다. 어떻게든 학교는 보내야지. 며칠 전 연주 담임이 말했다. 할머니, 연주 결석 일수가 70일 넘으면 유급이에요. 그네는 손녀의 선생을 생경한 눈으로 바라보았다. 연주가 담배를 피우다 들켜 불려갔을 때도 똑같은 기분이었지 싶다. 근신이 내려질 거예요. 근신처럼 그네는 그날의 유급도 무슨 말인지 통 알아먹을 수가 없었다. 어름거리는 그네에게 담임이 다시 말했다. 연주가 봄방학 때까지 결석을 더 하면 삼 학년으로 못 올라가고 한 학년을 꿇는다구요. 그네는 할 말이 없어 순순하게 돌아왔다.

연주야, 일어나라, 학교 가게.

벽의 스위치를 올려 결명자 끓여놓은 물을 벌컥벌컥 마신 뒤 아이를 들깨운다. 열다섯의 연주는 이불을 뒤집어쓰는 걸로 그네의 뜻을 거부한다. 날이 밝는 걸 되우 싫어하는 까닭에 아이가 잠자리에 드는 시각은 노상 새벽빛이 열리기 직전이다. 응당히 그네역시 밤잠을 설치기 일쑤다. 오늘따라 그네는 아이를 깨울 일에벌써 기운이 빠진다. 동생 말이 아니더라도 이제 팽팽하게 잡아당기고 있는 줄을 미련 없이 놓아버리고 몸뚱이건 마음이건 훨훨 펼쳐 광명한 날을 자유로이 살고 싶기도 하다. 언니, 인제 낼모레 칠 학년이우. 얼마 못 가 죽어지면 그만인데 뭐 그리 복달하고 사시우? 이 동생이 새 길 닦을 테니 못 이기는 척 따라만 와요. 그네는 무엇엔가 쫓기듯 조바심을 이길 수가 없어 아이의 이불을 홱 걷어 젖힌다.

담배 갖다주랴, 일어날래?

아이가 그네의 말에 발딱 일어난다.

그래, 이젠 막 나가잔 말이지. 그럼 지금까지 어린 몸 망가지고 어쩌구 걱정한 건 다 그냥 한 말이었어? 이제야 본색이 나오시네. 아무 상관없는 손녀 새끼 눈 딱 감고 버리면 그만일 텐데 웬 학교 까지?

저게, 저게, 이모행미랑 삼자대면꺼정 해놓구선 말 따위라곤. 이 년아, 니 몸뚱어리 안에 홍수가 났다믄서. 그걸 말려야 한다믄서!

지금 이야기가 잘못되어가고 있다는 걸 그네는 안다. 학교를 하루라도 빨리 마치게 하지는 못할 망정 더 끓게 할 수 없다는 안달이 앰하게 이런 모양새로 나오는 것이다. 연주가 집에서 근신하는 동안 조용히 물었다. 담배 왜 피우냐? 뭐가 좋은디? 아이가 대답했다. 내 몸 안에 시냇물이 흐르는 것 같아. 어떨 땐 졸졸 소리가 종일 들릴 때도 있어. 담밸 피면 그게 좀 덜해. 미친것. 그 당장에는 그 말밖에 할 수가 없었다. 얼마간 시간이 지난 뒤에야 겨우 아이를 달랬다. 어린 몸에 안 될 것인디, 고등학콘 가자. 그네는 또 목젖이 마르는 걸 느끼며 연주를 내려다본다. 아이는 이미 머리끝까지 이불을 둘러쓰고 옹송그린 뒤다.

지하 방으로 내려오면서 간신히 목숨 부지한 매트리스는 아이의 유일한 공간이다. 그네는 그것만은 지켜주고 싶어 결코 그곳에 올라서는 법이 없다. 연주가 얼마 동안은 같이 자자고 졸랐지만 고집스레 그네의 잠자리는 누비이불을 착착 접어 몸을 누일 딱 고만큼만 싱크대 앞에 자리한다.

너 학교 간당간당하잖아. 일어나는 거 보고 햄미 나가야지.

그네는 목소리를 한결 누그러뜨린다. 아이는 이불 속에서 꿈쩍 않은 채 앙탈을 부린다.

할머니도 엄마 아빠처럼 나 모른 척해버려!

이년아, 왜 죽은 에민 원망 삼고 불러내? 너만 잘해도 햄미 눈앞이 이토록 껌껌허진 않을 거 몰러?

그네는 맥이 탁 풀린다. 대관절 저 아이가 언제부터 저리 앙칼졌는지 모르겠다. 햇빛이 인색한 지하 방 때문인가, 아니면 입빠른 외종 할미 때문인가, 속절없는 제 아비 때문인가, 아이 말대로 세상 등진 제 어미 귀옥이 때문인가. 그도 저도 아니면 혹여 그네와 우연히 이 호선 시청역에서 부딪친 이후부터인가. 그네는 그때까지 연주가 학교에 빠지는 줄을 몰랐다. 항시 아이가 등교하기 전에 집을 나섰으니. 아이는 그 시간에 할미가 사 층에 사는 주인집 내외의 출근을 도와주는 걸로 아는 것 같았다. 사위가 집세 보증금을 나눠간 뒤로, 물론 이전부터도 오후 나절 주인집 일을 도와 그 삯돈으로 살림을 꾸려왔지만 사정이 더 나빠졌다는 걸 아이도 어림하고 있을 것이다. 방 두 개짜리 삼 층에서 지하 방으로 내려올 때부터 그네는 아침 일을 시작했다.

그네는 단박 알아봤다. 그날 연주는 이젠 그만 버리라고 아무리 성화해도 초등학교 때부터 입어 복사뼈 위로 깡충 올라오는 낡은 추리닝을 입고 있었다. 분홍빛깔이 바래다 못해 흿빛이 도는 옷은 눈에 너무 익어 그네가 결코 그냥 지나칠 수 없는 것이었다. 잠시 잠깐 주춤했다면 그건 아이가 가관으로 검은 보자기를 머리에 쓰고 있어서였다. 그리고 승강장 기둥에 기대어 뻑뻑 피워대는 담배. 그네는 얼결에 발을 내딛고서는 피차 보지 말아야 할 것을 본 것처럼 화들짝 놀랐다. 무가지를 거둬들여 카트에 높다랗게 쌓은 것도 모자라 한쪽 손에 자루 가득 질질 끄는 할미와 시커먼 보자기를 쓰고 피우던 담배를 엉거주춤 든 손녀가 아주 짧은 순간 서로 노려보았다. 곧 그네가 너 정말, 하는 사이 연주는 할머어니이, 목소리를 끄는가 싶더니 그건 또 뭐야? 하며 소리를 빽 질렀다. 누가 할머니한테 그딴 거 하랬어? 아이의 말에 그네는 저도 모르게 자신의 몰골을 훑었다. 코끝에서 발등으로 툭 떨어지는 땀방울을 외면하며 넌 그 꼴이, 하다가 더는 말을 이을 수가 없었다.

그네는 주전자의 물을 따르는 일도 귀찮게 생각되어 대접에 수돗물을 받아 벌컥벌컥 마신다. 밥을 물에 말 양으로 밥통을 열던 그네가 마음을 일으켜 또 아이를 부른다.

연주야, 같이 한술 뜨자. 핼미 한 끼라도 굶으믄 어질어질하는 거 알잖어.

아이는 도통 일어날 기미가 없다. 집이 무너져내린다 해도 무가

내로 버틸 기세다. 그네는 전기밥통을 소리 나게 쾅 닫는다. 대접에 또 수돗물만 하나 가득 받아 마시고 속바지를 껴입은 뒤 방한복을 걸친다. 날이 많이 풀렸대도 그네는 이월 초순의 아침녘 바람을 알고 있다. 세월이 육십 허리를 꺾어놓으면서부터는 냉한 바람과 그다지 친하지 못하다.

손바닥만 한 현관으로 내려가 신발을 꿰며 카트와 자루, 비닐끈을 챙기던 그네가 별안간 손에 든 것들을 냅다 내동댕이친다. 그래, 니만 편한 대로 하고 싶냐? 나도 육 학년일 때 등 시리고 발바닥 시린 핼미 좋다는 영감 잡아 팔자를 고칠 수도 있다. 니 애비도 새끼 몰러라 하고 나자빠져버렸는지 어쨌든지 소식 감감허구, 나만 뭔 죄냐? 이 지하 방 아니면 몸뚱이 하나 누일 곳 없겠냐는 날선 어깃장이 그네의 오장육부 깊숙한 틈바구니에서 치솟는다. 그런데 연주를 향한 것인지 사위를 향한 것인지 어리숭하다. 그 틈을 이용해 연주의 가당찮은 말이 다시금 고개를 쳐든다. 떠오를 적마다 묵은 장아찌 간수하듯 꾹꾹 지질러놓지만 어떻게든 고개를 빼들어 염장을 지르는 말이다. 연주야, 해필 왜 거기 나가 명부 사람처럼 검은 보자긴 들쓰고 서 있었어? 명부가 뭔데? 사람 죽고 나믄 가는 곳이여. 내가 제대로 허긴 했네. 왜 그리 혔냐니깐? 땅속이잖아. 편해질 거 같아서…… 미친것, 그려, 편혀지드냐? 쬐끔. 정처 없이 떠다니는 아이의 마음을 무슨 수로 잡아야 할지 그네는 당최 자신이 없다. 아니, 더럭 겁이 난다.

현관문을 나서면서 오늘은 세상 요절나는 한이 있더라도 압구

정동으로 가고 말리라 작정한다. 일단은 동생네 가서 고단한 몸을 부린 다음 궁리를 해도 해보자는 생각이다. 동생은 잘나가는 의사 아들 딸년 덕분에 십억 대가 넘는 삼십사 평 아파트에 혼자 살고 있다. 그때 박 씨 있잖우. 왜 지난번 슈퍼 앞에서 만난 영감. 칠십은 안 넘어 보이지? 언니헌테 관심 있나 봅디다. 하긴 애 두엇 뽑아낸 이 몸허구 처녀나 진배없는 언니허군 천지 차일 테지. 자꾸 언닐 소개시켜달래는데 어떠우? 자식들은 캐나다에 있댔지. 동무 삼아 여생 같이할 여잘 찾는 모양이든데. 친정어머니 제일에 절에 다녀오려고 동생을 만난 때였을 것이다. 박 씨라는 영감이 그네를 보았다는 날이.

그네는 박명이 채 가시지 않은 희붐한 골목으로 발을 내딛는다. 속이야 썩어 문드러졌든 곰팡이가 났든 겉모양새는 아무도 그네를 칠십 가까이로 보지 않는다. 씨앗을 품어본 적이 없어서인가, 속살은 팔월 애호박처럼 단단하고 젖꼭지 역시 지금껏 분홍빛을 지니고 있다. 벗은 몸뚱이만큼은 애동대동하니 저만치 세월을 잊어버린 게 사실이다. 그네는 쉬 죽어지지 않을 그 몸뚱이가 무엇보다 부담스럽다. 앞에 펼쳐진 강퍅한 하루하루가 그네를 곧 청승궂은 늙은이로 만들어놓을 터인데, 햇빛 한 줌 들어오지 않는 지하 방에 웅크려 있는 노파를 떠올리면 끔찍하기 짝이 없다. 그네는 골목 중간쯤에서 걸음을 멈춘다. 음식물 쓰레기를 수거해가고 엎어진 통에 비루먹은 개가 머리를 처박고 있다. 그네의 잔년이 바로 저런 모습으로 남으리라는 생각에 오갈이 든다.

방학역 입구. 하나둘 출근하는 사람들로 붐비기 시작한다. 〈Metro〉, 〈Focus〉, 〈Zoom〉, 〈Am7〉, 무가지를 나눠주는 사람들의 손길도 덩달아 분주해진다. 저 일은 조금만 젊었어도 해볼 수 있는 일이었는데 아쉽게도 그네는 예순아홉이라고 솔직히 고하는 바람에 나이에 걸리고 말았다. 그네를 지역팀장이라는 사내한테 데리고 간 메트로 여자는 그런 것까지는 가르쳐주지 않았다. 아침녘 두 시간에 만 원. 읽고 난 신문을 줍는 일에 비하면 엄청나게 쏠쏠한 돈이다. 그네는 제 발등을 찍은 아둔함에 며칠 가슴앓이를 해야 했다. 하기야 주인집도 한집에 사니까 믿어라 하는 구석으로 자신을 부리는 것이지 칠십 다 된 늙은이를 좋아할 리가 없다.

쉴 새 없는 손길들을 보자 마음이 같이 조급해진다. 그네는 빈손을 무춤하게 내려다보다 곧 아녀, 하고 마음을 고쳐먹고는 단호하게 발을 뗀다. 그러나 몇 층계 못 내려가 기어이 무릎이 꺾이고 만다. 미친 여자. 왜 그 생각을 하지 못했는가 싶다. 큼지막한 인형을 자기 아이처럼 소중히 껴안고 방학역 구내를 안마당처럼 돌아다니는 여자. 동생이 새 길을 닦아놓겠다는 말에 더러 심지가 동하면서부터 그네는 여자와 부딪치는 일이 거북했다. 으레 보는 사람마다 고개를 갸웃하며 누구인가를 확인하는 여자의 행동이 유독 그네를 겨냥하는 것으로만 느껴졌다. 그럴 턱이 없다는 걸 알면서도 속마음을 들킨 것 같아 여자를 볼 때마다 가슴이 덜컥 내려앉곤 했다. 그네는 선뜻 계단을 내려갈 수가 없어 층계참에서 무참히 손만 비빈다. 그때 손바닥에서 알싸한 냄새가 올라온다.

낯이 설지 않은 냄새이다. 갓 딴 결명자 꼬투리, 혹은 막 텃밭에서 뽑아온 매콤하고 쌉싸래한 무청? 일순 두려움이 와락 달려든다. 귀옥이 떠나가던 날 손에서 맡았던 냄새 같기도 하다. 혹 귀옥의 혼이 냄새로 다니러 왔는가. 그네는 이를 앙다문다. 곧 어금니 사이를 비집고 아녀, 라는 말이 독하게 튀어나온다. 발걸음은 아래로 향하고 있다.

어지러운 머릿속을 되작이며 승강장을 막 꺾어 도는데 아니나 다를까 걱정하던 미친 여자가 앞을 가로막으며 고개를 갸웃한다. 움찔 물러서려는 순간 느닷없이 여자가 달려들어 머리통을 내갈긴다. 눈 깜짝할 사이에 일어난 일이다. 그네의 눈에 눈물이 함빡 밴다. 경황 없이 당한 중에서도 그네는 미친, 하다가 입을 다물고 만다. 여자가 어떤 기미를 읽었는가. 예의 그 꼬질꼬질한 인형을 신주 모시듯 보듬으며 그네를 매섭게 쏘아본다. 여자의 눈길에 섬뜩한 불길이 일렁인다. 그네는 얼른 고개를 돌려 주위를 둘러본다. 누군가가 저 높은 곳에서 속속들이 자신을 내려다보는 것만 같다. 여자는 곧 아무 일 없었다는 듯 유유히 승강장 쪽으로 걸어간다. 그네는 차마 여자를 쫓을 수가 없어 몸을 돌리고 만다. 그네는 어느새 입구 쪽의 층계를 오르고 있다.

열쇠를 꺼내 지하 방 현관문을 연다. 심한 곰팡내에 미간이 절로 찌푸려진다. 연주는 아까 그대로 이불을 뒤집어쓴 채이다. 울화가 치밀어 오르는 걸 가까스로 누른다. 카트와 자루는 내동댕이친 대로 현관 바닥에 패대기쳐져 있다. 그네는 그것들을 주섬주섬 챙겨 든다.

현관문을 닫는데 등 뒤로 연주가 일어나는 기척이 들린 것도 같다. 반가운 마음에 돌아서려다 그네는 모른 척한다. 아이를 건드려서 좋을 게 없다. 그나마 골이 뻗쳤을 할미가 돌아온 걸 보고 일어난 듯해 내심 안도의 숨을 돌릴 뿐이다. 역시 돌아온 건 잘한 일 같다.

전동차가 석계역을 출발하고 있다. 바지런한 이들이 깡그리 걷어가버려 무가지들은 몇 장 보이지 않는다. 그네는 몸과 마음이 허락하는 만큼만 머줍게 차량을 옮기며 선반을 더듬는다. 평소 같으면 비좁은 승객들 틈을 파고들며 초 다투듯 전동차 안을 뛰어다녔을 것이다. 선반에 올려놓은 신문을 꺼낼라치면 원체 조그만 체구라 두어 차량 지나기 전에 진땀이 나게 마련인데 오늘은 나들이라도 나온 듯 등짝이 뽀송하다. 그네는 신문을 내리다 말고 검은 터널을 지나는 전동차의 차창에 시선을 박는다. 지난 세월 뽀송했던 순간들이 어린 날 가슴 설레며 듣던 옛이야기처럼 전동차 속도에 맞춰 되살아난다.

그네에게도 고층 아파트에 살던 시절이 있었다. 지난날의 어느 때쯤 그네는 베란다에서 스웨터 옷깃을 여미며 팔 층 아래를 내려다보고 있다. 아파트 정문을 사위의 은빛 자동차 뒤꽁무니가 빠져나가고, 딸자식이 그 뒤를 따라 동사무소로 종종걸음을 하고, 또 그 뒤를 손녀딸 연주가 쪼르르 학교로 뛰어간다. 그네는 흠칫한다. 마치 전생을 엿본 느낌이 이럴까 싶다.

딸 내외가 현관문을 나서면 그네는 연주에게 학교 갈 차비를 시켜가며 딸 내외의 출근하는 모습을 보려고 하루도 거르지 않고 베란다로 달려가곤 했다. 할머니, 체육복 줘! 그래, 내 새끼, 알았다. 허둥지둥 서랍에서 체육복을 찾아 내밀고는 부리나케 뛰는 그네. 북새질을 치른 끝에 겨우 연주가 현관문을 나가면 그네는 또 베란다로 달려가 오래 그 자리에 머물렀다. 어이구, 저런, 저런! 자동차들이 손녀 가까이 다가설 때마다 오금 저리던 그네. 식구들이 돌아올 시간에도 매한가지였다. 제일 먼저 연주가 친구들과 재잘대며 정문을 들어서고, 서너 시간 후엔 어김없이 퇴근하는 딸자식이 총총, 마지막으로 사위의 승용차가 미끄러지듯 스르르 들어왔다.

이 명당자리 없음 엄만 쓸쓸해서 어쩔 뻔했을까. 사위 차를 기다리느라 아래를 내려다보고 있노라면 저녁을 차리던 귀옥이 다가와 그네 옆구리를 쿡 찌르며 너스레를 떨었다. 에민 여기에 서서 식구들 나가고 들어오는 거 보는 게 참말로 좋다. 따스한 밥 지어 먹인 내 새끼들이 허허벌판 세상에 나갔다가 때 되면 어김없이 집이라고들 찾아들고. 얼마나 기특허고 이쁜지. 식구들 하나하나를 지켜볼 적마다 가슴이 뜨뜻해지는 게 뭔가 속이 그득해지는 거 같더라. 우리도 엄마가 곁에 있는 게 얼마나 고마운지 알우? 남사스레 또 뭔 말이냐. 순전히 내 배 채울라구 하는 짓인데. 귀옥이 뒤에서 그네를 껴안으며 콧소리를 한다. 우리한테도 꼭 엄마가 필요해. 엄마 이름이 그걸 증명하잖우. 그네는 깍지 낀 딸의 손등을 아프지 않게 꼬집는다.

정 서방이 뭐랬는지 알우? 엄마는 장모가 아니라 돌아가신 자기 어머니 같대. 딸아이의 말에 그네 입이 수줍게 벌어진다. 엄만 어떠우, 엄마두 아들 같으우? 아들이 없으니 그 기분 모를라나, 참 엄만 든든하다고 했지? 그럼, 남편 같은 건가? 어이구, 이것이 흉측허게시리 못허는 말이 없네. 일테면 심정으로 그렇지 않느냔 말이지. 그려, 아들 같고, 서방 같고, 실다운 게 너희들만 보면 난 안 먹어도 배가 부르다, 되었냐?

젊은 날 그네의 달곰한 기억이 속도를 더한다. 학교에서 콩콩 뛰어 돌아올 딸아이를 위해 출근길에 차려놓던 점심. 뚝배기에 금방 지어낸 고슬고슬한 밥을 한 공기 떠 몇 겹의 이불로 꼭꼭 싸놓고 냉장고 대신 사용하는 아이스박스 안에 사과 하나, 초콜릿 반에 반쪽, 우유 따위의 간식을 그날그날 고민하며 하나씩 챙겨 넣을 때는 입 안에, 손끝에 단물이 흘렀었다. 성긴 그물마냥 바람 숭숭 빠지는 요즘의 몸뚱이와는 다르게 그네에게 달고 맑은 피가 강단지게 흐르던 때였다.

그네가 딸네 살림을 도맡아 시작한 건 연주가 태어나면서부터였다. 가진 것 탈탈 털어 딸네 전세금에 보탠 것은 너무나 당연했다. 그때는 그네도 오십 줄에 들어서기 전이었고 보험회사 현역이었다. 믿어야 할 게 성한 두 다리와 세 치 혀밖에 없는 터라 점심을 거르며 목구멍에 단내가 나도록 돌아다니던 시절, 먹고살아야 할 요량에 부지런을 떨어 그런지 노상 제 밥벌이 될 만큼의 실적은

유지했다. 그 세월이 고단하지 않았다면 거짓말이겠지만, 딸자식이 여고를 졸업하자마자 공무원 시험에 합격하고 가난하긴 해도 온후한 사내를 만나 결혼하고부터는, 그간의 어려웠던 세월이 꿈결인가 싶을 정도로 무탈했는데…… 귀옥이 여섯 살 되던 해 남편이 간암을 진단받고 날벼락처럼 가버린 것도 모자라, 생때 같은 귀옥을 기막히게 보낸 것도 모자라…… 그네는 머리를 홰홰 털고 승객이 지금 막 올려놓는 신문을 마저 집어 든다. 신문을 움켜드는 손이 가볍게 떨린다.

기억을 뚫고 할머니도 엄마 아빠처럼 자기를 모른 척해버리라는 연주의 모지락스러운 악지가 가슴 한복판을 찢는다. 막 정신을 차리고 몸을 수습하는데 전동차가 다음이 시청역임을 알린다. 이호선 환승역이다. 그네는 내릴까 말까 잠시 고민한다. 다음다음인 서울역만 빠져나가면 훤한 바깥이 펼쳐질 것이다. 창밖을 여유롭게 바라볼 시간은 없지만 간간이 고개 돌릴 때마다 보게 되는 퍼런 잎사귀며 너른 하늘이며 멋대가리는 없으나 죽죽 솟은 빌딩들이 그네를 기다린다. 날이 좋으면 아침 햇살을 안아 황금 비늘로 번득이는 한강을 만날 수도 있다. 온수역은 그 이름만 들어도 마음이 뜨듯하게 풀려 오늘같이 속이 답답하고 울울할 때면 가끔 그곳까지 다녀오곤 했다.

그네는 돌고 돌다가 항시 제자리로 오고 마는 내선 순환선이 싫다. 힘들여 헤매어 보았자 거기에서 한 발짝도 못 벗어나 있는 것이 꼭 그네 모습을 보는 것만 같다. 그쪽이 훨씬 수거량이 많음에도 기왕 늦은 거 온수역까지 훑기로 하다가 머리채가 잡힌 것처럼 동생 말에 붙들린다. 왜 언니 일터 이 호선, 왜 거기 떡볶이집 많은데, 응, 신당동 말이우. 우리 아들이 여기저기 손 써 찾아냈다니깐. 지가 귀찮은 혹 안 달고 살려구, 거기다 똥 싸는 장모꺼정 책임지게 되면 어쩌나 지레 용써 봤자 내 손바닥 안이우. 언니, 애물단지 갖다 그놈한테 턱 안겨버리구 빨랑 이리루 와요.

동생 말대로 암만해도 연주를 저 아비한테 데려다주는 게 낫지 않을까 싶다. 이승 사람이 아니라면 모를까 가족끼리는 아무리 어려워도 서로 부대끼며 살아야 정이 드는 법이지 않는가. 애써도 채워지지 않는 저 황량한 아이의 마음을 더 대할 자신이 없다.

그네는 바지 주머니를 뒤진다. 언제라도 마음이 동하면 뛰어가리라 작정하고 사위의 주소를 늘 손 가까운 곳에 둔 터였다. 연주를 저대로 놔두어서는 아니 되리라는 생각에 가슴이 두근거린다. 사위는 사뭇 전화를 받지 않는다. 석 달 전쯤 그네의 망측한 꼴을 보고 난 뒤부터였다. 사위가 걱정을 할까 보아 그네는 몸을 추스르자마자 바로 전화를 넣었다. 휴대폰은 고객이 전화를 받지 않는다는 말만 거듭 들려줄 뿐 사위와 연결시켜주지 않았다. 아들이래도 무방했던 사위였다. 삼 년 전 귀옥이 먼 길을 떠난 이후 다니던 회사에서조차 밀려나자 마음 둘 데를 찾지 못해 허정거리는 그를 얼마나 안타까워했는가. 아파트를 처분해 대출금을 모두 갚고 어영부영하는 사이 가진 돈을 털어 쓰면서 집은 자꾸 줄어들었다. 사위가 툭 하면 사라지는 일이 잦아지면서 그를 향한 안타까움도 같이 줄었지 싶다. 연주가 학교를 결석하는 걸 알면서부터는 아예 노염으로 변했을 것이다.

작년, 굿은 장마가 오랜만에 웃날 든 날, 떠돌던 사위가 서머한 얼굴로 집을 찾아들었다. 여자가 생겼어요. 안정되는 대로 연주와 장모님과 살림 합치겠습니다. 그네는 차마 새로 만났다는 여자와 상견하고 싶다는 말을 꺼내지 못했다. 어쩐지 그네의 몫이 아닐 것 같았다. 기껏, 연주한텐? 하고 물었을 뿐이다. 당연히 말해야죠. 연주는 제 아비가 바깥으로 돌기 시작하면서부터 내외하듯 사위를 피했다. 애초 부녀 사이가 그렇지는 않았다. 제 괴로움을 이기지 못한 아비가 한창 사춘기이던 아이를 성가셔하면서부터였다. 아이는 아비마저 없는 사람처럼 굴자 말과 친구들을 버리는 것 같았다.

아이는 그날 저녁 제 아비의 재혼 소식을 듣고 좋다거나 싫다거나 딱히 의중을 드러내지 않았다. 그네의 채근에 겨우 알았다고만 대답했다. 사위가 보증금이 필요하니 천만 원만 어떻게 안 되겠냐고 물었을 때도 아이는 못 들은 척했다. 그네는 아이가 보이는 억지 무심에 가슴이 미어지는 것 같았으나 사위에게 전세를 사글세로 돌려 삼천오백만 원을 준비하겠다고 했다. 그게 도리라는 생각이 들었고 또 그래야만 사위가 책임감에 빨리 자리 잡고 살림을 합칠 것이라는 궁리도 있었다. 살림에는 응당 연주가 들어 있었다. 할미보다 아비가 나을 것이라는 데에 추호도 의심하지 않았

다. 아이는 그제야, 그럼 우린? 하고 새되게 물었다. 우선은 지하
방으로 내려가자. 아빠가 자리 잡으시고 나면…… 그네는 더 이상
말을 잇지 못했다. 그러니까, 할머니…… 아이도 더 말을 잇지 못
했다. 그네의 토막 난 말을 아이는 이해하는 것 같았다. 스스로 아
비의 자리에 자기가 해당되지 않을 것이라 여긴 것인지 할미가 거
기에서 빠질 것을 염려한 것인지는 알 수 없었다. 아무튼 뭔가 예
전처럼 온전하지 않을 것이라는 데에는 서로 생각이 통했던 것 같
다. 그때 사위가 말했다. 연주야, 조금만 더 참아. 이젠 정말 아빠
도 마음잡고 살 거야. 할머니랑 조금만 더 고생해, 알았지? 그날
별 내색은 하지 않았지만 혹시 아이가 아비의 말을 철석같이 믿고
기다린 것은 아니었는지 모르겠다. 사실 은연중 그네도 손꼽아 기
다리고 있었다. 그랬던 제 아비에게서 연락이 끊기면서 아이의 헛
바닥에 몹쓸 가시가 자라기 시작한 것인가.

　지금 아이는 세상에 벽을 쌓은 것이 분명하다. 그네로서는 아이
의 높다란 담벼락을 허물 도리가 없다. 당최 힘이 달린다. 그날도
그래서였을까. 시청역에서 연주와 부딪친 얼마 뒤 담임에게서 전
화를 받았다. 연주가 중간고사를 치르지 않았어요. 그 말을 듣는
순간 머릿속 어딘가 팽팽한 줄이 딱, 하고 끊겼다. 곧이어 머리통
이 깨어지는 것 같은 두통, 눈앞이 어릿거리며 속이 메슥거리고
바른편 쪽 팔다리가 마비되어갔다. 곧 어둠이 천 근으로 눈꺼풀을
누르고 깊은 잠이 속수무책으로 찾아들었다.

　사위에게 흉어운 꼴을 보이게 된 그날, 꿈과 생시가 갈마드는

사이사이로 낯선 손길을 느낀다. 서툴고 투박한 손놀림에는 망설이는 냉기가 묻어 있다. 예순하고도 아홉 해나 살아온 몸뚱이에 처치 곤란이라는 값이 매겨지는 것 같다. 특별히 귀하달 인생이 아니어서 서글플 건 없지만 정면으로 달려드는 시름까지 아닌 척 할 수는 없다. 절름발이 같은 여생이 길바닥에 내동댕이쳐지는 기분이다. 누군데 이러시우? 목구멍으로 채 올라오지 못한 말이 숨길 어디엔가 걸리고 만다.

아랫도리가 싸늘하다. 그러고 보니 아래옷을 홀딱 벗고 있다. 그네는 다리를 오므리며 몸을 움츠린다. 척척한 손이 지악스레 가랑이를 벌려 젖힌다. 아니, 왜 이러시우? 맨살에 닿는 척척함이 소름 돋게 싫다. 서느렇게 살갗에 척척 달라붙는 이눔의 건 대관절 무엇인가. 제발 이러지 말우. 그네 말은 심중에만 머물 뿐이다. 그네는 우세스럽게 음부를 훤히 드러내고 있을 수 없어 슬그머니 또 다리를 끌어 모은다. 다시 속수무책으로 쏟아지는 잠. 귀옥이 가는 걸음이 그랬을까.

이를 어찌 한다니? 언니, 다리 좀 벌려봐요. 내 언젠간 이런 날이 올 줄 알았다니깐. 니 애빈 노인네가 이 지경이 됐는데 치다꺼리하던 고무장갑 벗어던지고 사라지면 어쩌겠다는 거냐? 이모할머니한테 전환 했잖아요. 그래, 달랑 전화 하나 했지. 지 애비라고 역성은! 꿈결인 듯, 아득한 저 바깥 세계에서인 듯 울근불근하는 소리들이 귓가로 달려든다. 이내 그 말은 머릿속에서 새로운 꼴로 톡톡 일어선다. 그럼 사위가 다녀갔다는 말인가. 가물가물하던 정신이 퍼뜩 살아난다. 손길의 임자는 동생이다. 그제야 그네 콧속으로 시금털털한 내가 훅 끼친다. 대관절 몸뚱어리가 뭔 짓을 저질러놓았는가. 잘못 삭아 부걱부걱 괴며 고약해지는 것은 속내평 하나면 족한데 그 곪고 곪은 속이 어쩌자고 깜냥 없이 이렇듯 밑구멍으로 미어져 나왔는가. 늙으면 정신은 다 빠지고 등신만 남는다더니 똑 그 짝이다. 아무리 동생이라지만 남세스러워서 정말 눈을 뜨지 못하겠다. 얼굴이 홧홧거린다.

누군가 이마에 손을 얹는다. 따뜻하지도 차갑지도 않은, 적당히 축축한 손이다. 손에서 풋풋하니 좋은 냄새가 난다. 꼭 연주 에미 손 같다. 그네는 손 임자가 가버릴까 봐 조바심이 인다. 연주 에미 먼 길 떠나기 직전의 손이 꼭 이랬다. 덩그렇게 그네 혼자 배웅하던 딸의 손에서는 이상스레 들풀 냄새가 났다.

눈을 떠보려고 안간힘 쓰는 딸을 그네는 마구 흔든다. 에미야, 말을 해봐라. 딸은 입술을 달싹거리다 서글픈 웃음만 배시시 흘렸다. 푸른빛이 도는 손이 꿈틀 움직이고 그네는 얼른 딸의 손을 붙잡아 얼굴에 댄다. 코가 뚫리는 것 같은 시원한 냄새, 분명 소독약 냄새는 아니다. 설마 저승 냄새가 이처럼 기분 좋지는 않을 것인데 딸에게서는 어쩐 일로 시퍼런 풀 냄새가 났다.

그날 아침 중환자실은 무심한 햇살이 질펀하고 이따금 전자 기계음 소리가 적막을 깨뜨릴 뿐이었다. 딸은 가까스로 생명줄을 부여잡고 있었다. 식구들이 제 일을 작파하고 환자 머리맡만 지킬 수 없었기에 면회 시간을 제하고 그네 혼자 딸을 지켰다. 죽음이 가까

248

웠다고 판단한 의사가 임종을 볼 수 있게끔 마련해준 배려였다.

사람에게 맨 끄트머리까지 살아 있는 게 듣는 힘이라고 했던가. 그네는 딸의 귀에다 대고 빠르게 말하기 시작했다. 귀옥아, 여긴 걱정 말고 편안히 가려무나. 뒤돌아보지 말고 후딱 건너. 고생 많이 했다. 저승 가서 니 아부지 만나면 내 나중 꼭 따질 거라 전하거라. 아무렴, 젊디젊은 마누라 너른 황야에 내던져놓고 간 것도 모잘라, 늙고 다 꼬부라진 할망구 어떡하라고 아직 퍼런 자식새끼마저 끌고 가버리는 이유를 난 도시 이해할 수가 없다. 그쪽에 얼마나 대단헌 고대광실을 지어놓고 기달리는진 모르지만 이건 아니다. 참말 아니다. 귀옥아, 잘 가거라. 연주는 내 손으로 짝 다 맞춰줄 테니 안심허고 미련 홀홀 털고 얼릉 가거라. 그네의 입술로 뜨듯한 물기가 축축이 묻어든다. 딸의 눈물이 볼을 타고 귓가로 철철 흐르고 있다. 귀옥아, 하고 부르는데 딸이 영영 먼 길을 떠나느라 고개를 툭 떨어뜨린다. 야속하게 그때 중환자실 창밖의 햇볕은 너무나 쨍쨍했다. 귀옥이 건너는 황천길에도 햇살이 태무심하게 비칠 것 같았다.

딸의 아기집에서 시작된 암세포는 방사선과 독한 약을 들부었지만 멈칫멈칫하면서도 종내는 허파로 옮겨가며 좀체 수그러들지 않았다. 그 일을 치르면서 딸의 퇴직금은 말할 것도 없이 사위의 퇴직금도 중간에 죄 정산했고 집을 담보로 대출까지 받았다. 딸은 마지막 순간에도 자신이 까먹은 치료비를 두고 땅이 꺼져라 후회했다.

축축한 손이 그네의 손을 꼭 잡는다. 할머니! 손의 임자가 기어이 울음을 터뜨린다. 연주, 불쌍한 내 손녀. 왜 시험은 아니 보았어? 그러나 그 말은 혀끝을 벗어나지 못한다. 그때 동생이 말했다. 니 할미 그냥 두면 안 되겠다. 이러다 정말 명대로 못 살겠구나. 부모 없는 불쌍한 아이 하나 거둔 게 이리 큰 업보로 돌아올 줄 누가 알았겠니? 이제 연주 니가 그만 할미 놔주거라. 돌아간 니 엄만 할미와 피 한 방울 섞이지 않았구나. 아비 버젓이 놔두고 상관없는 할미가 절대 안 될 말이지. 아니, 이것이 어린것한테 무슨 망발을 하는가. 벌떡 일어나려고 했지만 몸이 말을 듣지 않는다. 귀옥이도 끝내 모른 일을, 그네의 귀에 연주의 숨소리가 손에 잡힐 듯 거칠어졌다.

차창 밖으로 시청역이 스친다. 그네는 더 이상 일할 마음이 일지 않아 빈자리에 엉덩이를 내린다. 땅속을 벗어나는 동안 벌건 해님이나 둥실 솟았으면 싶다. 집에서 물을 두어 대접이나 마셨건만 목젖은 생전 물 구경을 못 해본 것처럼 꽉꽉하게 군다. 그네는 입 안의 침을 모아본다. 침은 쉬이 모아지지 않는다. 언제 또 어둠이 정신을 덮칠지 몰라 노심하며 견디듯 조갈증도 견뎌야 할 것이다. 갈증에 시달리기 시작한 건 연주가 이모할미한테서 들은 고약한 말의 실상을 따지고부터였다. 엄마가 외할아버지 딸인 건 맞아? 연주는 정통을 치고 들며 옥별렀다. 무슨 구신 씻나락 까먹는 소리여? 그네는 동생의 망발을 듣지 못한 것처럼 굴었다. 할머니

250

완 피 한 방울 안 섞였다며? 그런 벼락 맞을 소릴 누가 하던, 엉? 그네는 그 당장에 연주의 손을 잡아끌고 압구정동으로 달려갔다. 혹시 몰라 미리 동생의 입단속을 단단히 해놓은 게 천만다행이었다. 연주는 삼자대면한 자리에서 두 할미가 입에 거품 물고 우기자 더는 딴말을 못 하고 수그러들었다. 그러나 종당은 그날 밤 가출을 하는 걸로 제 불편한 속심을 분명히 밝혔다. 다음 날 바로 들어왔으니 망정이지 하마터면 동생과 크게 의가 상할 뻔한 사건이었다. 아이는 시간이 지나면서 차츰 제자리를 찾는 듯했지만 언제 터질지 모를 폭탄을 안은 것처럼 위태했다. 그네는 아이와 눈을 마주치는 일이 겁나 걸핏하면 물을 찾았다. 그때 왜 아버지의 결명자를 떠올렸는가. 아이는 그 물을 질색했다.

그네의 농사꾼 아버지는 늘 결명자 끓인 물만 고집했다. 아마 열 살쯤? 급병으로 어머니를 보내고 나서였을 것이다. 텃밭 한구석의 결명자가 알싸한 냄새를 풍기며 여물면 아버지는 그걸 잘 갈무리해두었다가 사시장철 지성스레 끓였다. 동생은 마시면 죽기라도 할 것처럼 어기차게 아버지의 노고를 밀어냈다. 눈이 밝아진다고 아무리 꼬드겨도 소용이 없었다. 결국 아버지의 뜻을 거스르지 못한 그네만 쓴 한약 받아 마시듯 그 물을 마셔야 했다. 아버지는 그뿐 아니라 그네에게만 이름에도 '必'이라는 한자를 달아주었다. 필녀. 동생의 이름은 듣기에도 푼푼한 복녀였다. 무엇을 틀림없이 이루어내라는 아버지의 여망이었는지는 모르겠다. 연유를 알 수는 없으나 언제부턴가 그네는 결명자 냄새와 어머니의 죽음과 필녀라는 이름을 한날한시에 일어난 일로 기억한다. 어머니가 없는 썰렁한 시간과 결명자 끓는 냄새가 필녀라는 이름과 만나 한데 엉긴 것이다. 이름이 아이에게 불리지 않으면서 그 모든 것이 더 단단한 옹이가 되어 가슴에 박혔다. 반드시, 기필코, 꼭 이루어낼 계집. 그 이름이 그네를 둘러싼 어둠의 무게처럼 무겁다. 그네는 전동차의 덜컹거림에 몸뚱이를 맡기고 두 눈을 감아버린다. 그제야 전동차의 안내방송이 귀에 들어온다. 벌써 오류동이다. 온수가 다음이지만 그네는 무엇엔가 떠밀리듯 황급히 전동차를 내린다. 어찌됐든 이 호선을 탔어야지. 책망하는 그네의 걸음이 바쁘다.

시청역에서 내선 순환선을 기다리는 동안 그네는 신문을 정리한다. 평소의 절반도 되지 않는 분량에 슬며시 후회가 인다. 차곡차곡 귀를 맞춘 신문 더미는 고작 오 킬로그램 남짓밖에 되지 않을 것 같다. 저울질하는 고물상 사내가 자투리로 떼어먹기에 딱 좋을 양이다. 사내는 어김없이 저울 눈금의 끄트러기를 잘라버렸다. 따로 모았다가 담뱃값이라도 하는지 모르지만 십 킬로그램에 칠백 원밖에 하지 않으니 두부 한 모 값도 안 되는 돈을 꼭 발라먹어야 직성이 풀리는 위인이었다. 하루 거두는 양은 보통 오십 킬로그램 안팎, 그네가 발바닥에 땀나게 뛰어봐야 한 달 수중에 들어오는 돈은 기껏 칠만 원 안쪽이다. 그 돈에서 아이의 급식비 사만 원을 제하고 나머지는 눈먼 돈으로 생각해 저축을 한다. 혹시 모를 병원비와 연주의 고등학교 준비다. 월세를 내지 않을 때는 초름한 대로 그냥저냥 살림을 꾸릴 수 있었으나 지하 방으로 내려온 뒤로는 도시 여웃돈이 없다. 주인집에서 푸성귀라도 좀 얻어오지 않는다면 견딜 재간이 없었을 것이다.

카트를 잘 여미고 일어서는데 바로 옆 의자에 네댓 살쯤 보이는 어린 여자아이가 오도카니 앉아 있다. 그러고 보니 아까부터 혼자 그 자리에 있던 것도 같다. 얼결에 그네의 목소리가 높아진다.

아가, 엄만?

어린아이는 말없이 고개를 젓는다. 눈망울이 젖어 있다. 입은 언제까지고 열지 않을 듯 꾹 다문 채이다. 그네는 뒷걸음질하는 자신을 깨닫는다. 어처구니가 없어 스스로 나무라는 찰나 한편에선 또 다른 그네가 모른 척하라고 간살스럽게 속삭인다. 그러나 뒷머리를 잡아당기는 것 같은 느낌에 어린아이로부터 열 걸음을 벗어나지는 못한다. 빨리 전동차가 들어오기를 기다리며 고개를 빼는데 누가 그네의 등을 툭 친다. 그네는 화들짝 놀라 그 자리에 주저앉는다. 가슴을 쓸어내리며 올려다보니 전연 생각 못 한 연주이다. 그네의 눈이 더 커진다.

너, 정말루 또 학교 안 간 거여?

교복 입은 거 안 보여? 지금 갈 거야. 선로에 고꾸라지지 않으려면 밥이라도 꼭꼭 먹고 다녀. 아님 진짜 이모할머니한테라도 가든가. 그랬음 내가 여기까지 오지 않아도 됐잖아.

그네는 절로 안도의 깊은 숨을 몰아쉰다. 기특헌 내 새끼, 하고 일어서려는데 아이가 무지르듯 검은 비닐봉지를 그네 앞으로 던진다. 곧 결명자 물을 담은 페트병도 내던지듯 하고는 횡허케 사라진다. 용케도 비닐봉지 안에는 은박지에 싸인 김밥 한 줄이 들어 있다. 가슴에서 뭔가 뭉클, 한다. 손녀 아이가 아주 내뻗지는 않을 것 같아 답답한 가슴이 조금 트인다. 악머구리 끓듯 한 조바심 사이로 한 줄기 훈풍이 지나는 것 같다.

도두앉아 무심코 김밥을 집던 그네는 얼핏 젖은 시선을 느낀다. 새삼 시선의 임자를 깨닫고 진저리를 친다. 결국 그네는 앉은걸음으로 아이에게 바투 다가간다. 발을 옮길 때마다 손바닥에 길게 놓인 김밥이 금방이라도 흩어질 것처럼 아슬아슬하다. 순간 필녀라는 이름이 저주스럽다. 그때 두터운 어둠을 뚫고 내선 순환이라는 이름표를 이마에 단 전동차가 달려온다. 전조등 불빛이 여자아이의 물기 출렁이는 검은 두 눈으로 풍덩 빠진다. 아이는 끝내 눈물을 흘리지도 김밥을 받아먹지도 않는다. 그네는 저도 모르게 손바닥을 바지에 문지르고 있다. 시퍼런 풀 냄새가 슬며시 코끝으로 퍼진다.

아가, 몇 살이냐?

여자아이가 머뭇머뭇 손가락 네 개를 펼쳐 보인다. 가슴이 철렁한다. 귀옥이 집으로 데려오던 때와 같다.

젊은 날 그네는 웬일로 절친하지도 않은 남편 친구의 문상을 고집스레 쫓아갔다. 시장 귀퉁이에서 잡화상을 하는 부부에게 고장 난 트럭이 뛰어들었다고 했다. 불현듯 사로잡은 측은함 때문이었는가, 그네는 남편이 말리는데도 그날 꼭 귀신에라도 홀린 것처럼 막무가내로 따라나섰다. 그때의 고집은 오랜 세월이 지나도록 납득이 가지 않는 일이었다. 상주가 없는 빈소에는 어린 여자아이 혼자 먼 친척이라는 노인의 무릎에 어리둥절한 눈으로 앉아 있었다. 몇 살이냐고 묻는 그네의 말에 아이는 머뭇거리다 손가락 네 개를 펼쳐 보였다. 남편 혼자의 걸음이었어도 그 아이를 데려오게 되었을 것인가. 누구도 알 수 없는 일이다. 공교롭게 그들에게는 아이가 없었다. 남편과 그네는 발인까지 본 뒤 귀옥의 손을 양손에 나뉘어 쥐고 햇볕이 쏟아지는 병원 마당을 나섰다. 집으로 들어서는 골목에도 햇살은 귀옥이 떠난 날처럼 저 혼자 푸지게 내려 있었다.

그네는 완강하게 아이의 시선을 물리치고 도망치듯 그곳을 떠난다. 전동차가 꽁무니를 내리는 곳에 당도하고서야 숨을 돌리는데 다행히 카트는 끌고 있지만 김밥은 아이의 손에 들리고 왔는지 물병만 들고 있다. 그네는 벌컥벌컥 물을 마신다.

한창 출근 시간인 전동차 안은 발 디딜 틈 없이 복잡하다. 그네는 신문 걷는 일에 정신을 쏟아보지만 자꾸 아까 아이가 발부리에 걸린다. 차분히 잘 물어보고 제 엄마를 찾아볼 걸 그랬는가 싶다. 그것까지 못할 거야 뭐 있었나 하는 마음이 심하게 언짢다. 경우가 귀옥이하고는 다르지 않은가. 심사가 꼬여도 단단히 꼬인 것 같다. 그러나 어쩌랴. 운명이 으레 우리네보다 앞질러 가듯 마음이 이리 돌아가는 것도 저리 돌아가는 것도 다 까닭이 있어서이겠지. 그네는 되처 마음을 다잡고 일에 열중한다.

눈치가 있는 승객은 조그만 그네가 팔을 뻗기 전에 선반 위의 것을 내려준다. 그네는 속으로 복 받을 것이네, 하고 덕담을 던진다. 팔이 뻑적지근해온다. 이 일도 오래 할 건 못 된다는 생각이 들자 앞으로 널린 날들을 어찌 감당해 나갈까 싶다. 몸이 처음 일할 때 같지가 않다. 무거운 어깻죽지 위로 사위의 근심이 보태진다. 사위한테 뭔 일이 있는 거나 아닌지 모르겠다. 하늘도 무심하지 하필 왜 그네가 정신 놓은 날 때맞춰 찾아오게 한단 말인가. 쓰러진 이유가 연주 때문이라면 사위도 다 이해할 것인데, 해결할 방도도 진중하게 같이 고민해줄 것인데. 그나마 오늘 연주가 학교에 빠지지 않는 게 다행스러울 뿐이다. 그러나 내일 아이의 마음이 또 어찌 변할는지, 또 모레는? 그네는 고개를 털어 팔에 부치도록 거둔 신문을 카트로 옮긴다.

몇 차량을 돌고 도는 동안 카트의 폐신문이 높이를 더해간다. 승객들이 수없이 타고 내리는 동안 수명을 다한 무가지들도 여기저기서 그네를 기다린다. 이제 뒤쪽 차량들은 얼마만큼 거두어진 것 같다. 마지막으로 한 번 더 둘러본 뒤 자루를 챙겨 앞쪽으로 이동한다.

주머니에서 비닐 끈을 꺼내는데 종이쪽지가 달려 나온다. 사위의 주소이다. 그걸 보니 또 가슴이 무지근하다. 시커먼 어둠이, 속수무책인 잠이 언제 또 그네를 삼키려들지 모른다. 그네는 어찌해야 할지 가리사니가 잡히지 않는다. 사위가 이렇듯 석 달씩이나 소식을 끊은 적은 한 번도 없었다. 동생이 그 일을 비아냥거렸다.

참, 언니두! 장모한테 있는 돈 박박 다 긁어갔는데 뭔 볼 일이 남았겠수? 그네는 고개를 홰홰 젓고 자루를 허리에 질끈 동여맨다.

잠시 생각에 빠진 사이 손끝이 닿아 있는 신문을 누군가 걸싸게 채간다. 돌아보니 깨깨 마른 늙은이 하나가 앞서 승객들 틈을 비집으며 선반 위를 훑고 있다. 가끔 부딪치는 영감이다. 그제야 그네는 정신을 차리고 그를 앞지른다. 다음 차량부터 걷어나갈 셈이다.

손놀림이 빨라지는 만큼 그네의 등허리가 척척해진다. 두어 차량을 지나자 영감이 어느새 그네를 또 앞지른다. 힐긋 쳐다보니 그의 얼굴에도 땀이 번들거린다. 아무래도 오늘 일진이 안 좋을 것 같다. 손이 겹치면 일의 양이 적어질 뿐 아니라 앞서거니 뒤서거니 하느라 신경도 피로하고 몸도 되우 고달프다. 팔이 뻐근하다 못해 저리는 것 같다. 마침 노약자석이 보인다. 그곳에는 출입문과의 사이에 두어 뼘의 자리가 있어 옹색하나마 임시로 신문 더미를 놓아둘 수가 있다. 그네는 신문 담은 자루를 남자 승객의 발밑으로 밀어 넣으며 중얼거린다. 늙은 게 벌어먹고 살자 하는 짓이니 양해하우. 보나마나 젊은 남자는 지금 인상을 쓰고 있을 터이다.

정신없이 움직거리고 다니자 입 안이 바작바작 타온다. 물병은 카트 위에 꽂혀 맨 뒤 칸에 있다. 슬그머니 부아가 오른다. 무슨 대단하게 영화로운 날을 만날 것도 아닌데 이리 주접을 떠는가 싶다. 연주야 아직 철이 없어 그런다손 쳐도 사위는 어쩐 일로 연락마저 끊고 있는가. 아무리 명 다한 인연이라지만 아직 저 새끼를 거두고 있는데 설마 자발없는 동생의 말처럼 안면을 바꾸려는 못 된 심사는 아니겠지. 그리 마음자리가 나쁜 됨됨이는 아니라고, 생각했던 것보다 일이 잘 안 풀려 지질컹이처럼 기를 못 펴고 있을 수도 있잖겠느냐고 스스로 애써 다독인다. 그네는 시간을 낙낙히 벌려고 이번엔 두어 차량을 앞서기로 한다.

그네는 맨 앞 칸까지 영감을 잘 따돌린다. 전동차는 막 신대방을 지나고 있다.

할머니, 저 이거 하나 바꿔가도 돼요?

그네는 선뜻 아가씨가 내미는 〈Metro〉를 〈Focus〉와 바꿔준다. 대신 한마디 붙이는 걸 잊지 않는다.

다 보구 이따 이 핼미 지나갈 때 꼭 줘요.

대학생인 듯한 아가씨가 웃음으로 대답한다. 물론 그걸 받게 되는 일은 거의 없다. 욕심나는 마음에 던져보는 말이다. 승객들에게야 공짜 신문이 어수선한 출근시간을 때우는 소일거리지만 그네에게는 다다익선으로 하나라도 더 챙겨야 할 하루벌이다. 영감이 저 앞에서 그네를 발견하고 휙 되돌아선다. 막상 영감의 쌩한 뒷모습을 보자 그악스레 군 게 조금 미안해진다. 그네는 영감과 시차를 두려고 잠시 땀을 식힌다.

신림, 봉천, 서울대입구, 그네는 다시 움직이기 시작한다. 영감이 있으니 적당히 구역을 구분 짓는 게 차라리 속 편하겠다 싶어 전동차 앞머리에서 중간까지만 돌아다닌다. 그네는 팔이 떨어져나갈 것 같아 자루 있는 데까지 얼마나 남았나 헤아린다.

팔에 안은 것을 자루에 부리자 그 옆에 서 있던 쉰 남짓 먹어 보이는 여자가 신문더미를 뒤적거린다.

왜 그러시우?

여자는 들은 척 만 척하고 사뭇 쌓아놓은 것을 들썩인다. 그 바람에 신문 뭉치가 미끄러져 바닥에 흩어진다. 여자가 마음에 든 것을 찾았는지 그중 하나를 쏙 빼내 돌아선다. 그네는 여자의 손에서 그것을 잽싸게 낚아챈다. 여자가 어이없는 시선으로 그네를 쏘아본다. 그네도 여자의 시선을 맞받아 노려보며 속으로 쏘아붙인다. 내 밥 먹고 헛질할 것 같우? 그네의 서슬에 눌렸는지 여자는 입을 씰룩거리다 이내 고개를 돌리고 만다. 정말 일진이 사나운 날이다.

전동차가 성내를 지나고 있다. 순환선을 얼추 반 너머 돈 셈이다. 여느 날보다 자루를 옮기는 일이 힘에 부친다. 사람이 더 많은 것도 아닌데 마음의 형편도 몸의 형편도 썩 좋지가 않다. 그네는 더운 숨을 몰아쉰다. 몸이 힘들 때면 올라오는 후끈한 숨이다. 카트 있는 데까지 빨리 가는 게 낫겠다. 그러나 사냥꾼이 사냥감을 그냥 지나치지 못하듯 그네는 꿍꿍거리면서도 눈에 뜨이는 것마다 또 열심히 거두어들인다.

겨우겨우 승객들을 뚫고 도착한 그네는 빈 카트 앞에서 경악을 한다. 거둬놓은 신문을 어떤 작자가 싹 들고 달아나버린 것이다. 물병만이 궁상으로 카트 위에 있다. 순간 그네의 입에서 거친 말들이 쏟아진다. 망할 눔의 영감탱이, 날강도 겉은 눔, 조금 전 영감의 짓일 게 분명하다. 혹시 다른 인간이 탔었나, 하는 마음이 들지 않는 건 아니지만 아무래도 그 영감 짓이지 싶다. 그잖아도 아까 돌아서는 품이 조금 마음에 걸리긴 했다. 이 옹졸헌 영감탱이야, 벼룩의 간을 빼먹어라! 악다구니가 목젖에서 막힌다. 그네는 물을 벌컥벌컥 마신다. 잠깐 멍하니 서 있던 그네는 하릴없이 자루를 쏟는다. 뭔가 손을 놀리지 않으면 속이 꼭 폭발할 것만 같다. 가슴 팍이 뜨겁다.

쭈그리고 앉아 마음 다스리듯 신문 귀를 하나하나 맞춘다. 전동차는 무심하게 잘도 달린다. 몇 개의 역을 지나자 누가 그네의 엉덩이를 툭 친다. 전동차 안을 청소하는 여자다. 출근시간을 벗어나는가 보다.

이런 걸 여기에서 하믄 어떡해요? 당장 치워요.

그런 것쯤 그네도 안다. 그러나 오늘만은 아니다. 되레 제 일 덜어주는 걸 모른다고 지청구를 대고 싶다. 상대가 반응이 없자 여자가 열불이 났는지 그네 쪽으로 휙휙 비질을 해댄다. 처들어오듯 마른 먼지가 그네의 콧구멍을 파고든다. 그네는 먼지를 피해 돌아앉는다. 그때 내리는 문이 열리면서 눈앞에 신당이라는 글자가 퍼뜩 들어온다. 언니, 왜 거기 떡볶이집 많은 데, 신당동 말이우. 그네는 카트와 물병만 챙기고 후닥닥 내린다. 신문 더미는 그대로 둔 채이다.

그네가 어렵사리 찾아간 주소지에 사위는 없다. 대신 젊은 주인 여자가 입에 게거품을 문다.

아니, 종적을 감춰버리면 뭘 어쩌겠다는 건지 모르겠어요. 그래서 보증금을 충분히 받아야 하는 건데 내가 그날 뭐에 씌어도 단단히 씌었다니깐. 첨에 방 보러 다닐 땐 전혀 내색 않다가 막상 계약하려니깐 장사를 해보겠다고 양해해달라니, 요 앞 큰길에 가게를 낸다길래 의심도 안 했죠. 요새 백만 원 보증금 받는 데가 어딨다구, 바로 채워준다는 바람에 내가 증말로 미쳤었나 봐. 월세가 자꾸 밀리기에 닦달하니깐 글쎄, 가게를 다 말아먹게 되고 여자도 튀었대나 어쨌대나. 어느 날부턴가 아예 사위라는 이도 안 나타나세요.

그때가…….

그네는 언제쯤이었냐는 말을 더 묻지 못한다. 발밑이 자꾸만 허방을 짚는 것 같다.

삼 개월째에요, 꼭 찬 삼 개월. 암튼 명도 소송 다 끝나가니깐 혹시 사위분 연락되면 꼭 전하세요. 돈 받는 건 포기할 테니 저 쓰레기 같은 짐이나 빨리 치워달라구요. 어휴, 올해 손재수가 끼었다더니, 증말!

석 달 전이라면 그네가 쓰러질 때쯤이 아닌가. 아이 문제로 걱정되어 매일같이 전화해도 받지 않더니 바로 그때였지 싶다. 그럼 혹여, 늙은 장모와 어린 딸이 몸 부리고 있는 알량한 지하 방이라도 그나마 둥지라고 찾아왔었다는 말인가. 연주, 이제 그 아이는 어찌 되는가. 이곳을 허위허위 찾을 때는 비대발괄해서라도 하루

빨리 연주를 제 아비와 합치게 해줄 작정이었다. 이제 아비가 제 앞가림을 못 할 지경이 되었다면 아이는 어찌해야 하는가. 언제 또 쓰러질지 모르는 어리뜩한 할미를 언제까지 믿고 기대게 할 것인가. 저 어미가 간신히 비껴간 길을 딸이 빚 갚음하듯 치러내야 하는 것이라면 너무 가당찮은 일이다. 설마하니 이 늙은이한테서 온 전생의 죗값이 귀옥이한테로 연주한테로 내림하는 건 아닐 테지. 머리끝이 쭈뼛 서며 온몸에 소름이 돋는다. 어둠이, 짙은 어둠이 사위를 둘러싼다.

어떻게 갔던 길을 되돌아와 전동차를 탔는지 모르겠다. 을지로입구라는 안내가 나온 지 얼마 안 되어 갑자기 전동차가 죽을 것처럼 소리 지르며 멈춰 선다. 이윽고 기관사가 철로에 사람이 있어 잠시 운행을 멈춘다고 방송한다. 전동차의 창문으로 사람들이 몰려든다. 그네도 얼결에 차창 밖을 보지만 거기에는 겹겹으로 둘러친 어둠뿐이다.

시간이 오래오래 흐른다. 철로에 뛰어들었다는 이가 여자인지 남자인지 젊은이인지 늙은이인지 알 수가 없다. 그 인간도 저 어둠이 손짓한 것인가. 어둠이 구천지하의 짐승처럼 깊은 숨을 몰아쉬는 게 보인다. 그네도 가슴 깊숙이 더운 숨을 몰아쉰다.

전동차가 느릿느릿 움직인다. 으레 그렇듯 운명은 전동차 앞머리에서 그네보다 한 발 앞서 달리고 있을 것이다. 문득 아이, 눈망울이 젖은 채 오도카니 시청역에 앉아 있던 아이가 눈앞을 가로막는다. 혹 어둠에 빨려 들어간 이가? 그네는 아니라고 고개를 내혼든다. 만일, 자신이 만일 돌계집이 아니었다면…… 결명자 냄새와 죽은 어머니의 기억이 들엉긴 필녀가 아니었다면…… 귀옥을 품지 않게 되었을 것인가. 어쩌면 어머니가 텃밭에서 솎아온 퍼런 무청에서 맡던 냄새의 기억처럼 몸 안의 오래된, 어머니의 어머니로부터 전해진, 또 그 어머니의 어머니에게서 전해진 시퍼런 싹의 기억들, 혹여 그러한 것 때문은 아니었는가. 아이, 아이는 어떻게 되었는가. 그네 마음이 급해진다.

시청역이다. 아까의 그 자리, 여자아이는 없다. 눈을 씀벅거리고 다시 둘러보지만 어린아이는 어느 곳에도 보이지 않는다. 카트를 끌고 천천히 그곳으로 발짝을 뗀다. 걸음마다 안도와 걱정이 엇갈린다. 그네는 아이가 앉아 있던 의자에 맥없이 엉덩이를 붙인다. 목이 타 물병을 열어보지만 물은 남아 있지 않다. 고개를 한껏 젖혀 한 방울의 물이라도 목 안으로 흘러들기를 고대한다. 물은 나올 기미가 없고 더운 숨만 물병 아가리를 들락날락한다. 사위가 살았던 동네를 빠져나오면서 마지막으로 탁탁 털어 마신 걸 깜박한 것이다. 병뚜껑을 닫는데 저만치 학교에 간 줄 알았던 연주가 시근벌떡 달려온다.

이년아, 입때껏도 안 간 거여?

어휴, 짱나. 경찰이 담임한테 전화해줬어. 할머니 김밥 먹는 거 보고 갈려구 했더니만…….

그제야 그네는 소리치듯 묻는다.

아인?

몰라. 지하철 수사대 갔다가, 다시 경찰 지구대 갔다가, 엄마가 버린 것 같아.

연주 목소리에 풀기가 꺾인다. 그럼 철로에 뛰어들었다는 이가 실지……? 하는데 연주가 읊조리듯 낮게 중얼거린다.

아빠 어떻게 된 거야.

그네는 급히 더운 숨을 몰아쉰다. 숨소리가 하르르 떨려 나온다. 절대로 제 아비의 말을 아이에게 털어놓지 못하리라. 가슴속이 후끈하다. 연주가 슬그머니 교복 주머니를 뒤적여 휴지에 똘똘 만 담배를 꺼낸다. 그네는 멍하니 연주가 하는 양을 지켜본다. 나무랄 마음도 들지 않는다. 아이가 천천히 담배에 불을 붙인 뒤 한 모금 깊이 빨아들인다. 그네는 문득 쫓기는 마음이 되어 조급해진다.

나도 한 대 줘봐라.

연주가 생뚱한 눈으로 그네를 쳐다본다.

어여 핼미 것도 좀 줘봐.

아이가 말없이 똘똘 만 담배 하나를 풀어 불을 붙여준다. 그네는 볼이 미어질 정도로 한 모금 가득 들이마셨다가 훅 뱉는다. 아이의 젖은 속을 휘젓고 그네의 물큰 가슴을 휘감은 연기가 허공으로 흩어진다. 그네 곁을 지나는 사람들이 저세상인 듯 아득하다. 예가 바로 저승이지 싶다.

소설의 운명: 벼랑 끝에 서 있는 삶 '들'

H 씨,

삶이란, 도통 알 수 없는 그 무엇일까요. 아무리 세상에서 자명한 것은 존재하지 않는다고 하더라도, 그래도 우리의 삶을 어디론가 끌고 가는 무엇이 있지 않을까요. 자고 일어나면 세상은 어찌나 변화무쌍한지 어제의 일은 금세 잊혀지고, 또 다른 새로운 일이 일상의 화제로 등극합니다. 그러다가 또다시 잊혀지고, 또 다른 일이 버젓이 우리들 눈앞에 나타나죠. 아차, 누구는 이러한 것을 '반복(/차이) 속의 차이(/반복)'라고 하든지, '동일성(/비동일성) 속의 비동일성(/동일성)'이라고 하여, 이 변화무쌍한 삶의 속성을 이해하려고 안간힘을 쓴답니다. 사실, 제가 소설 읽기를 좋아하는 가장 큰 이유는, 말 그대로 소설은 '작은 이야기[小說]'를 하는 근대의 대표적 서사 양식인바, 이 '작은 이야기' 안에서 말해지는 것들의 구체성이 보증하는 삶의 진실에 대한 '성찰'을 통해 복잡다

단한 삶을 넓고 깊게 이해할 수 있기 때문입니다. 여기서 한 걸음 더 나아가 지금, 이곳의 삶에 대한 맹목을 경계하고, 보다 아름다운 삶의 가치가 실현될 꿈을 꿀 수 있는 상상력을 품어볼 수 있다는 점입니다. 그래서 저는 소설에 관한 말을 할 때마다 입버릇처럼 하는 말이 있습니다. 좋은 소설은 '작은 이야기[小說]' 속에 '큰 이야기[大說]'를 자연스레 품는다고…….

저는 H의 이번 소설집에 실린 작품들 중 「나비, 살랑거리다」를 무엇보다 흥미롭게 읽었습니다. 「나비, 살랑거리다」에는 세상과 삶에 대한 H의 고뇌 어린 모습이 투영돼 있습니다. 지방의 수원지(水源池)에서 유량계 설치를 하다가 단자를 잘못 연결하는 큰 실수를 저지른 '나'는 그 사건의 충격으로 사표를 내고 "일체의 사회 활동을 포기"한 삶을 살고 있는데, 자신이 살고 있는 아파트 단지에서 벌어진 남자의 죽음과 관련한 소설을 쓰면서 삶에 대한 어떤 진실에 이릅니다. '나'는 고층에서 떨어진 아령에 맞아 죽은 남자의 사인(死因)을 소설로 쓰면서 아령이 떨어진 것과 연루된 온갖 사건들을 상상합니다. 그러면서 자신이 유량계를 설치하는 과정에서 실수한 원인들을 추적합니다. 이 서로 다른 두 사건에는 "분명 보편의 법칙이 있을 것"으로 '나'는 생각하기 때문이죠. 마침내 '나'는 우주를 이해하는 카오스 이론과 결부된, "우리의 삶은 본성과 우연이 서로 만나면서 스파크를 일으키고 어디론가 미친 듯 달려가게 되는 것은 아닌지." 하여, "인생이 이렇듯 허전하고, 그 허전함의 밑바닥을 꽉 채우고 있는 암울한 덩어리가 결국 어떤 조그마한 조건에서 비롯된다는 사실에 묵직한 통증"을 체감합니다.

'어떤 조그마한 조건'이라? 게다가 그것이 삶의 허방을 꽉 채우고 있는 '암울한 덩어리'의 원인으로 작용하고 있다면, 그것이 지닌 문제성은 예사롭지 않습니다. 그러고 보니, 우리의 삶은 생각만큼 거창한 것에 의해 좌지우지되는 것은 아닌가 봅니다. 우리가 미처 알지 못하는 작은 것들의 작용에 의해 삶의 생성·유지·소멸의 궤적을 그려 보이니까요. 그래서 소설을 쓰는 작가들은 작은 것들에 대한 탐구를 소홀히 해서는 안 된다고 저는 생각합니다. 우주를 이루는 작은 것들의 존재가 어떤 관계를 이뤄내면서 인간에게는 삶의 상흔으로 곧잘 드러나거든요. 삶의 상처로 깊게 패인 상흔은 망각의 껍질을 벗겨내고 상처와 연루된 작은 것들의 '사이'로 우리를 초대합니다. 그래서 우리는 삶의 상처와 마주하고 아파합니다. 알 수 없는 통점들이 곳곳에서 아우성을 칩니다.

삶의 상처와 마주하는 것이야말로 어떻게 보면 소설의 운명이 아닐까요. 저는 H의 이번 소설집에 실린 작품들을 읽는 내내 이와 같은 소설의 운명을 곰곰 숙고해보았습니다. 가령, 「마라도」의 작중인물이 앓고 있는 삶의 내상을 헤아려봅니다. 여기, "음지식물처럼 그늘에 있어야만 편안함을 느끼는 남자"가 있습니다. 유소년 시절 부모로부터 버림받은 삶을 살면서 "밑동 잘려나간 사람만이 지니는 두려움" 속에서 "세상을 살아가는 힘을 놓"쳐온 남자가 있습니다. 이제 그는 부모가 그를 남겨두고 떠났듯이 그의 아이와 여자를 떠났습니다. 얼마나 고통스럽고 아팠으면, 그는 자신의 상처를 고스란히 타자에게 전가시킬 수밖에 없을까요. 그렇습니다. "자기의 근원을 모른다는" 것은 그가 도저히 감당할 수 없는 삶의 상처였습니다. 이제 그가 떠난 후 남은 여인은 마라도에서 그의 삶의 고통을 조금이라도 이해해보려고 애를 씁니다. 하지만 그녀를 위무해주든지, "미처 제 존재를 알릴 새도 없이 제 아비에게서 외면당한 아이"를 어떻게 해줄 수 있는 방편은 없습니다. 그와 마찬가지로 그녀(혹은 그들의 애) 역시 외톨이로서 삶의 상흔이 깊게 남을 뿐입니다. 그 상흔을 지닌 채 마치 마라도의 염소들이 "벼랑 끝에서 벌이는 곡예와 같은 놀음"을 하듯, 우리의 삶도 크게 다를 바 없을 터입니다.

순식간의 일이었다. 개가 염소를 낭떠러지 쪽으로 밀어붙였다. 염소는 여자가 숨을 멈춘 사이 절벽의 가장자리에서 절묘하고 아슬아슬하게 방향을 틀었다. 검둥개가 언제 그랬냐는 듯 유유히 걸어서 여자에게로 돌아왔다. 잠시 후 똑같은 일이 벌어졌다. 여자는 이번엔 많이 놀라지 않았다. 유심히 보니 염소는 개를 두려워하는 게 아니었다. 오히려 개에게 접근해 뒷발로 툭툭 장난을 걸기도 했다. 개에게도 적의라고 할 것은 손톱 끝만큼도 없어 보였다. 염소가 다가오면 주위를 경중경중 뛰며 도리어 상대를 즐기는 것 같았다. 삶이라는 것이 어쩌면 저렇듯 벼랑 끝에서 벌이는 곡예와 같은 놀음은 아닐까. 여자는 검둥개와 염소의 무심한 장난을 보며 왠지 그럴 거라 믿고 싶어졌다. 주위를 둘러보았다. 멀리서 여행객들의 떠드는 소리와 함께 경운기 소리가 털털털 들려왔다. 섬은 너무나 평화로웠다. 그의 말대로 아무 짓도 저지를 수 없는 섬이었다. (「마라도」, 126~127쪽)

이렇게 우리의 삶은 매순간 '벼랑 끝 곡예'를 환기시킨다 해도 과언이 아닙니다. 교편생활을 하다 사직을 했고 전자제품 대리점 사업을 했으나 실패하여 낯선 시골에 있는 공장의 영어 주임을 맡으면서 그곳 노동자의 임금 협상에 참여하면서 사측과 갈등의 관계에 있는 남편, 이러한 남편 곁에서 현실에 대한 무기력감으로 자신을 "황량한 사막"과 동일시하는 가운데 "서서히 소멸되고 있"다는 존재의 부재감으로 고통스러워하는 아내의 삶은 바로 '벼랑 끝 곡예'와 다를 바 없습니다(「미망(迷妄)의 집」).

그런가 하면, 전문대 졸업 후 백화점 관리부서에서 일하다가 아웃소싱하는 일이 많아지면서 정리해고된 여자는 아버지의 사업 실패와 죽음으로 인해 급격히 가세가 기울어져 공무원 시험을 준비하고 있는데, 밀린 방 값 때문에 주인과 주변 사람들에게 눈총을 받고 있습니다(「미스터리 시간」).

이들 작중인물의 구체적 양상이 다를 뿐 H는 이들의 삶의 빈곤과 무기력, 그리고 허무의 모습 속에서도 결코 굴하지 않고 억척스레 이것들을 살아내는 '삶의 벼랑 끝 곡예'를 보여줍니다. 왜냐하면 그들은 서로에게 "어쨌거나 용기는 잃지 마세요."라고 묵시적 응원을 해주기 때문입니다.

H 씨,

그런데 삶의 벼랑 끝으로 내몰린 자들에게 '용기'란 어떤 것일까요. 삶의 비루함에 굴복하지 않는 어떤 초월적 의지를 뜻하는 것일까요. 아니면, 현실에 대한 아집과 만용으로 똘똘 뭉친 채 제멋대로의 방식으로 살아가는 삶의 무모함을 뜻하는 것일까요. 곤경에 처할수록 '용기'를 내자고 서로 힘을 북돋우되, 이것만큼 막연한 처방도 없지 않을까요. 삶의 난경(難境)을 벗어나기 위해 그토록 용기를 내 죽을힘을 다 쏟지만, 난경을 벗어나는 일은 좀처럼 쉽지 않습니다. 삶의 벼랑 끝으로 내몰린 자들은 차라리 삶을 포기하고 싶은 유혹에 젖어들 때가 한두 번이 아니기 때문입니다. 하지만 아이러니컬하게도 그들이 삶을 포기할 '용기'를 내는 것도 결코 녹록지 않습니다.

「필녀(必女)」의 작중인물 필녀를 친친 감고 있는 삶의 곤경과 난경은 필녀로 하여금 이승의 삶을 저승의 삶으로 전도시킵니다.

아빠 어떻게 된 거야.

그네는 급히 더운 숨을 몰아쉰다. 숨소리가 하르르 떨려 나온다. 절대로 제 아비의 말을 아이에게 털어놓지 못하리라. 가슴속이 후끈하다. 연주가 슬그머니 교복 주머니를 뒤적여 휴지에 똘똘 만 담배를 꺼낸다. 그네는 멍하니 연주가 하는 양을 지켜본다. 나무랄 마음도 들지 않는다. 아이가 천천히 담배에 불을 붙인 뒤 한 모금 깊이 빨아들인다. 그네는 문득 쫓기는 마음이 되어 조급해진다.

나도 한 대 줘 봐라.

연주가 생뚱한 눈으로 그네를 쳐다본다.

어여 햄미 것도 좀 줘 봐.

아이가 말없이 똘똘 만 담배 하나를 풀어 불을 붙여준다. 그네는 볼이 미어질 정도로 한 모금 가득 들이마셨다가 훅 뱉는다. 아이의 젖은 속을 휘젓고 그네의 물큰 가슴을 휘감은 연기가 허공으로 흩어진다. 그네 곁을 지나는 사람들이 저세상인 듯 아득하다. 예가 바로 저승이지 싶다. (「필녀(必女)」, 264쪽)

지하철 2호선 순환선에서 무가지 신문을 모으는 것으로 겨우 생계를 꾸려가는 칠십을 눈앞에 둔 필녀는 중학생 손녀를 키우고 있습니다. 갑자기 집안이 풍비박산 나면서 가세가 기울더니 손녀만을 남겨둔 채 필녀의 딸은 죽고, 사위는 종적을 감췄으며, 세상과 벽을 쌓은 손녀는 정상적 학교생활을 거부하고 있습니다. 이러한 손녀의 삶을 보던 필녀는 사위를 찾아 손녀가 그의 아버지와 함께 새로운 삶을 살았으면 하는 바람을 갖고 있었지만 끝내 필녀의 바람은 가혹한 세상의 힘에 밀려 스러지고 맙니다. 필녀는 손녀와 함께 담배를 나눠 핍니다. 이 순간, 그들의 심정은 어떨까요. 비록 겉으로는 자신을 버리고 간 아빠를 증오하지만, 기실 그녀는 아빠와 함께 사는 것을 기대하고 있었을 겁니다. 그것이 할머니의 삶의 무게를 조금이라도 덜어준다는 것을 그녀는 알고 있으니까요. 게다가 필녀는 기력이 쇠할 대로 쇠해 더 이상 이렇다 할 경제적 노동을 할 수 없어 자신은 물론 손녀의 행복을 보장할 수 없다는 것을 알고 있습니다. 필녀는 손녀를 사위에게 맡기고 싶었으나, 마음먹은 대로 일이 되지 않습니다. 정말, 그들은 어떻게 해서든지 '용기'를 내어 그들이 서 있는 삶의 벼랑 끝에서 벗어나고자 안간힘을 써보지만 도리어 벼랑에서 떨어지기 직전입니다. 아니, 이미 그들을 에워싸고 있는 삶의 곤경과 난경은 필녀로 하여금 이승 너머의 저승을 환시하도록 합니다.

H 씨,

이토록 삶이 절망적이고 환멸적일 수 있을까요. 정녕, 이 절망과 환멸을 극복할 '용기'는 필요한 것인지요. 저는 「밤을 달리는 자전거」에 등장하는 한 가족을 지켜보며, 이 '용기'에 대해 몸서리를 쳤습니다. 뭐랄까요. 그들이 당면한 문제를 돌파해내기 위해 용기를 내는 것 자체를 탓하지는 않으렵니다. 그들은 「필녀」의 작중인물처럼 가족이 해체되었고 경제적 빈곤으로 허덕이고 있지 않지만, 그들은 한국 사회에 대한 모종의 불안감과 환멸의 증후를 앓고 있습니다. 하여, 그들은 새로운 삶을 기획하는 '용기'를 내려 합니다. 여기서 문제는 "새로 그려질 가족의 그림에 아버지는 없"다는 점입니다.

어느 날 내가 물었다. 엄마는 아빠랑 별문제 없이 살았으면서 왜 이렇게 해야 하지? 어머니가 말했다. 둘이서 살 만큼 살았잖니. 아빠가 가족을 위해 돈을 벌 만큼 벌었다고, 이젠 당신 인생을 살겠다는 것과 똑같은 거야. 엄마 역시 죽자구나 하고 있는 돈, 없는 돈 아끼며 니들 과외 시켜 대학 보내봤자 다 꽝 되었잖니? 아빠는 그래도 우리나라 좋은 나라, 길이길이 충성하시겠다니 할 수 없고, 그렇지 않니? 새롭게 살아보는 것도 좋지 않겠어? 새롭잖아. 또 희망도 있구. 난 요즘 힘이 펄펄 솟는다. 갑자기 세상이 환해진 것 같아, 얘! 나는 어머니의 새로운 모습을 물끄러미 바라보았다. (「밤을 달리는 자전거」, 59쪽)

'나'의 엄마는 아메리칸드림을 꾸고 있습니다. 그녀는 헤어디자인을 배우면서 미국에서 '나'와 함께 미용업을 창업할 꿈에 부풀어 있습니다. 이를 위해 그녀는 명예퇴직한 남편에게 재산분할청구를 요구하였고 자신의 꿈을 실현시킬 계획을 착실히 준비하고 있는 중입니다. 그녀의 욕망은 새로운 삶을 살고 싶은 것으로, 그동안 남편과 자식들에게 자신의 삶을 저당 잡힌 것으로부터 과감히 벗어나 주체적인 삶을 향한 선택이기에 응당 존중받아 마땅합니다. 언제까지 마냥 한국 사회를 지배하고 있는 가족 이데올로기의 희생양으로서 개인의 삶이 아닌, 누구의 어머니, 누구의 아내로서 살 수 없는 일입니다. 하지만 그렇다고 그녀의 용기에 과연 문제가 없는 것일까요. 기존 가족의 범주에서 남편만을 제외한 채 타지에서 새로운 가족의 삶을 시작하는 것을 어떻게 이해해야 할까요. 그동안 남편이 세상과 부딪쳐 견뎌온 삶은 송두리째 부인과 자식들로부터 외면받을 만큼 부정되어야 하는 것일까요. 어떻게 보면, 아빠를 제외한 가족들이 꿈꾸는 아메리칸드림은 현실의 비루함에 적당히 타협하고 그것에 굴복한 가운데 도피처를 찾기 위한 가식적 '용기'는 아닐까요. 만일 그가 명예퇴직하지 않고 계속 경제활동을 한다면, 그의 가족들은 그를 제외한 새로운 삶을 향한 희망을 품을 수 있을까요. 모르긴 모르되 가족들은 그가 경제활동 능력을 잃었기 때문에 그를 가차 없이 버리는 것은 아닐까요. 여기서 잠깐! 그가 명예퇴직한 후 자전거 타기를 좋아하는 이유를, 가족들이 헤아릴 수 있었다면 그렇게 무모한 선택을 했을까요.

아빠가 왜 회살 그만뒀는 줄 아니? 그놈의 동넨 뭐든지 빨라. 당최 그 속도를 따라잡을 수가 있어야지. 그런 아빨 좋아할 턱이 있나. 난 내 힘만큼만 구르는 자전거가 참 좋다. 그게 아무리 느려 빠져도 씽씽 달리면 시원한 바람이 제법 얼굴에 달라붙어. 너도 자전걸 배워 보면 참 좋은데 말이다. (「밤을 달리는 자전거」, 57쪽)

아빠가 '나'에게 하는 이 말 속에는 '나'의 가족들뿐만 아니라 우리에게 들려주고 싶은 삶의 지혜가 오롯이 행간에 스며 있습니다. 그것은 속도 지상주의에 휩쓸리며 살고 있는 우리를 성찰의 길로 인도합니다. 자신의 힘만큼만 동력을 내는 자전거는 정직합니다. 아무리 작은 힘을 내더라도 자전거는 달리는데, 그렇다고 자전거가 제 몫을 못 하는 것은 아닙니다. 자전거 페달에 밟는 적당한 힘과 몸의 중심을 잘 잡아야만 자전거가 원하는 방향으로 순조롭게 달릴 수 있음을 감안해볼 때, 그동안 한국 사회는 자전거에 담겨 있는 삶의 지혜를 애써 외면하든지 망각하고 있었던 겁니다. 근대화를 빨리 달성하기 위해 얼마나 많은 분야에서 자연스럽지 못한 작위(作爲)가 횡행했는지 모릅니다. 경쟁 과잉의 사회적 분위기 속에서 행복을 추구하는 희망의 가치가 얼마나 심하게 경제 지상주의와 속도 지상주의의 전횡 속에서 왜곡되었는지 모릅니다. 그래서일까요. H 씨, 저는 엄마와 가족들의 아메리칸드림을 위한 주체적 선택이 왠지 진정성이 결여된 것처럼 생각됩니다. 아빠를 제외한 그들은 그토록 혐오한 한국 사회의 그것과 결별하지 않은 채 도리어 그 부정적인 것들(속도 지상주의가 파생한 가족 이데올로기)을 내면화한 욕망을 드러낸 것으로 보이기 때문입니다.

이와 관련하여, H 씨는 「막다른 집」과 「포푸리를 만드는 남자」를 통해 한국사회에 팽배한 타락한 욕망을 예각적으로 보여주고 있습니다. 먼저 「막다른 집」을 볼까요. 이 소설에는 한국 사회의 첨예한 사회적 문제로 부각되고 있는 재건축아파트 추진 사업과 관련한 사람들의 뒤틀린 욕망이 넘실댑니다. 재건축사업의 진행 과정에서 주민들과 시공사, 그리고 주민들 사이에는 온갖 이해관계가 난마처럼 얽힙니다. 시공사는 경제적 수익을 최대한 확보하는 데 혈안이 되어 있고, 주민들은 시공사와의 관계 속에서 자신의 경제적 기득권을 안정적으로 보장받고자 합니다. 그 과정에서 서로의 이해관계가 맞물려 아파트 평수를 늘리는 데 합의하는데 그러다 보면 추가비용이 들어가고 이 비용을 물 수 없는 세대에게는 큰 경제적 부담으로 다가옵니다. 결국 이 부담을 해결하지 못하는 세대는 자신의 경제적 기득권을 막대한 손해를 감수하고 포기할 수밖에 없습니다. 작중인물 혜순은 이러한 어려움에 봉착합니다. 바로 그때 민 씨네가 혜순의 어려움을 이해하는 것처럼 다가와 결국 혜순을 시공사의 이해관계에 유리하도록 회유 포섭한 것을 모른 채 혜순은 자신의 경제적 기득권에 막대한 손해를 입게 됩니다. 혜순만 몰랐을 뿐이지, 혜순의 이웃 주민들과 시공사는 재건축사업의 이해관계에 서로 맞물린 채 결국 혜순네만 소외시킵니다. 이렇게 경제 중심주의에 속수무책인 사람들에게 이웃의 어려움을 함께할 연민과 연대의 파토스는 들어설 자리가 없습니다. 그저 조금이라도 자신의 경제적 이권을 더 잘 챙기고, 경제적 기득권을 공고히 구축하는 데 관심이 있을 뿐입니다. 경제적 이해관계 속에서 어제의 이웃은 오늘의 적이라는, 가치의 전도가 비일비재하게 일어납니다. 때문에 한국 사회의 재건축사업의 속내를 들여다보면「막다른 집」에서 보인 풍경과 크게 다를 바 없습니다.

　흔히들 얘기합니다. '전(錢)'이 모든 가치보다 우선하는 사회에서는 복마전(伏魔殿)이 판을 친다고 말입니다. 그곳에서는 인간의 신의(信義)라고는 눈곱만큼도 찾아볼 수 없다고 합니다. 오직 '전'의 위력만이 모든 것을 지배한다고 하죠. 1990년대 후반부터 한국 사회를 강타한 금융위기 속에서 시쳇말로 철가방으로 불리는 은행원도 피해갈 수 없는 구조 조정을 다루고 있는「포푸리를 만드는 남자」는 이러한 현실을 매우 냉소적으로 조명합니다. 만년 과장인 영훈은 "사방이 꽉 막힌 움쭉달싹 못할 철벽 안에 갇힌 기분"으로 살아가는 은행원입니다. 그는 은행 합병의 구조 조정 여파에서 용하게 살아남으면서 아로마테라피 향유 요법으로 심한 정신적 스트레스를 근근이 견뎌내고 있습니다. 그래서 그는 허브 농원을 순례하면서 온갖 향기 나는 식물 재료를 모으더니, 결국 아로마테라피 향유 요법 없이는 평소 직장 생활을 하는 데 어려움이 있을 정도로 향기에 중독되고 맙니다. 이 향기를 맡는 것은, 구조 조정의 위기 속에서 언제 퇴출될지 알 수 없는 심적 불안감을 견디기 위한 불가피한 방편입니다. 상태가 이쯤 되면, 영훈은 마치 마약에 중독된 것과 다를 바 없다고 해도 과언이 아닐 터입니다. H는 영훈의 이러한 향기 중독에 걸릴 수밖에 없는 한 사건에 초점을 맞추는데, 그것은 관치 금융의 문제와 결부됩니다. 영훈의 스트레스를 받는 데에는, 부실기업을 상대로 은행 거래를 지시하는 상관에 대한 불복종으로 인해 자신의 인사고과에 피해를 본 것과 밀접한 연관이 있는데요. 부실기업과의 거래를 지시한 상관은 다른 외압, 즉 관치 금융의 부패한 구조악(構造惡)으로부터 자유로울 수 없던 겁니다. 언제 퇴출당할지 알 수 없는 만년 과장의 소신으로 그 지시를 거부했지만, 뿌리 깊은 관치 금융의 문제를 그 혼자만의 힘으로는 제거할 수 없습니다. 급기야 이 문제는 금융위기 속에서 구조 조정의 대상이 되는바, 작품의 말미에 여실히 드러나지만, 관치 금융의 말단부에서 일을 한 은행원만 구조적 피해 당사자로 그려집니다.

구조 조정이 행원 숫자만 줄이면 다 되는 것처럼 생각하는 게 문제들이라니까요. 선진 금융 시스템에 필요한 프로그램 같은 건 개발하지 않고…… 정부나 일부 경영진에서 잘못해 놓고 열심히 일한 죄밖에 없는 행원들에게 은행 정상화시켜야 되니 합병시키겠다, 이젠 나가라, 그게 어디 말이 돼요? 그 많은 사람들이 길바닥에 나앉아서 어떻게 하라구요? (「포푸리를 만드는 남자」, 193~194쪽)

일반 은행원의 이 같은 비판은 공염불이기 십상입니다. 관치 금융, 낙후된 금융 시스템 등을 해결하려는 본질적 노력은 뒤로 한 채 말단 직원들의 숫자를 줄이는 일이 구조 조정의 전부인 것인 양 판단하는 것에 대한 H의 매서운 비판이 정신을 번쩍 들게 합니다.

H 씨,

이번 소설집에 실린 8편의 소설을 읽은 후 저는 곰곰 생각해보았습니다. 이 글의 앞머리에서도 말했듯이, H 씨의 소설이 '작은 이야기[小說]'에만 붙들려 있는 게 아니라, 그 속에 인간의 삶의 상처를 응시하면서, 삶의 불가해성과 맞서 싸우는 산문정신, 즉 '큰 이야기[大說]'의 풍요로운 계기들이 곳곳에 자리하고 있다는 점입니다. 이제, 좀 더 용기를 내어, 장편소설의 대하(大河)로 나갔으면 합니다. 대하를 헤쳐 나가는 모습을 기대합니다. 하여, 소설의 운명, 그 난바다 속에서 삶의 비의성이 지닌 진실과 만나길 기원합니다.

나를 구속하는 무거움은 어디에서 비롯한 것일까.

태생적인 촌스러움? 얼마만큼 혐의를 둘 수 있다.

엄살? 설마…… 어줍은 고지식함이나 그에 따른 변명이라면 약간 수긍할 수 있다. ……그냥 내 삶의 상투성은 아닐는지. 유독 겁약한 자가 갖게 되는.

어릴 적 내 별명은 비속하게도 소눈깔이었다. 눈이 큰 탓이었다. 그 값을 하느라 그랬는지 난 무척 겁이 많았다. 세상에 대한 위구심 또는 소심함, 어린 마음으로도 설명되는 그것은 나를 맹렬하게 옭아맸다. 사람들과의 관계에서나 역할에서 소마소마 가슴을 졸여야만 스스로 직성이 풀렸다. 그런 자신이 죽도록 싫었지만 내 의지로 어쩌지 못하는 부분이었다. 나이가 들면서 다행히 겁은 많이 줄었다. 그 층과 밀도가 얼마만큼 얇고 성겨졌는지는 모르지만 이전보다 마음이 자유로워진 건 사실이다. (살짝 고백 하나, 나를 억압하는 두려움을 숨기기 위해 부러 강한 척도 많이 했다. 주로 어깃장 의 형식으로 드러나게, 드러나지 않게. 어쩌면 이러한 것들이 어우러져 혹은 길항하여 내 글을 지은 것인지도 모른다.)

내 소설의 주인공들에게 미안하다. 그들에게도 터무니없이 잘 난 무거움을 걸머지웠다. 그들이 꼭 그렇게 살아야 할 이유는 없 었다. 구부정한 어깨만이 그들의 몫은 아니었을 터.

터닝 포인트! 혀끝에서 똑똑 떨어지는 매혹적인 말이다. 내일이 희망적인 것은 우리가 그 시간을 포기할 수 없기 때문이겠다. 나 의 인물들에게도 이제 전환점을 마련해주고 싶다. 자신의 생을 조 금은 경쾌한 시선으로 바라보게 하기. 비록 어두운 심연이 앞앞 포진해 있더라도 그 걸음 사푼사푼 가뿟하게. 날카롭고 뜨거운 익 살도 한 번쯤 부려보게 할 수 있다면 금상첨화겠다. 나 또한,

꿈을 꾸련다. 갈 길은 남았으니.

어찌어찌 겨우 두 번째 소설집을 묶는다.
부끄럽고 민망하다.
더딘 행보를 도와준 분들에게 고마운 절 올린다.

2011년 10월, 홍양순